亡国の薔薇　上

イモジェン・ロバートスン

JN287209

国家存亡にかかわる機密情報を狙い，フランスの密偵がこのロンドンに潜入しているらしい――。アメリカ独立をめぐってフランスと交戦状態にあるイギリス。解剖学者クラウザーと提督夫人ハリエットは，海軍本部の情報担当武官から，密偵と殺人の謎の調査を依頼された。パリの工作員から警告されていた男とおぼしき死体が，テームズ川に浮かんだというのだ。捜査を開始した二人が向かった先は，さまざまな思惑が渦巻くオペラ・ハウスだった……。稀代の物語力で，歴史ミステリの新たな地平を切り開く，クラウザー＆ハリエットシリーズ・第二弾！

登場人物

ゲイブリエル・クラウザー……………解剖学の研究者
ハリエット・ウェスターマン…………提督夫人
ジェイムズ・ウェスターマン…………ハリエットの夫。提督
スティーヴン・ウェスターマン………ハリエットの息子
レイチェル・トレンチ…………………ハリエットの妹
ジョナサン・ソーンリー………………サセックス伯爵
スーザン・ソーンリー…………………ジョナサンの姉
オウエン・グレイヴズ…………………ジョナサンの後見人
ベアトリス・サーヴィス………………ジョナサンとスーザンの養育係
メレディス………………………………士官候補生
トレヴェリヤン…………………………医師
ウィンター・ハーウッド………………オペラ・ハウスの支配人
リチャード・バイウォーター…………作曲家
イザベラ・マラン………………………ソプラノ歌手

セーガン……………………イザベラの小間使い
マンゼロッティ……………ソプラノ・カストラート
ヨハネス……………………舞台美術家
ナサニエル・フィッツレイヴン……テームズ川で発見された男
トビアス・トムキンズ……フィッツレイヴンの同宿人
セオフィリアス・リークロフト……音楽教師
カーマイクル卿……………貴族
パーマー……………………海軍本部の情報担当武官
フレデリック・ミッチェル……海軍本部の事務員
ケイト・ミッチェル………フレデリックの妻
ジョン・モンタギュー……サンドウィッチ伯爵。海軍卿
ピサー………………………治安判事
ジョカスタ・ブライ………占い師
サム…………………………浮浪児
モロイ………………………高利貸し
プロクター…………………テームズ川の渡し守

亡国の薔薇 上

英国式犯罪解剖学

イモジェン・ロバートスン
茂 木 健 訳

創元推理文庫

ANATOMY OF MURDER

by

Imogen Robertson

First published in the English language
by Headline Publishing Group Limited.
This book is published in Japan
by TOKYO SOGENSHA Co., Ltd.
Japanese translation rights arranged
with Headline Publishing Group Limited, London
through Tuttle - Mori Agency, Inc., Tokyo

亡国の薔薇　上

ネッドに

謝辞

わたしがお礼を申しあげねばならない方は、おおぜいいらっしゃる。特に作曲家のグウィン・プリチャード氏は、十八世紀のオペラ界で活動したカストラートを、その微妙な社会的地位を考慮しつつ作中で活かしてみてはどうか、と最初に提案してくださった。マヤ・マガブ氏とセバスチャン・コンベルティ氏、アレックス・アンダースン＝ホール氏、そしてジェイムズ・マコーラン＝キャンベル氏からは、プロの演奏家・声楽家の生活とはどのようなものか聞かせていただいた。カストラートのレパートリーと歴史に関し、わたしと意見を交換してくださったのは、カウンターテナー歌手のイエスティン・デイヴィス氏だ。ジェラルド・スターン氏は、脳損傷が原因となって起こりうる障害についてご教授くださった。英国海軍をめぐる雑多な調査を手伝ってくださったリチャード・ウッドマン氏、そして国立海洋博物館の優秀なスタッフのみなさんにも感謝する。大英図書館のみなさんには各種の調査を助けていただいたし、クリスティン・ウッドマン氏は、ここぞというところで素晴らしいヒントをくださった。

家族と友人諸氏は、今回も温かくわたしを見守ってくれた。本書が執筆できたのも、かれらの協力と忍耐のおかげである。リチャード・フォアマン氏と、彼との仕事を通して知り合った作家のみなさんにも感謝したい。ゴールズバラ・ブックスのデイヴィッド・ヘッドリー氏からの激励もありがたかったし、わたしの素晴らしいエージェントであるアネット・グリーン、そしてもちろん、わたしを温かく迎えてくださったジェーン・モーペス氏やフローラ・リーズ氏など、ヘッドライン社の方々にもお礼を申しあげる。本書の執筆中、わたしは毎日ネッドに面倒をかけ、甘え、ときどき叱られた。彼にもお礼をいおう。

プロローグ

一七八一年五月三日（木曜日）
アメリカ独立戦争の勃発から六年、仏米同盟条約の締結から三年後
カナダ、ニューファンドランド沖を航行する
ジェイムズ・ウェスターマン提督麾下《きか》のイギリス北米艦隊軍艦〈スプレンダー〉艦内

朝の六点鐘（午前七時）

艦長室に座ったジェイムズ・ウェスターマン提督が、妻から送られてきた手紙を四度《よたび》読み終えたとき、当直の水兵が六点鐘を打ちはじめた。三つめの二連打（船の時鐘はカンカンとふたつずつ区切りながら打たれる）の余韻を聞いていると、艦長室のドアが開いて、提督付き従卒のヒースコートがコーヒーを持って入ってきた。天気晴朗な海を順調に帆走していることは、わざわざ甲板に出て確かめるまでもなかった。壁板の軋みや船尾を切る風の音が、明瞭に教えてくれたからだ。吉事を期待す

る空気が艦内に満ちており、時鐘の音さえも愉しげだった。

コーヒーを置きながら、ヒースコートはやや大仰な仕草でジェイムズの肩越しに手紙をのぞき込もうとした。ジェイムズは書面をさっと胸にあてた。

「わが懐かしのカヴェリー・パークは、なんの変わりもありませんか？」ヒースコートが訊ねた。

「いいや、大事件があったぞ。君の奥さんが、あの宿屋の親父と手に手をとって逐電したため、わたしの妻がすべての料理をやっているそうだ」

ヒースコートは眉間に皺を寄せ、口を尖らせた。

「たしかにそれは大事件ですね。もちろん、わたしの妻が夫であるわたしに愛想をつかして逃げ出しても、まったく不思議はないでしょう。しかし、彼女がミセス・ウェスターマンを黙って見捨てることは、絶対にあり得ません。ですから、その冗談はあまり笑えませんよ」

ジェイムズはカップを手にとり、コーヒーをひとくち飲んだ。「たしかに悪い冗談だった。この手紙によると、ミセス・ヒースコートもわたしの妻も、たいへん元気だそうだ。新しくソーンリー卿になった少年は、ソーンリー・ホールの再建工事が終わるまで、彼の姉と後見人、それにまだ幼い叔父さんを連れてロンドンに戻っているらしい。あと、ブリッジズ治安判事から特大のハムが贈られてきたんだとさ」

「手紙の日付は最近なんですか？」

「いや——二カ月まえだな」

「やっぱりね。提督は転戦つづきだから、あとを追いかける手紙のほうもたいへんですよ」

ジェイムズは笑みをもらした。現在〈スプレンダー〉に乗り組んでいる将校は、副長を別にすると全員が比較的若かったため、みな慇懃な態度でウェスターマン提督に接した。だがジェイムズより年嵩《としかさ》のヒースコートだけは、長く彼の従卒を務めてきたこともあり、一兵卒でありながらときとして彼を向こう見ずな甥のように扱った。

四十四門の砲を備えた強力な快速帆走軍艦《フリゲート》である〈スプレンダー〉は、この前夜、小型のスループ型軍艦〈アシーニ〉と嬉しい接触を果たしていた。乗組員への手紙と海軍本部からの命令書を積んだ〈アシーニ〉は、過去一週間、アメリカ艦とフランス艦の追跡を必死で振りきりながら〈スプレンダー〉を探していた。むろん手紙は大歓迎されたし、イングランドへ帰る商船隊を護衛してともに帰国せよという命令書は、それ以上に歓迎された。〈スプレンダー〉の兵士たちは、あと一年は家族にキスできないものと思いこんでいた。しかし今回の商船隊は非常に重要な物資を積載するため、ロドニー提督は優秀な護衛が必要と考え、ジェイムズの艦をその任に充てたのである。

だが水兵たちを本当にどよめかせたのは、〈アシーニ〉の艦長がもたらした小さな情報だった。かれらは一昨日、単独でカナダへ向かっているらしいフランスのフリゲートを、水平線上に視認したというのだ。ジェイムズと夕食をとりながら〈アシーニ〉艦長が悔やしげに語ったところによると、そのフランス艦の戦闘力は明らかに〈アシーニ〉より勝《まさ》っていた。しかし砲数において、〈スプレンダー〉の敵ではないという。

ジェイムズの部下たちは、咽喉から手が出るほど戦利品をほしがっていた。前年の夏ウェスターマン艦隊がリーワード諸島（西インド諸島の一部）に到着したとき、周辺の海域はほかの艦隊によってすでに一掃されていたため、かれらが獲物にできたのは数隻の商船と私掠船《プライヴェティーア》だけであり、その結果はとても満足のゆくものではなかった（私掠船とは、敵国の船舶に対する攻撃および掠奪行為を公許された民間船のこと。正規の軍艦であっても、襲撃した敵船から得た戦利品や収益は、一定の基準に従って乗員と関係者のあいだで分配された）。もしも、アメリカの反逆者たちに送る兵器や火薬を満載した軍艦を一隻でも拿捕できれば、二年以上の経験を積んだ水兵は全員が胸を張って故郷に帰れるくらいの大金をもらえるし、指揮官であるジェイムズも、地所をもうひとつ買える程度の収入が得られるだろう。今朝の〈スプレンダー〉艦内が、どこか血気にはやっているように感じられたのは、早くその敵艦を追撃したくて誰もがうずうずしていたからだった。

いつもであれば、ヒースコートは朝のコーヒーを出したらさっさと退出するのだが、今日はなかなか艦長室を出ていこうとしなかった。ジェイムズは両方の眉をわずかにあげ、もの問いたげな眼を当番兵に向けた。

ヒースコートは、むっつりした顔でポケットから小冊子を取り出した。その表題を読みもせず、ジェイムズはため息をついた。

「誰が持っていた？」

「若い新兵のひとりです。おふくろさんが、手紙のなかに入れてくれたそうです。ほかの新兵たちに見せているところをつかまえたので、頭をどやしつけてやりましたよ」

「ありがとう」ジェイムズは冊子を受け取った。表紙の拙劣な木版画には、草地でうつ伏せに倒れている男が描かれていた。すぐそばに女がひとり、わざとらしい恐怖の表情と姿勢で立ちすくんでいた。背景には大きな城がそびえている。女の顔貌《かおかたち》は、ハリエットとは似ても似つかなかったし、実際のソーンリー・ホールもこんな城ではなく、これ見よがしの尖塔などない古風で豪壮な邸宅だった。長々しい表題を読むと、『近ごろサセックスとロンドンで発生した恐るべき連続殺人事件の全貌、およびこの難事件を解決に導いたミセス・ハリエット・ウェスターマンならびにミスター・ゲイブリエル・クラウザーの名推理を余すところなく記録した決定版』となっていた。ジェイムズは中身をぱらぱらと眺め、顔をしかめた。

「呆れたものだな。半分は《アドヴァタイザー》紙の記事をそのまま盗用して、残り半分は書き手の勝手な空想じゃないか」提督はヒースコートにも見えるよう冊子を高く掲げ、表紙の女性を指でつついた。「なあヒースコート、これがわたしの妻に見えるか？」

少し考えてから、ヒースコートが答えた。「うちの砲術下士官にドレスを着せれば、こういう感じになるでしょうね」

ジェイムズはくすりともしなかった。海軍内で出世してゆくには軍功と同じくらい政治的な駆け引きが必要とされ、どんなかたちであれ妻が世間の注目を集めてしまうのは、決して望ましいことではなかった。彼は妻を心から愛していたけれど、彼女のこういうところには手を焼かされた。

ドアがノックされ、十四歳くらいの少年が戸口に立った。士官候補生のなかでもジェイムズが特に目をかけているその少年は、聡明そうな顔を興奮で輝かせながらこういった。

「クーパー中尉からの伝言です。船影を発見したので、提督にもご確認いただきたいとのことです」

「ほう、見つけたか」ジェイムズはコーヒーをひと息で飲みほすと、ヒースコートがさっと広げた自分のコートに腕を通した。「ではメレディス君、今すぐわたしが上がっていくとクーパー中尉に伝えてくれ」

ほどなくして後部甲板《クオーター・デツキ》のクーパー中尉のとなりに、望遠鏡を手にしたウェスターマン提督が立った。

「おはよう中尉」

「おはようございます提督。右舷前方ですが、まだだいぶ距離があります」

ジェイムズはクーパーが指さした方角に望遠鏡を向けた。なるほど、水平線上にちっぽけな帆影があった。まさに僥倖《ぎようこう》だった。今日明日中に噂のフリゲートを発見できなかったら、ジェイムズは商船隊護衛の任務を遂行するため、急ぎこの海域を去らねばならなかったからだ。しかし、今や獲物は手の届くところにいて、しかも攻撃する時間はたっぷり残されている。

〈スプレンダー〉に乗り組んでいる海兵隊の指揮官マンセル少佐が、マストから下りてきてふたりに合流した（この時代のイギリス海兵隊は、海上戦闘で敵艦に移乗しての白兵戦を主な任務としていた）。船影をもっとよく見るために、マストの途中まで上がっていたのである。

「あいつが腹一杯お宝を積んでいてくれたら、嬉しいんですがね」マンセルがいった。「なんだか、うちの海軍本部より、敵どものほうがわれわれの現在位置をよく知ってるみたいですな。

だからドブネズミみたいに、どこまでもくっついてくるんだ。わたしがキングストンで会った男によると、すべてのフランス船には占い師が乗っていて、ニワトリを殺してはその内臓でイギリス艦隊の位置を占っているそうです」

ジェイムズは少佐の発言を無視した。「確認したぞ、クーパー中尉」望遠鏡をおろし、彼は命じた。「総員ただちに朝食をとり、食事がすんだら甲板を片づけて戦闘配置につけ」

クーパーが命令を中継し、マンセル少佐も部下の兵士たちのもとへ戻っていった。ジェイムズは舷縁《ガンネル》に片手をつき、うっすらと笑みを浮かべた。彼方に見えるあの船は友軍艦かもしれないし、敵艦であったとしてもすでに積荷を掠奪されている可能性はあった。にもかかわらず、彼の血は早くも騒ぎはじめていた。現在の位置と針路、そして〈アシーニ〉艦長の話を総合すれば、あれは貴重品をたっぷり積んだフランス艦に決まっているからだ。どうやら〈スプレンダー〉も、彼と同意見のようだった。今やこの艦は、灰色の海と空のあいだに浮かぶ小さな点をめざし、着々と速度を増しつつあった。マストに上っていた士官候補生たちは、提督の青い瞳がぎらぎら光っていることに気づき、たがいの肩を軽く小突きながら甲板に下りてきた。

昼の二点鐘（午後一時）

〈スプレンダー〉艦上の緊張と興奮は、しかし徐々に単なる焦燥へと変わっていった。戦闘準備を整えたまま、かれらは待ちつづけた。艦長室の壁の装飾はすべて外され、ブルワーク（艦首の上端に設けられた波よけ板）には飛散する破片や小銃弾を防ぐ目的で、丸く括《くく》られたハンモックがずらりと縛りつけられた。下甲板《げかんぱん》の最後部では救護所の設営が完了しており、止血帯や繃帯《ほうたい》、鋸などをきれいに並べ終えた艦医と彼の助手が黙念と座っていた。

それぞれの砲のうしろには、砲弾と火薬、大量の砂を準備して砲手たちが控えていた。士官候補生のメレディスは、最上部のデッキで自分が担当する大きな十八ポンド砲の砲尾に立ち、後部甲板にいるウェスターマン提督の動向をちらちら見すぎないよう努力していた。追跡をはじめた当初、このフランス艦は全速で逃げようとした。だが逃げ切れないことがはっきりしたとたん、不意に速度を落としはじめた。〈マルキ・ド・ラファイエット〉という艦名が肉眼で読める距離まで接近したのは、すでに一時間もまえのことだ。艦名と同時に、掲揚されている旗の詳細も確認できたのだが、フランス国旗の上にイギリスの国旗がひるがえっていた。それは、〈スプレンダー〉よりも運がよかった別のイギリス艦によって、すでに積荷が掠奪されたことを意味していた。

　となりの砲を指揮しているホッブズという名の士官候補生が、メレディスのほうに体を寄せ囁きかけてきた。「これって絶対に怪しいぞ。すでに掠奪されている船が、なぜこの針路を維持しなきゃいけない？」

　彼の質問にメレディスは答えず、ぐんぐん近づいてくる〈ラファイエット〉を注視した。砲眼はすべて閉ざされていた。長身の逞しい男が、コートを脱ぎシャツ一枚になって艦尾に立っているのが見えた。その男もこちらを睨んでいたが、おたがいの表情がはっきりわかる距離まで近づいたところで彼は急に肩をすくめ、大声でなにかを怒鳴った。

〈ラファイエット〉の艦尾から、二門の大砲がぬっと姿を現わした。「罠だ！」と叫んでメレディスがデッキの上に身を伏せたとき、真っ黒なふたつの砲口が猛然と煙を噴き出した。

　うつ伏せになったメレディスの耳に、砲弾がどこかに命中する音が聞こえた。顔をあげると、フォアトップスル（艦首最前部のマストに張られた下から二番めの帆）の帆桁が粉砕されていた。切れたロープや木片が後部甲板まで降りそそぐなか、ウェスターマン提督が大声で命じた。

「艦首砲撃て！　マッケンジー、面舵《おもかじ》だ！　砲術下士官、左舷砲眼をすべて開き斉射準備！」

〈スプレンダー〉の艦首砲が轟音とともに次々と火を噴いた。砲弾の一発は〈ラファイエット〉の艦尾に命中し、大きな穴を空けた。味方の砲手たちが歓声をあげた。メレディスは立ちあがって拳を握りしめ、足を踏んばった。敵艦はすべての帆を張って再び遁走を図ろうとしたが、ウェスターマン提督がそれを許すはずもなかった。フォアトップスルを失ってなお、〈スプレンダー〉は充分な速力を保っていた。破壊された帆桁には早くも兵士たちが取りつき、切れたロープなどを始末していた。

すでに二隻の艦は指呼《しこ》の間にあった。マストや索具の上に陣取った〈スプレンダー〉の海兵隊員たちは、〈ラファイエット〉の甲板を狙い撃ちして容赦なく敵を倒していたが、フランス側にもマスケット銃で武装した兵士が乗り組んでおり、さかんに応射してきた。メレディスのうしろから、びしっという不快な音につづいて悲鳴が聞こえた。首《こうべ》をめぐらすと、海兵隊のマンセル少佐が仰向けに倒れ、大腿部を血で真っ赤に染めながら呻《うめ》いていた。砲術下士官の助手がさっと駆けよって少佐の両腋に手を差し入れ、救護所がある下甲板へとつづく昇降口まで引きずっていった。デッキの上には、べったりと血の痕が残された。

前方に向きなおったメレディスは、〈ラファイエット〉の右舷から数本の砲身が突き出してくるのを見た。各砲の背後で動きまわるフランス兵もよく見えたが、まるで自分たちの姿が鏡に映っているかのようだった。〈スプレンダー〉は、敵艦の右後方に喰らいついていた。三つの甲板の左舷側に配置された砲が次々と発射され、〈ラファイエット〉の右舷下部に大きな損傷を与えた。

最上部のデッキで時機をうかがっていたメレディスは、ここでやっと射撃命令を下した。部下たちが砲尾に炎をあてると、十八ポンドの怪物は咆哮《ほうこう》をあげて一気に後退した。砲がもとの位置へ引き戻されているあいだに、メレディスはブルワークから身をのり出して戦果を確かめた。彼の撃った砲弾は、艦首砲に引けをとらない正確さで敵艦に命中していた。〈ラファイエット〉右舷の砲眼のうち三つが、斜め後方からまとめてぶち破られ、細長いひとつの大穴になっていた。穴の端でフランス兵がひとり泣き叫んでいたが、よく見ると彼の片脚は押しつぶされ、膝から下がなくなっていた。この段階で、〈ラファイエット〉で真に警戒すべき火器は艦尾砲だけとなっていたが、かれらはまだ砲撃をやめなかった。砲声が轟き、砲弾が風を切りながらメレディスの頭上を通過した。とたんに絶叫が聞こえ、兵がひとりマストから落ちた。しかし彼の体は甲板に落下せず、まるで巨大な揺り籠に抱きとめられるかのように、切れて絡みあったロープに引っかかった。

「さっさと降参すればいいんだ!」ホッブズが怒鳴った。「皆殺しにされたいのか!」

メレディスは、嚙みしめた歯の奥で祈りの言葉をつぶやいている自分に気づいた。固く握った両手が細かく震えていた。そのとき、艦首から勝利の雄叫びが聞こえてきた。〈ラファイエット〉のマストに、降伏の旗が揚がったのだ。戦いは終わった。緊張が安堵に変わってゆくのを感じながら、メレディスは拳をゆるめた。まわりにいる誰もが一様にほっとした表情をしていた。海兵隊員たちがマスケット銃を背負い、ロープをつたってマストから下りはじめた。ホッブズは文字どおり狂喜乱舞しており、そんな彼を部下たちが温かい目で見ていた。

ところがその間、〈ラファイエット〉の甲板では水兵たちがすべての帆を大急ぎでゆるめており、いきなり速度を落とした敵艦は〈スプレンダー〉と横並びになった。〈ラファイエット〉のまだ生きている砲が一斉に発射され、まとめて砲弾を喰らった〈スプレンダー〉は激しく揺れた。メレディスがホッブズを見ると、彼は眼に涙を浮かべながら口を大きく開けていた。

「やつらは降伏したんじゃないのか？　あの旗はなんなんだ？　畜生どもめ！」

メレディスの咽喉の奥から、憤怒が吐き気のようにこみ上げてきた。

「発射準備！　もたもたするな！」彼の声は怒りでかすれていた。しかし彼に命じられるまでもなく、すでに部下たちは、彼と同じくらい憤然とした表情で作業に取りかかっていた。敵艦の上甲板から発射された砲弾が、メレディスから二メートルも離れていないブルワークに命中し、無数の木片を花火のように飛び散らせた。小さな破片のひとつが、メレディスの脚に刺さった。彼は顔をゆがめ、その破片を引き抜いた。ブルワークを砕いた敵弾は、彼が立つ最上部のデッキを狂ったように転がってゆき、右舷に開いていた荷役口のひとつから海へ落ちた。子どものおはじき遊びを連想し、メレディスはつい笑ってしまった。このデッキまで上がってきていたウェスターマン提督が、蒼白い顔でメレディスの肩をぽんと叩き、通りすぎていった。

敵に背後をとらせないため、ウェスターマン提督は〈スプレンダー〉も帆をゆるめるよう命じ、すぐにかれらは〈ラファイエット〉の右後方というもとの位置に戻った。〈ラファイエット〉は、海面が高くうねった瞬間をとらえ艦尾砲を上方に向け発射し、〈スプレンダー〉のマストを狙った。メレディスはマストを見あげたのだが、見えるのは海兵隊が撃ちまくるマスケット銃の硝煙ばかりだった。敵の砲弾は次々に飛来し、どこかに命中して大きな音をたてた。陰惨な空気が艦上を覆いはじめた。

〈スプレンダー〉の艦首砲が再び斉射され、〈ラファイエット〉の喫水線付近に大穴を開けた。

その穴に海水が流れこんでゆくのを見て、味方の兵たちが歓声をあげた。メレディスが見おろすと、口に釘をくわえ木槌を持った敵兵が穴のなかに群がり、必死の応急修理を試みていた。

「みんな溺れ死んでしまえ」彼はつぶやいた。いつのまにか、涙が頬をつたっていた。硝煙が眼にしみたのだ、と自分に言い聞かせた。味方がどれほどの被害を受けたのかは、考えたくもなかった。

「接舷攻撃用意！」

〈スプレンダー〉はじりじりと敵艦の舷側に接近していった。メレディスは、敵の砲のひとつがまっすぐ自分を狙っていることに気づいた。恐怖で眼を見開いたとたん、ひとりのフランス兵がその砲尾に点火し、噴き出たすさまじい砲煙で視界が完全に閉ざされた。その直後、彼の背後から悲鳴が聞こえた。ふり返ると、ホッブズがデッキの上に座りこんでいた。片腕が吹っ飛ばされており、流れ出た大量の血が早くもメレディスの足もとまで届いていた。「ホッブズ！　さっさと救護所へ行くんだ！」彼が叫ぶと、ホッブズは残ったほうの腕一本で昇降口へ向かい這っていった。

「撃て！」

〈スプレンダー〉左舷の砲が再び斉射された。この至近距離で発射されたのだから、すべての砲弾が神の怒りのように〈ラファイエット〉を貫いた。メレディスは、敵のメインマストの根もとを狙い撃ちした。メインマストは轟音とともにへし折れ、手前に倒れてきて〈スプレンダー〉の索具に引っかかった。二隻の軍艦は死の抱擁を交わすかたちになったが、それでもフランス兵は射撃をやめなかった。

提督が急ぎ足で後部甲板へ戻っていった。その表情は険しく、手には愛用の剣が握られていた。彼の背後では、水兵たちがメインマスト下の武器戸棚に群がり、槍を一本ずつ持ち出していた。ついさっきまで弾薬庫から火薬を運んでいた小さな男の子たちは、せっせと新しい薬包を作って海兵隊員の手に渡していた。メレディスもあわてて自分の剣を抜いた。

「われわれも移乗するぞ！」メレディスの声を聞いた部下たちは、十八ポンド砲から離れて槍をとりに走った。メレディスはブルワークをまたぎ、敵艦の上甲板に飛び移るため下を見た。戦友の死体と大砲を踏み越えた味方の水兵たちが、舷側の砲眼から続々と出てきて、〈ラファイエット〉の右舷に開いた穴のなかへ身を躍らせていた。メレディスも上甲板に飛び降り、少しつんのめったもののすぐに体勢を立てなおした。微風が頬をなで、砲煙をわずかに吹き払うと、血まみれの甲板に立つふたりのフランス軍将校の姿が目に入った。イギリス兵が殺到しているにもかかわらず、かれらは激論を闘わせていた。〈スプレンダー〉の艦上をふり仰いだメレディスは、弾が込められたマスケット銃を持っている海兵隊員を見つけ、剣でふたりの将校を指し示しながら「やつらを撃ってくれ！」と叫んだ。

海兵隊員はうなずき、メレディスは念のため甲板上に伏せて両手で頭を覆った。全身がぶるぶる震えていた。銃声が響き、フランス軍将校のひとりが倒れた。残ったひとりは大急ぎで片膝をつくと、死んだ同僚のコートの下に手を突っこんで剣を引き抜いた。あまりに勢いよく抜いたものだから、死体はごろんと転がって仰向けになった。そのうつろな目は、折れたメインマストを見あげていた。

射殺されたのは〈ラファイエット〉の艦長だったらしく、剣を抜いた将校はひざまずいたままその剣を両手で高く掲げた。イギリス兵の吶喊《とっかん》や銃声に負けないよう声を張りあげ、彼はフランス語でわめいた。「降伏する！　今度こそ本当に降伏する！」

煙のなかからウェスターマン提督が姿を現わし、「撃ち方やめ！」と命じた。

近くにいたイギリス兵がわっと喚声をあげ、あたりが徐々に静まっていった。メレディスはおそるおそる立ちあがって、周囲を見まわした。甲板のあちこちにフランス兵が数名ずつ座らされており、血まみれになった味方の水兵たちが、興奮さめやらぬ顔でかれらを見おろしていた。ウェスターマン提督も、別人のような怖ろしい形相で赤く濡れた剣をぶら下げていた。

ひざまずいて降伏すると叫んだ将校は、まだ死んだ艦長の剣を捧げ持っていた。ウェスターマン提督はその剣を引ったくり、倒れたメインマストに力いっぱい叩きつけた。剣身が柄《つか》から外れ、甲板上を回転しながら滑っていった。

フランス軍将校がびくっとして首をすくめた。

「全員武器を捨てろ！」ウェスターマン提督がフランス語で命じた。生き残ったフランス兵たちは、銃や槍、短剣を甲板に置きはじめた。ウェスターマン提督も、握っていた剣の柄を〈ラファイエット〉艦長の死体のわきに投げ捨てると、くるっとうしろを向き自分の艦へ戻っていった。

夕方の八点鐘（午後四時）

ウェスターマン提督が救護所で死傷者を確認しているあいだに、艦長室の原状回復は完了していた。彼が戻ったとき、執務机の上には淹れたてのコーヒーが置かれており、妻からの手紙も彼が部屋を飛び出したときの位置に戻されていた。部屋の隅に、彼の副官であるクーパー中尉が立っていた。

「おかえりなさい、提督。損害はどれくらいでしたか？」クーパーが訊ねた。

「戦死は四十名。士官候補生のホッブズは片腕をなくしたが、荒っぽい手術に耐え抜いたおかげで、なんとか一命をとりとめた。しかし、マンセル少佐は助からなかったそうだ」

釘を打ちつける音と修繕班の声が、あちこちから聞こえた。クーパー中尉は両手をうしろで組み、休めの姿勢をとっていた。提督は、ひどく不愉快そうに唇を引き結んでいた。クーパーは、提督自身がこの艦の一部であるかのような印象を受けた。降伏すると偽った敵に対する兵士たちの怒りは、まだ〈スプレンダー〉艦内に充満していたし、ウェスターマン提督の腹のなかでも煮えくり返っていた。

咳払いをひとつして、クーパーが語りはじめた。「あのフランス軍将校を尋問しました。死んだ敵艦長の剣を、提督に差し出したあの男です」ジェイムズに鋭い眼を向けられ、彼は思わず唇をなめた。「フランス人とは思えないほど、流暢《りゅうちょう》な英語を話す男でした。かれらは、ちょうど一週間まえ別のイギリス艦と遭遇し、苦戦したすえなんとか逃げ切ったそうです。しかし、そのときの戦闘で乗員の約半数が負傷してしまい、われわれが追跡を開始したときも、まだかなりの人数が救護所で寝たきりの状態だったんですね。こちらにとっては幸運でした。もしそうでなかったら、逆にやられていたかもしれません。あの艦の将校たちは、兵の治療と艦の修理のため安全な港にいったん退避することを艦長に進言したんですが、艦長は聞く耳をもちませんでした。彼の話によると、艦長を殺そうかというところまで、艦内の雰囲気は険悪になっていたようです」

ジェイムズは小さくため息をつき、片手で額をぬぐった。「艦長が航海の中断を拒んだ理由は？」

クーパーは背筋を伸ばすと、やや大きな声でこうつづけた。「アメリカの叛乱者に届ける補給物資を、満載していたからです。そのなかには、大量の火薬も含まれていました。あれだけの砲撃を喰らって、よく爆発しなかったものだと思いますよ。現在の状態を保ったまま本国に曳航できたら、われわれの実入りはかなりの額になるでしょう」

「修繕班はなんていってる？」

「自力で帆走できる程度まで、修理することは可能だそうです。でもそのまえに、メレディスを鞭打ってやりたいといってました。メインマストをへし折った罪で」

「それは許可できないな。いずれにしろクーパー中尉、あの敵艦は君が指揮しろ。航行可能になったらすぐ、必要な人員を連れて乗りこむんだ」

「わかりました。最後にもうひとつだけ、ご報告することがあります。あの艦には、死んだ艦長しか正体を知らない秘密の客が乗っていました。軍人ではなく、普通のフランス市民のようです。艦長が断固としてわれわれに歯向かったのも、その客が原因ではないかとあの将校は推測していました」

「ほう？」

「彼をイギリス軍の手に渡してはいけないと、部下たちに語ったらしいですよ」

ジェイムズは顔をしかめた。「そのお客さん、まだ生きてるのか？」

「はい。木の破片で腹部にひどい傷を負っていますが、まだ生きてます。そもそも彼が死なずにすんだのは、メレディスのおかげみたいですね。というのも敵艦の艦長は、射殺される直前、その客の咽喉をかき切るよう副官に命じていたというんですから」

ジェイムズは、脱いだばかりのコートの袖に再び腕を通した。「今どこにいる？」

「もう救護所に運びこまれているころでしょう。敵の艦医は戦死したので、負傷している捕虜については、うちの医師たちができるだけの面倒をみてやってるんです。提督、なにをなさるおつもりですか？」

ジェイムズは、厳しい顔で副官を見すえた。「部下が四十人も殺されたんだ。知っていることをすべて吐くまで、安らかに死ぬことは断じて許さん」

†

一時間の休憩を命じられた艦医たちが出ていったあと、敵艦の将を尋問するジェイムズの邪魔をする者がいないよう、ヒースコートが救護所の入口に立った。うしろを見なくても、ヒースコートにふたりの会話はすべて筒抜けだったのだが、フランス語だったため内容はまったく理解できなかった。小声の尋問がつづくなかで、一回だけ提督が声を荒らげ、相手のフランス人は苦しげなかすれ声でぼそぼそと答えた。やがて彼の声は、歌を歌っているような囁き声になっていた。それから、叱られた犬を思わせる悲しげな呼吸音に変わり、最後は完全に沈黙した。

一七八一年十一月十五日（木曜日）
ロンドン北部、ハイゲイト

ミセス・ハリエット・ウェスターマンは、自分の両手を見おろした。かすかに震えていた。ノックもなしに客間のドアが開き、彼女は顔をあげた。部屋に入ってきたのはこの家の主《あるじ》で、彼はハリエットの姿に気づいてはっと眼を見開き、わずかにスコットランド訛《なま》りの残る声でこう詫びた。

「失礼しました、ミセス・ウェスターマン。まだ提督とご一緒だろうと思ったもので。なにかいいことはありましたか？」

ハリエットは微笑もうとしたが、とてもそんな気になれないので視線を自分の手に戻した。依然として彼女の両手は、客のまえで詩の暗誦を強要された子どものように、紫色のシルク・スカートの上で震えつづけていた。なぜこんなドレスを買う気になったのか、自分でも不思議だった。ごわごわして着心地は悪いし、なによりもジェイムズは、紫があまり好きではないのだ。

「いいえトレヴェリヤン先生、今夜の面会は、あまりうまくいかなかったようです」眼を伏せたままハリエットは答えた。彼女の耳に、トレヴェリヤン医師が手近な椅子を彼女のまえまで運び、そこに腰かける音が聞こえた。そのあと彼は、医者が悪い話をはじめるときに特有の、あの穏やかな吐息をもらした。ハリエットは急いで言い添えた。「先生、お願いですから、わたしの希望を奪うようなことはいわないでください」哀願するような調子になってしまったのが、われながら情けなかった。

トレヴェリヤンはいったん口を閉じ、少し考えたあと改めて語りはじめた。

「ミセス・ウェスターマン、どんな場合でも、希望が失われることは絶対にありませんよ」彼は立ちあがると暖炉まで歩いてゆき、火かき棒を手にとって燃えている薪の位置を変えた。炎がやや高くなり、火の粉がちらちらと舞った。その光に照らされ、淡い色の糸くずが一本、彼の暗緑色のコートの襟からほつれているのが見えた。「いま提督の心は、懸命に自己修復を行なっている真っ最中なのです。提督の怪我は、非常に深刻です。手足が無傷だからといって、安心してはいけません。重い後遺症を負ったのは、心のほうなのですから。現在の彼は、かつてのウェスターマン提督ではないのです」トレヴェリヤンは、苦渋に満ちた表情で彼女のほうに向きなおった。「ミセス・ウェスターマン、提督に無理をさせないでください。もちろん、ご主人に対するあなたの献身と愛情の深さは、称賛に値します。でもそれだけで、あの力を癒すことはできないのです」

悔やしさのあまり、ハリエットは関節が白くなるほど両手を握りしめた。艦隊司令官の妻として、彼女が怖れていたのは砲弾であり、飛散する鋭利な木片であり、洋上で遭遇する大暴風雨だった。戦死した兵の未亡人や、手足を失った兵の妻にもおおぜい会ってきたけれど、まさか自分の夫が眼に見えない大怪我をしてしまうなんて、想像すらしていなかった。「事故としては、ごくありふれたものだったのに」

「しかし、そのありふれた事故で提督は頭部を強打され、二週間も人事不省だったのです」いくらか表情を和らげて、トレヴェリヤンはつづけた。「それでもなお、希望の光は失われませんでした。具体的に申しあげますと、わたしが見るところ、提督は記憶の一部を回復しつつあります。あと何ヵ月かすれば、感情的な落ち着きを取り戻すはずですし、ご家族との穏やかな会話も可能になるでしょう。でもそのためには、あなたがある程度の時間を差しあげなければいけない。ここに到着したときと比べると、提督は確実によくなっています。これからどんどん回復していきますよ」

ハリエットはしばし考えこんだ。

「初めてご相談にうかがったとき、先生は、似たような怪我から立派に再起した患者が先生の故郷にいる、とおっしゃってましたよね？」

トレヴェリヤンは彼女から目をそらし、マントルピースの上に掛けられた絵を眺めた。その絵には、猟犬たちに追いつめられ脾腹《ひばら》を嚙み破られてなお、鋭く尖った角を低く構え犬に立ち向かおうとする血まみれの牡鹿が描かれていた。この悲壮な牡鹿を、美しく咲き乱れる赤紫色のヒースが無情に囲んでいた。

「ジョン・クリフォードのことですね」視線を窓外の丘へと移しながら、トレヴェリヤンが答えた。「たしかに彼は、怪我から回復して家族と一緒の生活を取り戻し、再び仕事もできるようになりました。しかし、少しばかり性格が変わってしまったのです。ウェスターマン提督も、以前とまったく同じではあり得ないでしょう。あなたたちご夫婦は、その事実を受け入れる勇気を持たねばならない」

ハリエットは唇を噛みしめ、しばらく火のはぜる音を聞いたあと、小さな声でこう質問した。「それでわたしは、なにをすればいいんですか？」

「まず、この家に来るのを控えていただきたい」ただちに抗議しようとするハリエットを、彼は片手をあげて押しとどめた。「いいえ、決して冗談をいってるのではありません。明日以降、少なくとも二、三日は、足を運ばないと約束してください。そして次にいらっしゃるときは、必ず息子さんを連れてくるように」

ハリエットは、当惑のあまり蒼ざめてしまった幼い息子の顔を思い浮かべた。「でも今のスティーヴンは、父親を怖がっています」

トレヴェリヤンはゆっくりうなずいた。「かもしれません。しかし子どもですから、しばらく会わずにいればもとに戻りますよ。ほんの三日ほどでいいんです。そうすれば提督も、あなたに会えないことを寂しく感じるでしょうし、次にあなたがいらっしゃるときは、もっと優しく接してくれるはずです。息子さんが一緒であれば、なおさらだ」

固く握られていたハリエットの両手が、ようやく左右に離れた。「昔のことを思い出させようとしたのは、かえって逆効果だったんですね……」

「三日です、ミセス・ウェスターマン。三日間だけ、なにかほかのことをやって気をまぎらわせてください」

第一部

1

一七八一年十一月十六日（金曜日）
ロンドン、テームズの川面へと下りてゆくブラック・ライオン階段付近

「もっとしっかり引け！　この役立たずめ！」

「俺に怒鳴ったってしょうがないだろ！　どっちみちあの野郎は、なにかに引っかかっているのでなければ、重石《おもし》をつけられてるんだからな」

赤茶けたコートを着たふたりの男は、小さな川舟のなかからテームズの汚濁した水面を見つめ、しばらくのあいだ考えこんだ。

すでに日は昇っていて、ロンドンの街を十一月の頼りない朝日が照らし、とっくに目覚めているテームズの河岸《かし》は、慌ただしさを増しつつあった。ウエストミンスター橋の上は荷馬車と家畜でごった返しており、その騒音と悪臭をぬうように、うつむき加減の人びとが足早に通り

すぎた。肩をぶつけあう通行人に交じって、呼び売り商人たちが手桶を振りまわし、なかに入っている商品の売り文句を面白おかしく述べ立てた。馬の蹄《ひづめ》と四輪馬車の太い車輪が、泥をべちゃべちゃと撥《は》ねあげた。霜が降りた朝の冷気のなかを、薪を燃やす煙のにおい、馬糞の臭い、フライにした肉の香りなど、この街ならではのにおいが漂っていた。ウエストミンスター橋から上下半マイル（約八百メートル）の両岸では、ハンマーを振るう音や石と石のぶつかりあう音が、早くも響きはじめていた。テームズの南側に立つ無数の煙突から吐き出される黒煙が、湿った空気のなかに溶けていった。ロンドンの空は、血のような朝焼けと真っ黒な煤で塗りたくられていた。

そんな地上に負けず劣らず、川の上もにぎやかだった。茶色く濁ったテームズ川はロンドンの大動脈であり、夜明けと同時にたくさんの舟が騒々しく行き来した。ロンドンに運ばれてくる物資の多くがこの川から陸揚げされ、古来この街の富と権勢は、太く曲がりくねったテームズの川筋に築かれてきた。干潮時の川床《かわどこ》に踏みこんでゴミをあさる浮浪児たちが、ときどき古びた剣などの珍奇なものを見つけてしまうのも、その証左だった。大昔の人びとは、そのような捧げものを投げこむことで、川の神に加護を願ったのである。もちろんつい最近投げこまれたものであれば、テームズは出し惜しみすることなく、どんどん浮かびあげてくれた。

その小さな舟は、川波にもてあそばれ大きく揺れていた。よく見ると、乗っているふたりの男は年齢も体格も対照的だった。ひとりは若くて痩せていたが、もうひとりは酒樽のような胸を持ち、顔じゅうにごつい髯を生やしていた。名前はプロクターとジャクスン。おじと甥の二人組であり、ふたりともテームズ川のおかげで飯が食えていた。小舟に客を乗せて対岸へ渡すことが、かれらの仕事だったからだ。甥のジャクスンがもちまえの愛想のよさで巧みに客をつかまえると、おじのプロクターがその逞しい腕で舟を漕いだ。かれらの渡し舟は、ほかの同業者より速く客を対岸に運ぶことで、この界隈ではそこそこの評判を得ていた。

プロクターは、きつい流れのなかで舟の位置を一定に保つべく、顔を赤くしてせっせとオールを操作していた。右を一回だけ強くかき、舳先を上流に向けたのは、岸から見た浮遊物の正体をもっとよく確かめるためだ。思ったとおり、うつ伏せになった男の水死体だった。波立つ水面のすぐ下で、緑色の上着からぶくぶくと泡が出ていた。しかし鬘《かつら》はまだ死体の頭に張りついており、ほつれた数本の馬毛が昆虫の触角みたいに揺れていた。両腕を大きく広げ顎を引いているところは、セント・マーティン教会のキリスト磔刑《たっけい》像を思わせたが、川のなかに落とした財布を探しているようにも見えた。

プロクターは、死体とは反対側の水面にぺっと唾を吐いた。死体がなにかに縛りつけられていることは、もはや間違いなかった。もしそうでなければ、今ごろは遠くウリッジまで流されているところだ。テームズのこのあたりは流れが強いため、固定されていないものはすべて押し流されてゆく。

「まずは、やつの体にロープを巻きつけるんだ。そのあと、重石だかなんだかを切り離して、舟に引きずりあげろ」

プロクターにこう命じられ、ジャクスン少年は不服そうな表情を見せたが、舟のなかに常備してあるロープで投げ縄を作ると、舳先から死体めがけて投げこんだ。顔をしかめながら彼はロープを操り、死体の上半身が腋の下まで輪っかに通ったところでぐっと締めた。それから、ロープのもう一端が舳先の鉄棒に固定されていることを確認してコートを脱ぎ、つづいてシャツも脱いだ。むき出しになった蒼白い胸と背中に、鳥肌が立った。彼はベルトに差してあったナイフを手に持ち、靴を脱ぎ捨てた。

「なあおじさん、おじさんは、いつになったら泳ぎを覚えてくれるんだ？」プロクターに向かい、ジャクスンは口を尖らせた。「何十年も船の上で働いてるくせに、まったく泳げないなんて俺のほうが恥ずかしいぜ」

プロクターは眉根を寄せて少年を睨んだ。「俺だってな、運命に導かれればいつでも水に飛びこめるんだ。だけど今は違う。だからさっさと行ってこい！」

少年は深呼吸をひとつしてナイフを口にくわえると、船端《ふなばた》から滑りこむように川のなかへ入った。水の冷たさに一回ぶるっと身震いした彼は、しかしすぐに川底をめざし潜っていった。舟を現在の位置に保ちながら濁った川を見つめていたプロクターは、水中のジャクスンが死体から伸びる綱らしきものをたぐっていることに気づいた。川の流れは、さっきよりも強くなっていた。彼が潜ったままの甥の動きを気にしていると、舳先の鉄棒に縛りつけられたロープが急にぴんと張られ、舟がぐらりと揺れた。重石から解放された水死体が、流されはじめたのだ。

突然ジャクスンが舟に上がってきて、舟底に座りこむと足を踏んばり、ロープを力いっぱい引きはじめた。濡れたロープがずるずると舟のなかにたぐり込まれ、つづいて死人の頭が船端にごとんと当たった。少年は水のなかに両腕を突っこんで死体の胸をうしろから抱え、かけ声もろとも一気に引きずりあげた。勢いあまって後方に倒れた彼の上に、死人がおおいかぶさった。少年はあわてて押しのけた。

「畜生！」ジャクスンは舳先へ移動し、荒い息をしながらシャツで全身の水気《みずけ》をぬぐいはじめた。

「新しいホトケさんで、まだよかったじゃないか」プロクターがいった。少年は返事をせず、むっとした顔で自分の赤いコートを着た。おじは、舟をブラック・ライオン階段へ向けて漕ぎはじめた。「でもよく考えたら、舟に上げずに引っぱっていくという手もあったな」

ジャクスンは完全にへそを曲げてしまった。河岸《かし》を見ると、早くも野次馬が集まってきていた。きっとかれらは、死体を見おろして小さく舌打ちし、これが自分でなかったことを神に感謝するのだろう。おお、やだやだ！　こうはなりたくないもんだね！

すでにロンドンは、昼の喧騒で溢れかえっていた。テームズの川面でも、往来する舟の警笛と怒号がやかましさを増していた。すべての煙突から煙が立ちのぼり、川の両岸にずらりと並ぶ倉庫は、砂糖や材木、衣類、スパイス、異国の物品、ドライフルーツなどの入出庫で大わらわだった。テームズ川をさらに下ったロンドン・ブリッジから先の波止場では、ロンドン塔に見おろされながら大型の商船が次々と碇をあげ、早く走りたくてうずうずしている犬のように、新たな交易品を求め大海原へ出ていこうとしていた。

プロクターの渡し舟のなかで、水死体の頭がごろんと横を向き、テームズ川の汚れた水を口から吐き出した。

†

同じロンドン市内でも、もう少し爽やかな空気を呼吸できる場所があり、メイフェアのブルートン通りもそんな場所のひとつだった。おりしも、この通りに面したバークレー・スクエアの角に立つ瀟洒《しょうしゃ》な建物のまえで、メイドを従えたひとりのレディが立ちどまった。メイドがドアノッカーを叩くと、レディは高く盛りあげた自分の髪を片手で軽く整えた。彼女の髪は、油断するとすぐ首のあたりまで落ちてきてしまうので、気が気ではなかったのである。ドアが開くのを待ちながら、彼女は道の反対側を見やった。ひとりの男が難しい顔をして、懐中時計を睨んでいた。濃紫《こむらさき》のコートは地味だったものの、紳士にふさわしい上等な仕立てだった。若いと呼べる年齢ではなかったが、すっと伸びた高い鼻は謹厳な古代ローマ人を思わせ、なかなかの男前だった。しかし、その顔も服装も、特に強い印象を残すものではなかった。

ドアに向きなおった彼女は、今から会うこの家の女主人に、どんな話を聞かせてやろうかと考えはじめた。教えてやりたい噂話があったし、まだ秘密にしておくべき話があった。道の反対側に立つ紳士も、実は似たようなことを考えていたと知ったら、彼女はさぞびっくりしただろう。秘密の情報を管理し、情報の交換と売買を監督することが、この紳士の仕事だった。彼は国家に仕える密偵のひとりであり、密偵たちの指揮官だった。彼の部下は、ヨーロッパのすべての宮廷に潜入していた。部下たちが集めてくる噂話は、彼が分析することで値千金《あたいせんきん》の情報となった。少なくとも彼自身は、そうなるよう常に心がけていた。髪を気にするレディのまえで、友人の従僕がドアを開き、彼女を家のなかに招き入れた。すでに彼女は、濃紫のコートを着た紳士のことなど、きれいに忘れていた。

紳士はパーマーという名前だった。通りの反対側でドアが開閉する音を聞き、パーマーはいったん顔をあげたが、すぐにまた懐中時計に視線を戻した。約束の十一時まで、まだ数分の余裕があった。この時刻を手紙で指定したのは彼のほうであり、彼は今から、ハリエット・ウェスターマンとゲイブリエル・クラウザーが待つ屋敷を訪問しようとしていた。このふたりは、去年サセックスで発生した不幸な殺人事件を、見事解決したことで一躍有名になった。ちょっと風変わりな二人組であり、かれらがロンドンに来たのは、ミセス・ウェスターマンの夫がこちらで怪我の療養をしているからだった。約束の時間を厳守したかったパーマーは、それとなく周囲を観察しはじめた。

バークレー・スクエアは、この国の最も裕福な人びとが、夏の社交シーズンを過ごすための邸宅を多くかまえている一等地だ。金融街と歓楽街からさほど離れていないにもかかわらず、ロンドンの悪臭や汚穢《おわい》からは充分に遠く隔てられていた。街の中心部に比べると空気は明らかに清浄で、パーマーが勤務する海軍本部が置かれた官庁街《ホワイトホール》周辺よりずっと静かだった。各建物の設計はそれぞれ別の建築家が手がけているし、施工した大工も違っているはずなのだが、この一劃《いっかく》に並ぶ邸宅は趣味のよさという点でどこか共通しており、ある種の統一感を醸《かも》し出していた。

どの家も、縦に細長い窓の列が中央広場《スクエア》を冷ややかに見おろしていた。地下室へつづく石段には黒い鉄製の手すりがつけられ、その手すりから長く伸びた黒い鉄の枝には、角灯がぶら下がっていた。今のこの時間、もちろん角灯はすべて消されているのだが、テームズ川のほうから十一月の闇が昇ってくる夕暮れ時ともなると、お仕着せを身にまとい頭に髪粉をまぶした従僕がていねいに火を灯してゆき、やがてバークレー・スクエア全体が、小さな鬼火の数々でぼんやり照らしだされるのだった。地面に落ちた金色の丸い光は、そのひとつひとつが、あたかも闇に対抗する魔方陣のようだった。パーマーがこの情景を初めて見たのは、つい最近のことなのだが、見たとたん、無情な土地で道に迷った旅人のような気分を味わった。光をめざして進んでみても、そこが本当に安全地帯なのか、それともさらに大きな危険が待ち受けているのか、まったく見当がつかなかったのである。

パーマーが立っている路上からは、スクエアの中央に位置する広い庭園が見通せた。ひとりの少女が、赤ちゃんを抱いた乳母らしき女性のとなりに立っていた。彼女たちのほうへ向かって、七歳ぐらいと思われる男の子がふたり、葉が落ちた木々の下に広がる芝生の上を、帆船が風を間切《まぎ》るようにジグザグに走っていた。全員がきちんとした身なりをしていた。とても健康そうな男の子たちは、おそろいのコートを着ており、青と茶のストライプが芝生によく映えた。このふたりよりは明らかに年上だが、まだ十二歳にもなっていないであろう少女は、青のドレスの上に黒いシルクのマントを羽織っていた。彼女はドレスの裾を軽くつまみあげると、乳母から離れて前方にすたすたと歩み出た。

「ソーンリー、攻撃開始だ！」先頭を走る少年が叫んだ。

「了解しました、ウェスターマン艦長！」彼の金髪の友人が答えた。

パーマーは、笑みを浮かべながらふたりの少年を眺めた。なるほど、あの金髪がウェスターマン提督の息子で、金髪のほうが、ウェスターマン母子にロンドンでの寓居を提供している若きサセックス伯か。あの子たちは今、どんな冒険をしているのだろう。きっと今年の春、〈マルキ・ド・ラファイエット〉という敵艦を拿捕したときのウェスターマン提督の武勇談を、再現しているに違いない。あれはまさに大手柄だった。アメリカ植民地の叛乱者たちに、かれらの同盟国であるフランスが送ろうとした大量の軍需物資を、まるまる横取りしてしまったのだから。その総額は、三十万ポンドを下らなかったであろう。しかし残念なことに、あれはまた、ジェイムズ・ウェスターマン提督がその輝かしい軍歴に刻む最後の手柄となってしまった。戦闘で傷んだ艦を洋上で修理している最中に事故が発生し、よりによって提督が、頭部に重傷を負ってしまったのである。不運としかいいようのない事故であり、脳に強い衝撃を受けたウェスターマン提督は、帰国から数週間が過ぎても家族との正常な生活が送れないため、ハイゲイトに住む医師の家にあずけられることになった。これには誰もが落胆した。現在イングランドの海上覇権は、史上かつてなかったほどの脅威にさらされており、有能な艦隊指揮官の戦線離脱は、あまりに大きな損失だったからだ。

「スティーヴン！」黒いマントの少女が大きな声で呼びかけた。「今アンは、すやすや寝てるのよ！　もしあなたがアンとわたしに向かって一斉射撃するなら、あなたを巻揚機《キャプスタン》に縛りつけて鞭打ちし、それからあの怖ろしい船底《ふなぞこ》……えーと……船底なんだっけ？」

金髪の少年が立ちどまり、少し考えてから「船底くぐり刑！」と怒鳴り返した。

レディ・スーザンがにっこり笑った。「そう、その船底くぐり刑にしちゃうからね！」

先を行く少年は進路をわずかに変更し、最初からそこが目的地であったかのように、広場の北側にある灌木の植え込みのまえで立ちどまった。「あんなことやるのは、オランダ軍だけさ」こういうと彼は、じめじめした落ち葉の山をブーツの踵《かかと》で蹴り散らした。

男の子たちを制した少女の気っ風《きぷ》のよさにパーマーは口もとをゆるめ、それから、状況を正しく判断し立ちどまった少年の母親に改めて思いを馳せた。あの暗赤色《ダークレッド》の髪の提督夫人には、これまでにも何回か会っていた。初対面は数年まえで、そのときは聡明で朗らかな女性という印象を受けた。二度めに会ったのは、提督が帰国した直後だった。提督の捕虜のなかにソランスの民間人が混じっており、結局は死亡したその男がパーマーの必要とする情報を持っていたらしいので、提督から直接話を聞くためサセックスまで足を運んだのである。ところが提督は、まともに話ができる状態ではなかった。にもかかわらず、悲しみをこらえ事情聴取を手伝ってくれたミセス・ウェスターマンの気丈さに、パーマーは強く感銘を受けた。ジェイムズ・ウェスターマンは、あるときは酔っぱらいのように支離滅裂で、あるときは子どものように気まぐれだった。家族や使用人が気の毒だったし、パーマーはかれらに同情しつつ、見事に管理された美しい地所をあとにした。

彼女と三度めに会ったのはつい先日、ロンドンでのことだった。しかしそれは、たいへん不愉快な再会となった。事前になんの連絡もなく、いきなり海軍本部に押しかけてきたミセス・ウェスターマンは、同僚たちが見ているまえで猛然と彼を非難した。なぜ病んでいる夫をあんなに苦しめたのかと、彼女はパーマーを責めたてた。当然パーマーも立腹した。思い出すだけで気分が悪くなりそうだった。それでもなお、現在の彼は、ミセス・ハリエット・ウェスターマンを必要としていた。

時計を見ると、ちょうど十一時になったところだった。彼女の相棒であるゲイブリエル・クラウザーとは、今日が初対面だった。当然、彼についてパーマーが得ている情報は、世間の人びとが知っていることと大差なかった。まず、変死体の解剖と分析をさせたら第一人者であること。大金持ちだが、かなりの変人であること。父親が殺害され、その犯人として実の兄が絞首刑に処されたこと。その後、男爵位の継承権と貴族院での議席を放棄したあげく、領地を売り払って隠棲し、解剖学の研究だけに没頭してきたこと。その奇人をミセス・ウェスターマンが引きずり出し、ふたりで力を合わせ、幼いソーンリー卿とその姉の生命を救ったこと。パーマーは、新聞や小冊子に書かれていた物語や噂話から、ミスター・クラウザーの人物像を彼なりに描きだしていた。

ふたりと会うため、パーマーは一歩を踏み出した。

2

ジョカスタ・ブライは、共同住宅の中庭に設けられた井戸の手押しポンプをぎこぎこ上下させ、大きな桶に水を汲んでいた。朝のこの日課を、太く逞しい腕を持つ彼女は愉しんでいたし、今日のように冬を予感させる冷たい薄曇りの日でも、その愉しさに変わりはなかった。水を汲み終えたところで、ジョカスタは背後に人の気配を感じた。どこか物欲しそうなその気配に向かい、彼女はふり返ることなくこういった。

「やってあげるから、こっちによこしなさい」彼女は自分の桶をわきに置くと、うしろに立つ小柄な老人から桶を受け取った。老人は痩せこけており、歯が一本もなく、着ている服はほとんど襤褸《ぼろ》に近かった。『ねえミスター・ホップス、若い女中をひとり雇って、こういう仕事をやらせようと考えたことはないの?』」再び手押しポンプを押しながら、ジョカスタは訊いた。「女中の給金くらい、わたしたちが払ってる家賃から簡単に出せるはずだわ。なのにあなたは、倹約ばかりしてろくに服も買おうとしない」

ホップスは薄汚れた白分のシャツを指先でつまみ、砂利道で岩を引きずるような笑い声をあげた。ジョカスタの首筋に吹きかかった老人の呼気は、腐った玉葱の臭いがした。「よしてくれよミセス・ブライ。どうしてわしが、若い娘なんかに無駄金を使わなきゃいけないんだ。すぐそばに、おまえさんがいるじゃないか。おまえさんはまだまだ達者だし、ポンプを押すおまえさんの腕を見ているだけで、わしは心が豊かになるのさ」

ジョカスタはくるっとふり向き、水がいっぱいになった桶をホップスの胸に押しつけた。いきなり重いものを持たされた老人は、わずかにふらついた。

「いつもすまないね」少し気まずそうに老人が礼をいった。「ところでミセス・ブライ、おまえさんどうして、今朝は歌を歌わなかった？　このポンプの音と、おまえさんの歌う北国の歌が聞こえて初めて、わしは朝がきたなあと実感できるんだ。だから今朝は、どこかの悪党がこの中庭に入りこみ、ポンプをいじってるのかと思ったよ。窓からのぞいたら、おまえさんのスカートが見えたんで安心したけどね」

もとよりジョカスタは、この近辺で非常に有名な女性だったけれど、彼女をいっそう有名にしていたのが、彼女がはいている巨大なパッチワークのスカートだった。色鮮やかな端切《はぎ》れを大量に継ぎ合わせたそのスカートは、数十メートル離れていても容易にそれとわかった。しかし、彼女が同じようなスカートを何枚も所有しているのか、あるいはこれ一枚だけなのかを知る者はいなかった。この井戸に日陰を提供している梨の木が、季節によって少しずつ違った表情を見せてくれるのと同じで、ジョカスタのスカートの変化も微妙だったからだ。緑の葉がいきなり紅葉したかのように、よほど急変しない限り、昨日と比べてどこが違うかを見極めるのは不可能に近い。

太い腕を豊かな胸のまえで組みながら、ジョカスタは干からびた麦わらのような大家を見おろした。

「たしかにわたしは、毎朝ここに来るわ。歌わなかったのは、とても歌う気になれないくらい、昨夜の夢見が悪かったからよ」

「わしなんか、毎晩ひどい夢を見てるぞ。目を覚ますのが厭になるくらいだ」

ジョカスタは相づちも打たずに自分の桶をぶら下げ、自室のドアまで運んでいった。腰でドアを押し開けると、赤茶色の小さなテリアがきゃんきゃん吠えながら足もとにじゃれついてきた。毎朝、炊事と洗濯のための水を汲んでくるたびに、同じことがくり返された。ボイオは遊びのつもりだが、スカートや桶に飛びつかれれば水はこぼれてしまい、ジョカスタの靴下はびしょ濡れになった。今朝も玄関口は水びたしになり、中庭からは、一部始終を見物して愉しそうに笑うホップスの声が聞こえてきた。

「ボイオ、いい加減にしなさい!」

足先でドアを閉めて桶をいつもの位置におろした彼女は、薬罐に入れる水を汲むため琺瑯《ほうろう》の水差しを手にとった。腰をかがめながら水差しを桶のなかに沈めると、桶の木枠にぶつかった琺瑯が小さな音をたて、彼女のまるまると太った膝もぽきっと鳴った。腰をまっすぐ伸ばしながら、ジョカスタは考えた。歳月は水のように流れ去ってゆく。そのうち、あの井戸へ水を汲みに行くのさえ大仕事になってしまうだろう。ゆうべ見た夢が、ふと頭に浮かんだ。消えてゆくその夢をつかまえ、頭のなかから外へ出そうとして、彼女は首をかしげた。夢に出てきたのは、二輪戦車《チャリオット》らしき乗り物だった。彼女はその戦車に轢かれたと思ったのだが——もしかすると、そばを走り抜けただけかもしれない。そして戦車にさっと飛び乗った彼女は、仮面をかぶった悪魔の横に座って、一緒に走っていかなかっただろうか？

もっとよく思い出そうとしたのだが、ボイオがまたうるさく吠えたので、夢の映像はかき消された。

「そんなに騒がないでよ。今お茶をいれて朝ごはんにしてあげるから。午前中は十人くらいお客さんが来るはずだし、次になにか食べられるのはそのあとになるわ」

ジョカスタは薬罐を火にかけ、小さく鼻を鳴らすと愛用のタロット・カードが置かれているテーブルに座った。伏せたままのカードをざっと広げ、その上でしばらく指を泳がせたあと、一枚だけ引いてみた。チャリオットだった。乗っているのは、片手に槍を持ち、もう一方の手を腰にあてた若い王様。王様の下には、金色の馬が二頭描かれていた。

「ねえボイオ、やっぱり試練がやってくるみたい」片手で自分の顎をなでながら、ジョカスタはよいしょと立ちあがった。犬は不思議そうに首をかしげた。「この汚れきった街では、毎日が試練みたいなものだけどね」彼女は家のなかを見まわした。壁が急に頼りなく感じられたし、台所の火はあまりに弱々しかった。もし本当にチャリオットが襲ってきたなら、彼女はどこまでその猛攻に耐えられるだろう？　なんにせよ、どれだけ頑張ろうとこの聖なる空間は踏みつぶされるだろうし、彼女も溝《どぶ》のなかに放り出されるのだから、運を天にまかせるしかあるまい。「さてそれでは、今日はいくら稼げるか占ってみましょうか？」来るなら来い。少なくとも今は暖かい家があり、薬罐の湯も沸きはじめている。

商売用のカードが粗末な小机の上に置かれ、最初の客を待っていた。でっぷりと太ったミセス・ジョカスタ・ブライは、しかつめらしい顔をし、落ち着いた手つきでこのカードから真実を引き出すことによって、日々の糧を得ていた。

「ちょっと待ってください。ミスター・パーマー、あなた、わたしたちに死体の検分をやらせたいんですか？」

3

「はい。たいへん申しあげにくいのですが、そういうことになります」パーマーは、ハリエット・ウェスターマンのような性格の女性に頼みごとをする場合、ひたすら下手《したて》に出るのが最善の態度であろうと考え、この客間に招き入れられてからずっと、低姿勢を保つよう努力していた。要は、海軍本部の官僚が辞を低くして懇願しているという印象を与えることが重要であり、命令だと感じさせてしまったら、すべてが水の泡になりかねなかった。今回、彼女を怒らせるのは絶対に禁物だった。ゲイブリエル・クラウザーに関しては、まず解決すべき問題を提示してやり、どこまでおだてにのりやすい人物か確かめたうえで、話を進めるつもりでいた。

ティーカップをサイドテーブルに置き、パーマーは空咳をひとつした。マントルピースの上には、信じられないほど派手な時計がのっていた。バークレー・スクエア二十四番地にあるこの家の客間は、三十人の客を楽にもてなせるくらいの広さがあり、中央広場を見おろす三枚の細長い高窓から、昼の光が明るく降りそそいでいた。金ぴかの椅子や小型の長椅子が、数脚ずつ適当な距離を保ちながら部屋の各所に配置されていた。花模様を型押しした壁紙の上に、田園風景を描いた古くさい絵が掛かっており、壁沿いのあらゆる隙間には、華やかな装飾を施された巨大な陶器の壺が、太りすぎの衛兵のようにでんと立っていた。どこに眼を向けても、悪趣味の極みだった。パーマーは推理した。幼いソーンリー卿の後見人であるミスター・オウエン・グレイヴズは、ロンドンでの住居の確保を急ぐあまり、家具つきで売りに出されていたこの物件を、ろくに内装を吟味することなく購入したのであろう。無理もあるまい。都会にたむろする貧乏文士のひとりにすぎなかった青年が、サセックス伯爵家の血なまぐさいお家騒動に巻きこまれた結果、この国で最も富裕な貴族のひとりを後見することになったのだから。

逆にパーマーを迎えてくれたふたりの男女は、服装といい態度といい、この俗悪な客間と著しい対照をなしていた。ミスター・クラウザーは、長身痩軀を真っ黒な衣服で包み、聖職者と称しても通用しそうだった。袖口になにかの薬品らしき小さな染みがあるのを別にすれば、紳士にふさわしい端正な服装だったものの、その愛想のなさは初対面の人間をひるませるに充分だった。ミセス・ウェスターマンも、裕福な田舎の上流夫人らしい格好をしていたけれど、ロンドンの女のような気取りは感じられなかった。パーマーが初めて会ったころに比べ、ずいぶん老けたように思えた。表情にも挙措にも、疲れと苛立ちがありありと感じられた。その原因が、夫であるウェスターマン提督を苦しめている謎の病気にあることは、今さら訊くまでもなかった。彼女の年齢を、パーマーは三十代前半と見積もっていた。海軍本部で要職に就いていながら、未だ若手と呼ばれてしまう彼とほぼ同年代である。クラウザーが座る長椅子の端には今日の新聞が置かれており、部屋の隅のライティング・デスクには手紙が山をなしていた。どうやらふたりは、パーマーの到着を待ちながら、このだだっ広い客間の離れた場所に座り、それぞれの用事を片づけていたらしい。

「詳しくご説明したほうがよさそうですね」

パーマーがこういうと、ハリエットは軽く頭を傾けて彼のほうを向き、実体のない幻を見るかのように目を細めた。「ぜひそうしてください」冷淡な口調だった。

パーマーが語りはじめた。「ミセス・ウェスターマンには、すでに一部をお聞かせしているのですが、今日はミスター・クラウザーもいらっしゃるので、改めて最初からお話しします。そうすれば、なぜわたしがおふたりの助力を求め、今日わざわざこちらにお邪魔したか、よくご理解いただけると思いますので」彼はゆっくりと首《こうべ》をめぐらし、クラウザーを見た。しかしクラウザーは、自分の両手の指先を見つめたまま微動だにしなかった。「われわれは今年の春、フランス政府の上層部が、新たに確保した優秀な密偵をロンドンに潜入させるべく、工作を開始したという情報をつかみました。ところがそれ以降、新しい情報がまったく入ってこないのです」パーマーは言葉を切った。「なにしろ、アメリカの戦況があの為体《ていたらく》ですから」

ここでクラウザーは顔をあげ、そんなこと教えてもらうまでもない、と述べるかのように眉をひそめた。

派手な長椅子の上に放り出された新聞を一瞥《いちべつ》し、パーマーは改めて咳払いをした。実際、アメリカ叛乱軍との戦争をめぐって、政府と海軍本部は容赦ない批判にさらされていた。強硬派は後手にまわっていると怒り、慎重派はやり方が無謀すぎると怒った。アメリカと同盟を結んでフランスが参戦した際は、国民の愛国心が一気に燃えあがったものの、それも今ではすっかり醒めていた。現在のイングランド国民は、自分たちの親戚と呼んでいい人びとを敵にまわし、大西洋の彼方でつづいている戦争に倦《う》み疲れていた。だが、今やスペインもイギリス海峡を脅かしており、海軍は海上通商路の防衛だけで四苦八苦していた。こんな状況で、もしパーマーの手をすり抜けフランスへもれてゆく情報があったなら、そのひとつひとつがイギリス国王に向けられる銃弾と同じくらいの危険性をもち得た。まだ若く使命感に燃えているパーマーは、情報もれを防ぐためであればなんでもやったし、怪しげな人物と接触することさえ厭わなかった。フランスが新たな密偵をロンドンに潜入させ、その密偵から期待どおりの情報を入手しはじめれば、そのような情報は、十隻の新造艦に匹敵するほどの破壊力をもちかねない。彼にいわせると、今のイングランドは、戦略や作戦計画、戦力、問題点などの重要極まりない血液を、海に垂れ流しはじめた怪我人だった。傷口を広げられたら、出血がひどくなるのは当然である。この傷口を発見して押さえつけ、縫いあわせることがパーマーの任務だった。クラウザーのすらりと伸びた長い指を見つめながら、彼はつづけた。

「そんななか、フランスがロンドンに送りこもうとしている密偵に関する重要な情報を、ウェスターマン提督がつかんだらしいのです。五月に拿捕した敵艦で捕虜にした男を、提督ご自身が尋問することによってね」こういうとパーマーは、自分の手を軽く握った。

パーマーの高い鼻をちらっと見て、クラウザーが訊いた。

「あなたがそう考える根拠は？」

質問したということは、パーマーの話に興味をもってくれたわけだ。説明する彼の声に、少し力がこもった。「すでにご存知でしょうが、提督が拿捕した艦には、アメリカ向けの軍需品が大量に積まれていました。にもかかわらず、提督が尋問した男は、軍人ではなかったのです。諜報員だったことは、まず間違いないでしょう。このときの尋問の結果について、事故に遭われるまえの提督は、部下のひとりに苦い顔でこう語ったそうです。『売国奴はどこに隠れているかわかったものではない』し、そういう輩《やから》が、『美しい芸術を損なうのだ』と。しかし残念なことに、これが具体的になにを意味するのかは、未だ不明のままです」

突然ハリエットが立ちあがり、椅子のうしろをせかせかと歩きはじめた。彼女が方向を変えるたび、スカートの裾がカーペットにこすれて小さな音をたてた。彼女の落ち着きのない動きとクラウザーのどっしりした冷静さは、異様なまでに対照的だった。「ミスター・パーマー、そこまでのお話は、間違いなく数カ月まえに聞かせていただきました」早口で彼女がいった。「だけど何度も申しあげているとおり、ジェイムズは最後の航海についてなにも憶えていないのです。思い出しそうな気配すら、まだ全然ありません。あなたは彼の部下から事情を聞いたし、わたしもあなたに協力して、彼がわたし宛に送った個人的な手紙までご覧に入れました。なのに十日まえ、あなたはわたしに無断でトレヴェリヤン先生の自宅に押しかけ、ジェイムズを苦しめたんですから、まったく理解に苦しみます」

「ミセス・ウェスターマン、わたしは提督を苦しめてなどいません。この情報はあまりに重大であり、だからどんなに小さな手がかりであっても……」パーマーはいったん口をつぐんだ。

「……実をいうと、つい二週間まえ、パリにいるわれわれの連絡員から、ひとりの男の名前が伝えられたのです。フィッツレイヴンというのですが、わたしは提督がこの名前をご存知かどうか、確かめねばなりませんでした。トレヴェリヤン先生のお宅を訪問したのは、それが理由です。しかしながら、徒労に終わりました。以後、この名前に関しては、なにもわかっていません」パーマーは嘆息し、そのあと、つい早口になってこう弁解した。「ミセス・ウェスターマン、いま申しあげたことを、わたしは先週あなたが海軍本部にいらしたとき、説明しかけたのです。なのに、あなたがものすごい剣幕でまくしたてるものだから――」ちらりとクラウザーを見ると、口角がわずかに上がっていた。ハリエットは顔をしかめた。

それまでの落ち着いた語調に戻って、パーマーはつづけた。「フィッツレイヴンの地位と役割、対イングランド諜報戦で彼がどれほどの重要性をもつのか、すべてが謎のままです。わかっているのは、この一般的とはいえない苗字だけであり、そこでわたしは、この苗字から追ってみることにしました」

ハリエットが足を止め、クラウザーともどもパーマーに注目した。背後から射しこむ十一月の淡い光を受け、彼女の暗赤色の髪が柔らかく輝いた。

「わたしは、ロンドン市内にも何人か情報屋を雇ってましてね。フィッツレイヴンという名を耳にしたら、とにかく大急ぎで知らせろとかれらに命じたのです。そして今日の早朝、遂に有力な情報が寄せられました。ブラック・ライオン階段付近のテームズ川から、男の水死体が引きあげられたのですが、その死体を見た野次馬のひとりが、『こいつはフィッツレイヴンだ』

と断定したというのです」

パーマーは顔をあげ、ふたりの表情をうかがった。ハリエットは泰然としており、クラウザーはまたしても三角形につき合わせた両手の指先を見つめていた。

「わたしは、ウエストミンスター地区の治安判事であるミスター・ピサーに、おふたりに書面で協力を要請するよう指示しました。ところが彼のほうも、まったく同じことを考えていたんですね。当然だと思います。サセックスでのおふたりの活躍を、知らない者などいないのですから。きっとピサー判事は、おふたりと一緒にこの事件を捜査させていただくことで、自分の名前に少し箔《はく》をつけたいのでしょう」ここでようやく、ハリエットの口もとがわずかにゆるんだ。パーマーは椅子のなかでまっすぐ座りなおしながら、厳粛な声音《こわね》で最後のひと押しを試みた。「わたしがお願いしたいのは、ピサー判事の依頼に応じて、フィッツレイヴンの死の状況について調べていただくことです」ここで彼はうっすらと笑みを浮かべ、いま急に思いついたかのようにこう言い添えた。「少し嫌がるようなそぶりを見せるのも、効果的かもしれません。おふたりを説得するのにどれだけ手こずったかピサーが吹聴《ふいちょう》してくれれば、この捜査の真の目的がいっそう曖昧になりますからね」

「ミスター・パーマー、こと犯罪捜査に関しても、あなたは非常に有能な方とお見受けしました」クラウザーが物憂げにいった。「ほんの短い時間でそれだけのことを考え、そこまで段取りをつけられるのなら――」クラウザーはウエストコート（上着の下に着るチョッキ）のポケットから懐中時計を取り出し、時刻を確かめた。そして顔をあげると、パーマーの眼をじっと見つめた。パーマーは、五十代後半と思われるこの紳士の瞳が、実は透きとおるような青だったことに初めて気づいた。

「——なぜご自分で捜査なさらないんです？　あなたの情報屋を使うことも可能なのでしょう？　わたしとミセス・ウェスターマンは、この件にはまったく無関係だし、ましてや素人です。なぜ国家機密にかかわる重大事件の捜査を、こんな世捨て人と口やかましい中年の小母《おば》さんに頼もうとするのですか？」

中年の小母さん呼ばわりされて、ハリエットがどう反応するのか、パーマーはおっかなびっくりで彼女の顔を盗み見た。だがハリエットはなにも聞いていなかったかのように、自分の右側にある壁をぼんやり眺めていた。パーマーは慎重に言葉を選びながら、クラウザーの質問に答えはじめた。

「理由は三つあります。まず第一に、もし協力してくださるのであれば、あなたがた以上に優秀な捜査官はいないということ。ひとつの変死体から多くの物語を読み取るなんて、わたしにはとうていできません。というより、そんなことができる人は、世界にも数えるほどしかいない。ふたつめの理由は、わたしがおふたりを信頼しているからです。ミスター・クラウザー、わたしはある程度まであなたのことを存じあげていますし、わたしが見聞きした話を総合すると、ご自分で捜査した事件の詳細をあなたが言い触らす可能性は、限りなくゼロに近い」これを聞いたクラウザーの顔に、苦笑らしきものが浮かんだ。「そしてミセス・ウェスターマン、あなたは、ご主人である提督が指揮する艦に、長く同乗した経験を持ってらっしゃる。祖国に対するあなたの忠誠心は、疑う余地がありません。加えて、わたしはあなたの逆鱗に触れてしまいましたが、どれほど怒っているように見えても、あなたは冷静さを失っていなかった」ハリエットの眼はあいかわらず壁に向けられていたけれど、彼の話を真剣に聞いていることは明らかだった。「三つめは、この件が戦時の諜報工作に直接かかわっており、したがって、極秘のうちに処理する必要があるからです。わが国の国益のみならず、全国民のために、いったいなにが起こっているのかわたしは突きとめねばならない。この国の秘密を、まとめてフランスに売る陰謀が進行中なのでしょうか？　もしそうなら、どんな人びとが関係しており、その陰謀のせいでわが国はどれほどの損害をこうむるのでしょう？　新たに潜入した密偵とは何者なのか？　死んだフィッツレイヴンがその密偵だったのか、違うのか？」

ここでようやく、ハリエットが彼の顔を正面から見た。「だけどミスター・パーマー、その種の陰謀であれば、今までもずっと存在していたんでしょう？」

パーマーはうなずいた。「たしかにおっしゃるとおりです。だからこそ、わたしも長く防諜活動に携わってきたわけですが、とりあえず最後まで説明させてください。当然のことながら、フランスの密偵たちも馬鹿ではありません。もしフィッツレイヴンが一味のひとりだとすれば、彼の背景や行動、そして死の状況についてわたしが捜査にのり出したとたん、共謀者どもは一斉に姿を隠してしまい、あとにはなんの証拠も残らないでしょう」

「逆にクラウザーとわたしであれば、どれほど嗅ぎまわったところで、どうせロンドンにいるあいだの暇つぶしだ、と世間は思ってくれるわけですか？」これまでとは違って、ハリエットの声には愉しんでいるかのような明るさが感じられた。彼女に視線を向けながら、パーマーも頬をゆるめた。

「まさにそのとおりです。世間の人たちは、あなたとミスター・クラウザーが自分たちの名声をさらに高めるため、この事件に飛びついたと誤解してくれるでしょう。なんといってもフィッツレイヴンは、不可解な死に方をしていますからね。そしてわたしは、彼がどのような人物で誰とつながっていたのかを、是が非でも知りたい。フランスが送りこもうとした密偵が彼だったのか確認する必要がありますし、もしそうであるなら、彼の死を調べることによって、イギリス国内に張りめぐらされたフランス諜報網の全貌と、それがどこまで政府や軍に浸透しているかを突きとめられるかもしれないのです」

「不可解な死に方とおっしゃいましたが、具体的には?」クラウザーが質問した。「テームズから水死体が上がるのは、日常茶飯事でしょうに」

「ミスター・クラウザー、その点はぜひご自分でお確かめください。すでにわたしは、詳しい報告書を受け取っているのですが、とどのつまり報告書も伝聞にすぎません。今の段階では、不正確かもしれない情報で、あなたのお仕事に悪影響を与えたくないのです」

彼がここまで話しても、クラウザーはまだ心を決めかねているようだった。

シャツの袖口をいじりながら、クラウザーが訊ねた。「ミスター・パーマー、あなたの直接の上司は、どなたになりますか?」穏やかな声には、しかし刺すような鋭さがあった。

「わたしの報告は、さまざまな部署に送られていきます」パーマーは答えた。「自分の裁量で自由に使える予算と人員を与えられていますし、ほとんどの場合、独断での行動を許可されています。ですから、わたしの直接の上司と呼べるのは、実質的には海軍卿のサンドウィッチ伯だけですし、伯を別にすると……ほかのすべての公僕と同じく、王と国法に仕えている、としかいいようがありません」

マントルピースの上の時計が、半時間が経過したことを示す鐘を一回だけ打った。そのあまりの大きさに、ハリエットがびくっとした。しばらくのあいだ、口を開く者はひとりもいなかった。

「わが国は今、戦争の真っ最中です」パーマーが沈黙を破った。「情報は軍需品と同じくらい重要であり、危険です。もしわが軍の艦隊編成や兵力、兵站に関する情報が——それも正確な情報が——フランス軍司令部に筒抜けになってしまったら、たくさんの国民が死ぬことになるでしょう。それを避けるために、お力を貸していただきたいのです」

「よくわかりました、ミスター・パーマー」両手の指先を再び三角形につき合わせながら、クラウザーがいった。「ご期待に添うよう努力してみましょう」

4

ピサー判事の要請書がバークレー・スクエアの屋敷に届けられたのは、パーマーが辞去してわずか数分後のことだった。文面を読むと、ふたりに協力を仰ごうと決断したのはピサー自身である、ということになっていた。クラウザーは、その要請書に目を通してゆくハリエットを観察した。頬にかかる巻き毛を無意識に引っぱるものだから、せっかく巻いてもらった髪がまっすぐに戻りかけていた。ひどく憔悴していることは隠しようもなかった。昨日、トレヴェリヤン医師の自宅兼医院から戻ってきた彼女は、なんの進展もなかったことを力なくクラウザーに報告した。夫の病気が、彼女の心を濃い霧のように閉ざしていた。鮮やかな緑色の瞳は、たった三カ月で淀んだ池のようになってしまい、生き生きとした輝きも失われた。怒りや恐怖を感じたときは文字どおり燃えるようだった美しい暗赤色の髪も、ぱさぱさに乾いてほとんど錆色に見えた。体重もかなり落ちているに違いない。もしこれが自分の馬だったら、クラウザーはひと思いに射殺してやるだろう。彼女にもそういってやりたかったが、なんとか自制した。

「クラウザー、そんな眼でじろじろ見るのはやめて」ハリエットはピサーの手紙を膝の上に置き、両手の指先でこめかみを押さえた。「ひょっとして、わたしの肺を標本にしたら、瓶のなかでどういうふうに見えるか想像していたんじゃないの？」

　クラウザーは投げ出しておいた新聞を拾い、ヨークタウンを防衛するコーンウォリス将軍麾《き》下《か》の勇敢な部隊が、どこまでもちこたえるか案じる記事のつづきを読みはじめた（一七八一年九月二十八日に開始されたヨークタウンの戦いは、アメリカ独立戦争で植民地軍の勝利を事実上確定した攻囲戦）。

「人間の肺の標本ならすでにいくつかもっていますし、そこにあなたの肺を加えても、特に新たな発見はないでしょう。ですからご安心ください」穏やかな口調でクラウザーはつづけた。「それよりもわたしが気になるのは、王立協会（一六六〇年に設立されたイングランドで最も権威ある科学学会）でわたしたちが称賛されたのはつい先週なのに、あの興奮をあなたが早くも忘れていることのほうです。けっこう喜んでいませんでしか？　なのに今は、すっかり冷めきっている」

「称賛されたのは、講演を行なったあなただけよ。わたしなんか逆に、あんなことをしているとご主人の病気に障りますよ、と注意されたんだから」

「わたしはただ、あなたが素晴らしい洞察力と推理力に恵まれた女性であることを、可能な限り正確に述べたつもりなんですがね。そしてあの会場にいた学者たちの全員が、〈サフォークの某名門貴族〉に降りかかった悲劇の謎を解明するにあたり、あなたがどれほど貢献したかを知って大いに感銘を受けた」

　ハリエットの眉が吊りあがった。「わたしはむしろ、講演後のあなたの気前のよさに、大いに感銘を受けたわ。わたしがお茶を飲んでいると、古ぼけた鬘《かつら》をかぶって汚いコートに身を包んだ学者先生が次々に近づいてきたけれど、その全員を、あなたはていねいに紹介してくださったんですもの。あとになって、かれらの奥さまたちもこそこそと話を聞きにきたわ。まるでわたしの全身から、解剖室の臭いが漂っているような顔をしながらね」彼女は、夏の暑い勉強部屋に閉じこめられている子どものように、座ったまま落ち着きなく足を動かした。「もうひとつ呆れ返ったのは、サセックス伯とかソーンリー・ホールといった具体的な名前が使えなかったこと。どれも周知の事実でしょ？　レイチェルなんか、あの事件をやたらどぎつく書きたてた冊子を子どもたちの眼から隠すのに、しばらくのあいだ大忙しだったんだから」

「基本的に貴族の学会なので、露骨にはいえなかったんでしょう。それにしても、あなたはわたしの同業者である学者諸兄を、ずいぶん手厳しく評してくれますね。あのなかには、あなたでさえ敬服せざるを得ない優れた思想家や素晴らしい研究者が、何人もいたのに」

ハリエットは無言でピサー判事の要請書を手にとり、自分たちに死体を検分させるため、パーマーに命じられるまま判事が書いたと思われるお追従《ついしょう》を再読した。ため息をつきながら、彼女は手紙を膝の上に戻した。

「解剖に同席したからって、わたしになにができるというの？　ねえクラウザー、今回はあなたひとりで行ったほうがいいんじゃない？」

彼女がさっきからなにを考えていたのか、やっとわかったクラウザーは、今の質問を熟考してみた。たしかにハリエットのいうとおりだった。見ず知らずの他人を解剖して死因を調べるなんて、もちろん彼女の仕事ではないし、そもそもレディのやることではない。殺人犯の特定と追捕《ついぶ》に至っては言語道断なのだが、彼女はそれをやってしまったし、その一部始終は、彼女自身がさっき言及した冊子類に詳述されている。

クラウザーは、彼ひとりで依頼に応じた場合のことを考えてみた。あまり認めたくなかったけれど、ミセス・ウェスターマン抜きで彼がのこのこ出かけていっても、ピサー判事だけでなくパーマーまで失望させることになりそうだった。たしかにクラウザーは、人間の体の仕組みと外的な力が人間の死体にどのような影響をおよぼすかについて、長年のあいだ研究をつづけてきた。しかし他人の生活にずかずかと踏みこみ、質問攻めにすることで謎を解いてゆく能力に関しては、ハリエットの足もとにもおよばなかった。学問に専念し、外科用のメスや注射器で自分の感情を封印しようとクラウザーが決心したのは、まだ青年のころだった。むろん完全に封印できるはずもなかったし、今はさまざまな状況において、ハリエットの人間的な温かさを借りる必要に迫られていた。このまま彼女と別行動をとるのかと思うと、クラウザーはいささか不安な気持ちになった。彼は素封家であり、専門の分野において学者としての高い評価も得ていたが、自分の知識を実際に使える道具へと変換するためには、ハリエット・ウェスターマンという人物を必要としていた。ところがその人物は、ひとりの主婦にすぎず、社会的には家族の世話をすることが本分であると定められているのだ。そう考えると、かすかな公憤を感じずにいられなかった。知らず知らずのうちに、クラウザーは自分の袖口をいじっていた。

「たしかに水死体を解剖するだけであれば、わたしひとりで用は足りるでしょう。しかしあなたは鋭い直感力の持ち主だし、その種の動物的な勘は、わたしには望むべくもありません。同行をお願いしたいもうひとつの理由は、あなたが不健康に見えるからです。あなたは生まれつき活動的な人間のようだから、ご主人の病状ばかりをだらだらと手紙に書きつづけていると、今度はご自分が病気になってしまいますよ」

ハリエットが顔をあげ、クラウザーを睨んだ。その緑の瞳には、いつもの彼女らしい輝きが戻っていた。

「あなた、ロンドンにきても口の悪さは直らないのね」

「直す必要もありませんから」

「それを聞いて安心したわ」ハリエットは椅子から立ちあがると暖炉に近づいていったが、それはまるで、鎖につながれた犬がその鎖の長さを確かめているかのようだった。「トレヴェリヤン医師は、ミスター・パーマーに雇われているような気がしない？　目的は、わたしに無為な日々を与え、耐えられなくなったわたしを、再び犯罪捜査の現場に担ぎ出すこと……さっとわたしは、ハイゲイトからまたお呼びがかかるまで、ここでしくしくと泣きつづけたほうがいいのかもしれない。そうすれば、お淑《しと》やかな提督夫人としての評判も回復できるしね」

クラウザーは上を向き、身の危険を感じるほどうるさく飾り立てられたシャンデリアを見あげた。「提督はきっと、イギリス軍の兵士たちを救うため、あなたにも全力を尽くしてほしいと願っているはずです。それにもし、若いころの提督が、傷ついた夫のかたわらで三カ月も泣きつづける妻を望んでいたなら、彼は絶対にあなたと結婚しなかったでしょう。あるいは、もし彼がそんな妻を耐え忍び、受難者ぶることを好むような軍人であったなら、今回の怪我を待つまでもなく、とっくの昔に廃人になっていたはずですよ」

驚きのあまり、ハリエットは目を丸くしていた。クラウザーが明るく笑いかけると、彼女の顔にも微笑が広がった。

「ミスター・クラウザー、今日は一段と毒舌が冴えてますのね」ハリエットは腕組みをすると、くすんだ緑色のドレスの袖を指で軽く叩いた。「それにしても、なぜ世捨て人のあなたまでが、お国のため一肌脱ぐ気になったのですか？」

「きっと、ミスター・パーマーにうまくおだてられたんでしょう。それに、この新聞も読み終えてしまったし」

「そういうことであれば、さっそく馬車の支度をお願いしないと」

5

　出ていける人たちは——つまり、引っ越しできる程度の小金を貯められた人たちは——とっくの昔に全員がここを出て、もっと環境のよいロンドンの西側に移っていた。過去二十年間、コヴェント・ガーデンは紅灯《こうとう》の巷《ちまた》として悪名を馳せていたが、ジョカスタは慣れ親しんだこの町の暮らしに満足しており、たまさか財布のなかで金貨が唸っていても、もう少し空気のいい場所へ引っ越そうとはまったく考えなかった。この界隈の人ごみが好きだったし、ずっと住みつづけているこの共同住宅もまだまだ頑丈で、当分のあいだ崩れる心配はなさそうだった。なにより重要なのは、占い師のミセス・ブライはここに住んでいると、誰もが知っていることだ。

　日が昇ったばかりの早朝から、専用の火種を持った少年たちがセント・マーティンズ小路《レーン》の吊りランプに灯を入れて歩く夕暮れまで、彼女は自宅のテーブルに座ってカードを繰り、客の運勢を占いつづけた。のんだくれと娼婦、泥棒に盗人捕縛人《シーフ・テイカー》、小間使い、渡りの職人や織工、船乗り、いろいろな客が来た。しかし、どれほど将来を不安に思い、どれほど絶望していようと、垢じみた服の下に隠した胸の奥では、すべての客が今日よりもましな明日を望んでいた。ときには上流階級の人が来ることもあったし、かれらが置いてゆく金貨は、水溜りに映った太陽のように輝いた。もちろんジョカスタは、彼女の目に見えたものを語ってゆくのだが、客が少しでも明るい気持ちになって帰れるよう、できるだけ穏やかな言い回しを心がけた。顔はちょっと恐ろしいかもしれないが、ジョカスタ・ブライはとても優しい人なのだ。

彼女が受ける相談の大半は、たわいない内容だった。若い娘たちは彼女の家のドアをそっと叩き、ずっと握りしめていたせいで温まっている硬貨をもじもじと差し出しながら、恋人の本当の気持ちとか、いつ自分はまともな仕事に就けるのかを占ってくれと頼んだ。このような相談であれば、占いの結果はカードを引くまえからある程度予想できたし、ジョカスタは客の気持ちをできるだけ傷つけないよう、注意深く言葉を選んだ。彼女の一日はこうして静かに暮れてゆき、深い満足を感じつつ眠りについた翌朝は、ポンプで威勢よく水を汲みながら、ついつい若いころ好きだった歌を口ずさんでしまうのだった。ところが今朝は、昨夜の不快な夢の記憶が蘇ったとたん、歌うどころではなくなった。厭な予感がした。このところ穏やかな日がつづいたけれど、今日やってくる客のせいで、彼女は非常に不吉なカードをめくることになりそうだった。あまりに不吉すぎて、カードに触れた手まで火傷するかもしれない。

そしてもちろん、彼女の予感が外れることはなかった。いま彼女のテーブルの上では、なんとも気に入らないカードばかりが渦を巻いていた。ずらりと並んだ縁起の悪い絵を睨みながら、ジョカスタは歯のあいだからしゅっと息をもらした。

彼女の正面に座る女がこの部屋のドアを叩いたのは、ちょうど十分まえのことだった。そのときジョカスタは、ロンドンの底冷えする湿気を追い出すため、暖炉の火を掻きまわしていた。いま女は、なにが見えるのかジョカスタに訊きたいのを我慢しながら、椅子のなかでそわそわしていた。まだ若くて顔立ちは整っており、服装もこざっぱりしていたが、この界隈の女たちと比べ特に豊かな生活をしているようには見えなかった。どこかの店の売り子だろう、とジョカスタは思った。メイドや料理人のような手荒れはないし、かなりおとなしそうだから、路上でジンを売れるはずもない。ましてや、もし男相手の商売をやろうものなら、あっという間に消えてしまうはずの娘らしさを、まだちゃんと残している。

女はケイト・ミッチェルと名のった。いちおう礼儀正しかったけれど、ジョカスタはそれが自分に対する敬意の表われとは思わなかった。ジョカスタの占いを聞くのが不安らしく、金髪をしきりに手で撫でつけた。それから膝の上で両手を握り、刺すような眼差しをジョカスタに向けた。話し方を聞けば、ロンドンの生まれであること、慈善学校（キリスト教系の団体によって設立された貧民の子女のための学校。読み書きなどの基礎教育よりも、裁縫や木工といった職業訓練が重視された）以上の教育を受けていないことは明白だったが、努力を重ねたのであろう、外面だけ見るともう少し育ちがよさそうに感じられた。

ジョカスタは、開いているカードを改めて見おろした。見ているだけで、カードが列を成しぞわぞわと動き出しそうな気がした。彼女の口のなかに、塩辛さと火薬の味が広がった。

「ご家族のなかに、水兵さんはいる？」

ケイト・ミッチェルは眉間に皺を寄せ、首をかしげた。「父が水兵でした。でも、父の記憶はまったくありません。両親はロンドンで結婚したんですが、わたしが生まれるまえ、父はまた海に出てしまったからです。母によると、父は髪を結んでいたというから、船乗りだったことは間違いなさそうですね（十八世紀のなかば、長く伸ばした髪をうしろで一本に編む髪型が、民間の船員だけでなく水兵の一部にも流行した）。なぜ父がこのテーブルに現われるのか、見当もつきません」彼女は唇を噛むと、膝の上の両手を見おろした。「とはいえ、わたしの夫のフレデリック・ミッチェルは、海軍本部で事務員をやってます。きっと、それが出ているんでしょう」ケイトは首を伸ばし、ジョカスタのまえに広げられたカードを見ようとしたが、見ても無駄であることに気づいたらしく、ため息をつきながら椅子に戻った。「実をいうと、今日わたしがここに来たのは、夫のことで悩みがあるからなんです。あなたのような経験を積んだ占い師であれば、必ずやいい助言をしてくださると思って」

「火薬の臭いがするのよ」ジョカスタはつぶやいた。

ケイトの指がドレスの皺を伸ばした。「それも理由がわかりません。フレディが仕事で使うのは、紙とペンだけですから。けれども、戦争に関係があるという意味では同じなのかもしれませんね。彼の仕事は、海軍が調達する品物を確実に発注することだし、今イングランド海軍は、納品された砲弾を毎日フランスとアメリカの軍艦に撃ちこんでいるんでしょ？　だから……」

ジョカスタの眼が、真正面に開かれている月のカードに吸いよせられた。カードに描かれた月は、ぎらぎらと輝きながらなにかを訴えていた。詳しい内容までは聞きとれなかったが、その囁き声が彼女は気に食わなかった。

「あなたの旦那さん、なにか変なことに巻きこまれていない？」ジョカスタがつぶやいた。

「あと、あなたを憎んでいるこのお婆さんは何者？」

急に頭が痛みはじめたかのように、ケイト・ミッチェルが顔をしかめた。彼女は声を落とし、せかせかとこう説明した。「それはたぶん、同居している夫の母親だと思います。お義母《かあ》さんは、わたしを嫌ってるみたいですから。彼女、官庁街《ホワイトホール》でコーヒーの屋台を出してるんです。社交シーズンになると、こっちに来ている田舎紳士《ジェントリ》に頼まれ、パーティーへ飲み物を出前することもよくあります。けっこう稼いでいるはずなのに、フレディとわたしの給金をすべて取りあげ、必要な生活費をそのつど渡してくれるだけ。それも、わたしが彼女から無理やり奪い取ってる、みたいな顔をしながら」

「結婚して長いの？」

「まだ三カ月」ケイトは悲しそうな顔をした。「わたし、ミスター・ブルーディガンの香水店で働いているんですけど、結婚するとき、あの店を辞めてお義母《かあ》さんの商売を手伝うといってあげたんです。最初のうちは、お義母《かあ》さんも喜んでいました。でも急に、辞めなくていいといいはじめて」

「旦那さんはなんていってる？」

若妻は寂しげな笑みを浮かべた。「しばらくのあいだは、自分の母親の頑固さを笑っていました。それが二週間ほどまえから、ふたりで内緒話をするようになり……わたしが部屋に入っていくと、さっと離れて知らん顔をするんです。先週なんか、わたしが仕事から帰ってきたら、一度も顔を見たことのない男が家にいました。わたしたち夫婦の部屋で、なにかやっていたのは間違いありません。フレディがいうには、わたしさえおとなしくしていれば、もうすぐ大金が入ってくるんですって。彼はさっそく、上等な机を自分のために買い、わたしにはブローチを買ってくれました――つい一ヵ月まえは、わたしが安物の手袋を買っただけで文句をいったくせに。今のフレディは、いつも不機嫌な顔をしているし、笑うこともほとんどありません」ジョカスタは、自分の鼻のわきをぽりぽりと掻いた。「なぜそうなったのかも、占ってみましょう。だけどいちばん大切なのは、あなたが旦那さんと話しあってみることじゃないかしら。話しあって初めて、夫婦のあいだに笑いが戻ってくると思う」

ケイトがさっと上体をかがめ、足もとに置いてあったバッグを持ちあげた。彼女はバッグのなかから数枚の紙を抜きとると、ジョカスタに差し出した。「でもねミセス・ブライ、わたし、こんなものを見つけてしまったんです……」

占い師はゆっくりとのけぞった。「申しわけないけど、わたしの仕事はカードを読むことであって、文字ではないの。字を読むのは、昔から苦手でね」

訝《いぶか》しげな顔をしながら、ケイトは紙束を引っこめた。「これ、手紙なんです。フレディに宛てられた手紙ではないし、フレディが書いたものでもありません。書いたのは――」彼女は口をつぐんだ。「――だめね。また悪い癖が出たみたい。店で、ブルーディガンさんにもよく叱られるんです。おまえはひとこと多いって。でもお客さんのなかには、香水を選びながら世間話をするのが好きな人もいるし……」バッグを閉じ、ケイトは小さく頭を振った。「ミセス・ブライ、素晴らしい助言をありがとうございました。あなたがおっしゃるとおり、ひとりで気をもんでいるのではなく、夫と話しあってみます。本当に助かりました」彼女は立ちあがった。「わたし、もう行かなきゃ」

ちらちらとカードに反射する光から目をそらし、ジョカスタは眉をひそめた。「助言をした覚えなんか、わたしには全然ないわ。わたしはただ、妙な臭いを嗅ぎつけただけ。なんだかすごく厭な感じだし、あなたに確かめたいことが、まだいくつか残っているの。だから、もう一度座ってくださいな」

ケイト・ミッチェルはつんと顎をあげ、かすかに震える指先で一枚の硬貨をつまみ、ジョカスタに渡そうとした。だが、占い師は肩にかけたショールを両手で掻き寄せ、受け取ろうとしなかった。ケイトはしかたなく、開いている数枚のカードの中央にその硬貨を置いた。

「店で一緒に働いているジェニーが教えてくれたんです。ミセス・ブライは、とても頼りになる人だって。ジェニーのいうとおりでした。だけど、必要なことはすべて聞かせてもらったし、わたしやっぱり帰ります。もし気を悪くなさったら、ごめんなさい」

「気なんか悪くするものですか。あなたの表情は、来たときよりずっと明るくなっているものね。だけどこれって、単なる夫婦間の隠しごとと呼ぶには、あまりに物騒すぎるわ。あなたもそう思わない？」ジョカスタは若妻の顔を見あげた。「そのへんを、もういっぺん占ってみたいの。すぐに終わるから」

ケイトはなにかいおうとしたが、言葉が出てこなかったのでそのまま回れ右をした。勢いがつきすぎてよろけそうになったものの、彼女は占い師の部屋を飛び出し、ドアをばたんと閉めた。ジョカスタはまたしても歯の隙間からしゅっと息を吐き、カードを改めて凝視した。囁き声はさっきよりも大きく、明瞭になっていた。ひんやりとした感触を、ジョカスタは腹のあたりに感じた。水が凍ってゆくように、その冷たさは彼女の全身に広がっていった。

ボイオが足もとに寄ってきて、ぴょんぴょん飛び跳ねた。ジョカスタは片手を伸ばし、耳の裏をくすぐってやったが、ご主人さまが気もそぞろなことを感じ取った犬は、しきりに鼻を鳴らして甘えようとした。しかし、その声もジョカスタには届かなかった。彼女は、テーブルの上のカードを見つめつづけた。月のカードがあり、剣や闘いを描いたカードが数枚出ていた。それだけでも充分不吉なのに、ケイト・ミッチェルがシリング貨をのせていった真ん中のカードに描かれていたのは、焼け落ちてゆく塔の絵だった。火の粉が宙に舞い、人びとがぼろぼろと地上に落ちていた。

6

ピサー治安判事は、クラウザーとハリエットを天井の低い物置小屋に案内したのだが、小屋のなかは暗すぎて、広さを推測することもできなかった。かろうじてわかったのは、何枚もの壁板が、でたらめな角度で張り合わされていることだ。あたかも、かつては充分な広さを持つ長方形の建物だったのに、まわりに新しい家などが建つたび、少しずつ蚕食《さんしょく》されていったかのようだった。四方八方から減築を強いられ、そのたびに梁や壁に手を加えた結果、がたがたと折りこまれたような形状になってしまったらしい。床は張られておらず、全面が土間で、排水溝のような臭いがこもっていた。入口ドアを入るときは、クラウザーだけでなくハリエットも首を縮めた。中央の梁からぶら下がるランプだけが、ぼんやりした光を投げかけていた。ランプの真下には長テーブルが置かれ、その上に、白いリネンのシーツを掛けられた死人が横たわっていた。物置のなかは静かで、物音ひとつ聞こえなかった。

死体から水気《みずけ》を吸いあげたシーツは、ぐっしょりと濡れて重そうだった。川霧《かわぎり》が一枚の布に化けて、眠っていたこの男を包みこみ、窒息死させたようにも見えた。ハリエットは、長い航海を終えたあとの船の最下層を思い出した。この悪臭が死体から立ちのぼっているのか、それとも死体に染みた川の水の臭いなのかは、判然としなかった。どちらであれ、禍々《まがまが》しい臭気であることに変わりはなかった。今この物置のなかは、あらゆるものが腐敗し、忘れられ、静かに消滅してゆく場所となっていた。

ところが驚いたことに、この暗鬱な空気でさえも、ピサー判事を黙らせることはできなかった。ふたりがここに到着して以来、ピサーはひたすら謝罪と弁解をくり返していた。今も彼は、せっかく有名人が来訪してくれたのに、穴蔵みたいなこの小屋へ案内せねばならないことを詫びていた。おまけに、ハリエットとクラウザーをやたらと褒めちぎるものだから、少なくともハリエットは、苛立ちを感じずにはいられなかった。

「わたしは、いつも奇跡を願っているわけではありません」揉み手をしながらピサーがいった。「しかし、わたしの妻は非常に勉強熱心な女でして、その妻が、おふたりの名前を先日の新聞で拝見したのです。そう、王立協会のあの記事です。もちろん去年の夏の事件については、わたしも妻も詳しく知っていました。だから妻は、この哀れな男が運びこまれたとき、わたしにこういったのです。せっかくロンドンにいらっしゃるのだから、ミスター・クラウザーとミセス・ウェスターマンのお力をお借りしてはどうか……あとはご存知のとおりです。むろんわたしたちも、全力を尽くすつもりですよ。しかしおふたりのお知恵を拝借できれば、こんなに心強いことはありません」

小柄なピサーを見おろしながら、クラウザーが訊いた。「ミスター・ピサー、治安判事になられて、もう長いのですか?」

「いいえ、長いとはいえないでしょうね。拝命したのは、つい三カ月まえですから。妻に尻を叩かれたんですよ。彼女にいわせると、ロンドンには正義の士が少なすぎるんだそうです。実はわたし自身も、ロンドンの各地区を担当する判事たちの仕事ぶりを研究していたので、自分なりの改善案を文書にまとめ、提出してみました。すると、それを執政長官《シェリフ》が高く評価してくれたらしく、すぐにどこを担当するかという話になって、この地区は行政官の数が足りないといわれたものだから——」

　ピサーの貧相な顔をまじまじと見ながら、ハリエットは考えた。この男に威厳を与える服が作れる仕立屋なんか、どこを探しても見つからないだろうが、たとえどんなに風采があがらなくとも、ロンドンのほかの無能な治安判事どもに比べれば、彼はまだ上等なのかもしれない。法の執行者の質に関して、この大都会に誇れる点などなかった。ロンドンの法の番人たるべきミドルセックスの判事たちが、下院でバーク議員によって「ごくつぶし」と痛罵されたのは、今年の春のことだ（バーク議員とは、哲学者でもあったエドマンド・バークを指すと思われる）。

　ロンドンを離れて地方へ行けば、その土地の名士と呼ばれる人が治安判事を務めるのが普通だった。治安判事は名誉職なので、給与は一ペニーも支給されなかったけれど、彼には然るべき権限が付与されたし、その権限ゆえに教区民たちから尊敬され、大きな影響力をもち得た。しかしこの帝国の首都であり、今にも窒息しそうなほど人間があふれたロンドンの治安判事たちは、まったく別の行動原理を持っていた。かれらの命令を、市民たちはできる限り無視した。そして無視できない場合は、賄賂を使って黙らせた。むろん例外がなかったわけではない。かの名高きフィールディング兄弟が、コヴェント・ガーデンに近いボウ街に設けたかれらの本部から、法の執行官はかくあるべしという規範を示して以来、状況はたしかに改善されてきたからだ。

しかし未だに、ロンドンの治安維持にかかわる人間の半分は、自分の名前すら満足に書けないと噂されていた。結果的に、街の平和をなんとか守っているのは、昔ながらの汚職判事、教区に対する義務など果たせるはずもない無能な教区警吏《コンスタブル》（教区警吏は一般の教区民から選ばれ、任期は一年で、治安判事の助手として犯人の逮捕や連行などの実務を行なう）、つかまえた犯罪者を判事に引き渡すことでそのつど賞金をもらう盗人捕縛人《シーフ・テイカー》でありつづけ、ごくまれに介入してくる軍隊と群衆の私刑《リンチ》が、かれらに助勢した。それを考えるとピサーは、ほかの判事のように私腹を肥やすのではなく、フィールディング兄弟を範として努力しているように思えた。そんな高志がいつまで貫けるのか、ハリエットは疑問に感じたものの、この小男が支援に値する人物であることだけは間違いなさそうだった。

「よくわかりました、ピサー判事」ハリエットは鷹揚にうなずいてみせた。ピサーはクラヴァット（ネクタイの前身となったスカーフ）を口にあて、わざとらしく咳をしたが、照れ隠しであることは明らかだった。「とはいえ、この死体が発見された状況については、まだ詳しいことをうかがっていません。普通の水死体に比べ、どこが違っていたんでしょう？」

影のなかから、若い男の声が答えた。「縛られていたんです」

びっくりしたハリエットは、思わず死体に眼をやった。ランプが投げかける丸い光のなかに、長テーブルの向こうの暗がりから、ふたりの男がぬっと姿を現わした。赤いコートが、テームズ川の渡し守であることを示していた。暗くてよくわからないものの、どうやらこの物置は、かなり奥行きがあるらしい。

ハリエットの質問に答えたのは、頬骨の高い痩せた少年だった。その白く滑らかな肌を見て、ハリエットはまだ十五、六だろうと思った。ずっと年輩で髭もじゃの男が、足を引きずりながら若者のとなりに並んだ。少し背中が曲がっているものの、胸は分厚く、握りしめた両手が逞しかった。ピサー治安判事が、片手でふたりの男を指し示した。

「かれらが死体を発見し、ここまで運んでくれました。ふだんはふたりとも、ブラック・ライオン階段のそばで渡し舟を漕いでます。こちらがプロクター、若いほうは甥のジャクスンです。直接話を聞くのがいちばんだろうと思い、残ってもらいました」

年輩のほうがつぶやいた。「おかげで半日分の稼ぎがふいになりましたよ。午前中のお客さんは、ひとり残らず商売敵《がたき》の舟にとられちまった」

ハリエットは、眼を細めながらプロクターの髭面《ひげづら》を見つめた。「あなたとは、どこかでお目にかかってないかしら?」

プロクターはにやりと笑い、自分のブーツに視線を落とした。「黙っているつもりだったんですが、一度見た顔は忘れないなんて、旦那さんと同じくらい記憶力がいいんですね。そう、たしかに俺は、あなたの旦那がまだ若かったころ、彼の部下でした。彼がうんと偉くなってからも、ジブラルタルで何度か挨拶しているし、そんなときは必ず、あなたが彼と腕を組んでましたよ。思わず見とれてしまうほど可愛かった」

ハリエットの眼が明るく輝いた。「思い出した！　ジェイムズがいってたわ。あなた昔、なにかで罰せられそうになった彼を、助けてくださったことがあるんですって？」

プロクターが笑った。腹の底から響いてくるような、重々しい笑い声だった。「そんなこともあったかな。提督がそういったんですか？　こっちが恐縮しますね」彼は咳払いをすると、真剣な面持ちで足もとの土を見おろした。「ほんとに残念です。まさかあの提督が……」彼は自分のこめかみに指をあて、軽く叩いた。「俺たちはみんな、川を上り下りしながら、提督とご家族のため祈ってるんです。俺たちというのは、提督の元部下、という意味ですけど」

胸が詰まってなにもいえなくなったので、ハリエットは黙ってうなずいた。

「そろそろ説明してもらいたいんだが――」クラウザーが割りこんできた。「縛られていたとは、具体的にどういうことなんだろう？」

ジャクスン少年が一歩まえに出て、死体の足先のほうからシーツをぞんざいにめくった。濡れそぼったストッキングと、淡い色のブリーチズ（十八世紀に一般的だった短めのズボン）がむき出しになった。踝《くるぶし》のところが、親指ほどの太さのロープで縛られていた。結び目の部分から、あまったロープが長く延びており、その先端は切られたり下にたらされたりせず、死体の脛の横にまっすぐ並べて置かれていた。ハリエットは、夫が指揮する艦上で見たロープを思い出した。ひとつ残らずきれいに巻かれていたし、こんなふうにだらしなく先端をあまらせたロープがあろうものなら、すべての船乗りが――たとえ大火事の真っ最中であっても――きちんと処理せずにはいられないだろう。ストッキングから、水がぽたぽたと土間に滴り落ちた。

「ご覧のとおりです」ジャクスンがいった。「ロープのもう片っぽの端には、かなり重いなにかが縛りつけられてました。そのおかげで、死体は潮に流されなかったんですが、水面に出ないよう沈めておくつもりだったのなら、大失敗ですね。俺たちが夜明けすぎに河岸《かし》へ行ったときは、もう見えてましたもの。鬘《かつら》とコートがぷかぷか浮いていたので、男だということも一発でわかりました」

頭を横に倒し、顎鬚を引っぱりながらプロクターがいった。「あと四、五メートル河心に近い場所へ沈めていたら、魚が肉を喰い尽くすまで誰にも気づかれなかったでしょうよ。テームズの干満差は馬鹿にできないんです。この男が投げこまれたとき、あのあたりの水面は十潮時に比べ三メートルくらい高かったはずだ。それに、使われているロープも変わってるし」クラウザーが眉をあげたのに気づくと、プロクターは鬚をいっそう強く引っぱりながらこう説明した。「編まれたロープなんですよ。綯《な》われたものではなく」ハリエットがうなずいたのを見て、プロクターも満足そうな顔をした。「そう、海や川で使うようなロープじゃないんです。俺に説明できるのは、こんなところかな」

「ありがとうプロクター」クラウザーが礼をいった。「ところで、この死体はなにか持っていなかっただろうか？　君たちは、どうやって彼の名前を知った？」

クラウザーの正面に立つふたりの男は、困ったような表情で顔を見あわせた。返事をしたのはプロクターだった。

「ポケットのなかは空だったし、ロープを別にするとおかしな点はなにもありませんでした。名前については、野次馬のなかにいた女がそういったんです。だけどその女、すぐにどこかへ消えちまいました。少なくとも俺は、こんな男まったく知りませんね。こいつが俺たちの舟に乗ったことは一度もないし、川沿いで見かけたこともないと思いますよ。もし見ていたら、憶えているはずだ」

クラウザーはうなずいた。「よくわかったよ。どうもありがとう」それから彼はピサー判事に向きなおり、彼にも礼を述べた。「では、これから死体を検分しますので、しばらく外に出ていただけますか？」

三人の男たちが、しずしずと退場をはじめた。プロクターが横を通りすぎるとき、ハリエットは彼の手が自分の腕に軽く触れたのを感じた。顔をあげると、プロクターと眼が合った。その眼のなかに、彼女はみずからが体験してきた遠い異国の海と風を見たような気がした。しかしそれも一瞬のことで、プロクターは物置から出ていった。彼のまえを歩くピサー判事は、鯨を先導する小魚《こざかな》のように見えた。

7

ロンドンに出てきたばかりのころ、ジョカスタ・ブライは〈薔薇と葡萄〉亭という裏町の安酒場で働きながら、わずか数部屋の狭い家で十人の仲間たちと一緒に暮らしていた。階段の手すりを壊しては薪の代わりにするような生活だったため、ひとりになれる時間もなかったけれど、ジョカスタは我慢しつづけた。そんなつらい日々にふわりと舞いこんできたのが、タロット・カードだった。

人生の多くがそうであるように、そのカードをジョカスタが手に入れたのも、ほんの偶然からだった。ある晩、微々たる額の給料しかくれない暗い酒場の片隅で、彼女は折りたたまれた新聞紙を拾った。開いてみると、手垢で汚れた一組のカードが入っていた。客の忘れ物だろうと思い、彼女はそのカードをあずかった。ところが一カ月たっても取りにくる者は現われず、そのあいだにジョカスタは、カードに描かれた奇妙な絵が好きになっていた。普通のトランプと似ているところもあったのだが、はるかに複雑で面白かったからだ。剣と棍棒。盃。硬貨。男と女。星。天使たち。

その夜もジョカスタは、店主がちょっと外出した暇な時間、ひとりカードの絵を眺めていた。そこへひとりのフランス人が入ってきて、彼女に話しかけた。自分は植物の種を売っている者だがと自己紹介した彼は、フランスではこのカードを使い、未来を占うのだと教えてくれた。つづく一週間、種屋は毎晩店にやってきて、ジョカスタにタロット占いを伝授した。それぞれのカードに描かれた絵は、いったいなにを意味しているか。どのような順番で並べれば、場に出ている絵が新たな物語を語りはじめるか。ワインを混ぜるようなものさ、と彼はいった。あるカードのとなりに別の一枚を置くことで、両方のカードがまったく新しい香りを放ちはじめるのだが、その香りは、その二枚を並べたときにしか嗅ぐことができない。

〈薔薇と葡萄〉亭の常連たちは、難攻不落だった〈北の砦〉——当時ジョカスタはこう呼ばれていた——を、遂にフランス野郎が落としたらしいと噂した。しかし、事実はまったく違っていた。ジョカスタは熱心に勉強したのだが、ロンドンでの仕事を終えた種屋は、さっさと帰国してしまったのだ。彼女の手もとに残ったのは、一組の古びたタロット・カードと、将来へのささやかな希望だけだった。

常連たちにけしかけられ、彼女は酔客の運勢を占いはじめた。すると、ジョカスタの占いを目当てに来店する客がどんどん増えてゆき、やがてかれらは、カードの絵から未来を読んでゆく彼女の言葉に耳を傾けるため、ペニー貨だけでなくシリング貨まで気前よくテーブルに置いてゆくようになった。小銭は積もり積もって、とうとうジョカスタは、酒場での仕事を辞めて現在のこの部屋に引っ越し、占い師として独立することができた。どれもこれも、二十年まえの話である。以来二十年間、彼女は特に貧窮することもなく暮らしてきた。男は絶対に寄せつけなかったけれど、この十年は牡犬のボイオと一緒だった。故郷の山と湖を捨ててロンドンにやって来た当初は、こんな生活ができるなんて夢にも思っていなかったし、彼女は感謝の気持ちを忘れないようにしていた。

とはいうものの、手ばなしで幸せというわけでもなかった。あまりに安楽な日々を送っていると、カードがとんとんと肩を叩き、この代償はいつか払わねばならないぞと警告してくるからだ。自分自身の運勢を読まされるのが、ジョカスタは嫌いだった。ケイト・ミッチェルが出ていったあとも、ひとりかふたりドアを叩く客がいたのだが、彼女はテーブルから離れられなかった。テーブルの上には、あの若妻のため開いてやったカードがそのまま残されていた。

頭がずきずきと痛みはじめるまで、ジョカスタはカードを睨みつづけた。剣が数枚と黒髪の女。その手前では、杖と玉を持った魔術師が逆さまになっている。今にも光を失いそうな月。セヴン・ダイアルズ地区を巡回する夜警にそっくりの、角灯を持った隠者。あまりに瓜ふたつなものだから、あの夜警をモデルにして描いたのかと思うほどだ。そして、焼け落ちてゆく塔。もちろん、開かれた順番や置かれた場所、あるいは周囲のカードとの関係によっては、たいていのカードが凶となり得る。しかし、塔のカードがここまで獰悪《どうあく》な相を見せたのは、初めてのことだった。

またしても海の臭いを感じた。海を見たことは一度しかなかったけれど、この厭な臭いはよく憶えていた。つづいて、硝煙の臭いと嘘の臭いが漂ってきた。ありきたりの嘘ではない。恋愛がらみの嘘や悪意でついた嘘、親切心からついた嘘、嘘をつく気はなかったのに結局は嘘になってしまった嘘であれば、一日に何度もカードの上に現われる。だがこれは、まったく別種の嘘であり、ジョカスタは眼をすがめてカードを見つめた。この占いの結果は、すでに現実と化したのだろうか？　もしまだなら、止める方法はあるのだろうか？　しかし、カードはなにも答えてくれなかった。

遠い昔、〈薔薇と葡萄〉亭で客の運勢を占いはじめたころのことだ。冬を迎え、道はどろどろにぬかるんでいた。数人の仲間とにぎやかに飲んでいた四角い顔の男が、自分のことを占ってくれとなかば冗談で彼女に頼んだ。カードを開いていったジョカスタは、そこに示された運命を、男の赤ら顔に向かって率直にこう告げた。新しい年を迎えるまえに、あなたは死んでいるでしょう。男は真顔になりながらも、まったく動じていない風を装いつつ、どんな死に方をするのかと訊ねた。またしてもジョカスタは、躊躇することなく見たままを伝えた。絞首刑になるみたい。四角い顔の男は憤然として席を立ち、ほかの客を押しのけ店から出ていった。彼の友人たちは大笑いしながら、一回分の占い料としては多すぎる額をジョカスタに渡し、彼のあとを追った。翌日は、近所中がこの話でもちきりになってしまい、ジョカスタは恥ずかしさに首をすくめた。するとさらにその翌日、あの四角い顔の男が、盗人捕縛人《シーフ・テイカー》に逮捕されたという知らせが飛びこんできた。実はあの男、名うての追い剝ぎで、今月中にもタイバーンで吊されるというのだ（タイバーンは現在のハイドパークの北東端に位置する公開処刑場。一七八三年まで使用されていた）。

一躍ジョカスタは教区内の有名人となり、気がつけば一日に十人以上の客を占う売れっ子になっていた。追い剝ぎの男が処刑される日は、彼女も見物に行った。ニューゲイト監獄から男を乗せた荷車が出てきて、牧師に付き添われながらざわめく群衆のなかを進んでいった。人は多かったけれど、彼はジョカスタに気づいたらしく、彼女のほうを見ながらうなずいた。彼の堂々とした態度は、見物人たちを大いに喜ばせた。絞首台に立ったあとも、彼は頭を高くあげていた。彼の〈最後の告白〉が印刷された小冊子を、ジョカスタも二ペンスで買い求め、慈善学校で字を習ったという少年に読んでもらった。木版の挿絵に描かれた顔は彼に似ていなかったし、告白のほうも、犯した悪行が詳しく書かれていて読み物としては面白かったけれど、本人の口から出たものとはとうてい思えなかった（死刑囚の告白と銘打った簡単な印刷物は、一八六八年に公開処刑が廃止されるまで大量に作られ販売されつづけた）。ジョカスタのいた場所から、落とし戸の開く様子は見えなかった。でも急にあたりが静かになったと思ったら、がたんという大きな音が響き、同時に人びとがわっと喚声をあげたので、処刑が終わったことはすぐにわかった。その後の一週間、ジョカスタは気分が悪くてカードを手にできなかった。そして一週間が過ぎたとき、彼女の財布は空になっていた。

ジョカスタは、小さく呻《うめ》き声をあげるとテーブルの上のカードをかき混ぜ、きれいにそろえて箱に戻した。そのとき新たな客がドアを叩いたので、彼女は今度こそ立ちあがった。

†

死体にかかっていたびしょ濡れのシーツを剥がし、ゆっくりと折りたたみながら、ハリエットは自分が冷静そのものであることに気づいた。クラウザーは、死体よりむしろ、そんな彼女の様子に興味があるようだった。

「クラウザー、わたしは大丈夫よ。たしかにプロクターは、ジェイムズの頭がおかしくなったような仕草をしたわ。だけどね、もっとひどいことを平気で口にする人たちを、わたしはよく知ってるの。おまけにそういう連中は、プロクターとは違い、敬意や気づかいなんか全然見せようとしない」

今のひとことで納得したらしく、クラウザーは小さくうなずいた。そしてかたわらに置いた長椅子の上に、メスやピンセットなどの解剖器具を整然と並べはじめた。

「今回は、ソーンリー・ホールのときよりも一段と慎重な作業が要求されます」クラウザーがいった。「ミセス・ウェスターマン、あなたが初対面の名刺代わりに見せてくれたのは、咽喉を斬られて死んだことが明白な男性の死体でした。しかし水死体の場合、死因の特定はあれほど簡単ではありません」

ふたりの出会いさえも、死体を中心として認識しているクラウザーの性癖に、ハリエットは苦笑を禁じ得なかった。そんなクラウザーを、彼女は自宅からなかば強引に引きずり出し、危険な目に遭わせただけでなく、本人が隠していた悲しい過去まで、白日のもとにさらしてしまった。にもかかわらず、ふたりのあいだにはかけがえのない友情が生まれ、今や彼女にとってクラウザーは、家族にも等しい大切な友人だった。

去年の夏の一件以来、クラウザーは、カヴェリー・パークのウェスターマン邸を頻繁に訪れるようになった。気が向いたときだけ、事前の連絡なしにふらっと立ちよるのが彼の流儀であり、興味深い標本などが手に入ると、一週間くらい姿を見せないこともあった。そのあいだハリエットは、けっこう寂しい思いをするのだが、絶対にそんなそぶりは見せず、次にクラウザーが来訪したとき、その身勝手さに辛辣な皮肉をいった。両親が死んでひとりぼっちになったため、彼女の屋敷に同居している妹のレイチェルに対しては、クラウザーは伯父のような態度で接してくれた。そしてまだ十九歳の娘の話を――レイチェルが選んだ話題と彼の気分にもよるが――ていねいに聞いてやり、励まし、あるいは完全に無視した。ハリエットの子どもたちも、クラウザーにはよくなついた。一緒に遊びはしなかったけれど、息子のスティーヴンが果てしなく投げかける質問に、彼は辛抱強く答えてくれた。そして、五歳児のしつこい反復につきあいきれなくなると、彼は「ああ、お腹が空いた」と嘆息し、「そろそろ子どもをひとり食べる時間だ」と宣言するのだった。それを聞くやいなや、スティーヴンは飛びあがり、嬉しそうな悲鳴をあげて部屋から駆け出し……

「ではミセス・ウェスターマン、どこからはじめましょうか？」

クラウザーの乾いた声が、ハリエットを現実に引き戻した。彼女は一回だけ頭を振って死体に近づき、虚しく見開かれたままの眼をのぞき込んだ。

年齢はクラウザーよりやや上で、一見したところ立派な紳士だった。うっすらと伸びかけた髯《ひげ》は白く、顔の皮膚はたるんで皺が走っていた。瞳は灰色で、口を大きく開けていた。大笑いしている真っ最中に、うしろからわっと驚かされれば、こんな顔になるのかもしれない。手足は細かったものの、栄養が悪いわけではなく、両手の爪は几帳面に切りそろえられていた。ほとんど深爪に近い、とハリエットは思った。咽喉は濡れたクラヴァットで隠されていたが、左顎の下に小さな胼胝《たこ》のようなものが見えた。打撲ではないようだし、擦過傷とも違っていた。

もっとよく見ようとして男の顎を傾けた彼女は、口の形が少しゆがんでいることに気づいた。上唇をめくると、上の前歯が入れ歯だった。通常の入れ歯であれば動物の骨や堅木《かたぎ》を削って作られ、ひどく臭いのだが、この素材は違っていた。ハリエットは入れ歯を慎重に外し、無言でクラウザーに手渡した。彼は渡された歯をランプのすぐ下まで持ちあげ、じっくりと眺めた。

「これは珍しい」クラウザーが嬉しそうにいった。

「この歳なら、入れ歯をしていても珍しくないんじゃない？」

彼はハリエットの質問に即答せず、光のなかで義歯をゆっくり回転させたあと、一点を見定めて指先ではじいた。ティーカップとソーサーが勢いよくぶつかったときのような、高く乾いた音がした。

「いいえ。わたしは別に、この年齢の男性が入れ歯をしていたことに驚いたのではありません。素材が非常に変わってるんです。この歯は、磁器で作られている。わたしも初めて見ました。おまけにたいへん精巧だ。こんなもの、滅多にありませんよ。どこで手に入れたのか、調べてみる必要がありますね」満足げに微笑むクラウザーを見て、ハリエットは小さく頭を振った。ありきたりのものには見向きもしない彼が興味を示したのであれば、それは珍品中の珍品に決まっている。

その後ふたりは、常道に従って死体を調べていった。まず、両足首を縛っているロープとその結び方を確認した。それからロープをほどき、服を一枚ずつ脱がせた。脱がせた服は、クラウザーとハリエットがそれぞれ手にとって吟味したあと、ていねいに折りたたんで義歯が置かれたベンチの上に並べた。どの服も、紳士が着るにふさわしい上物《じょうもの》だったが、ポケットのなかは空だった。

全身の随所に内出血や傷があり、場所によっては変色が進んでいた。しかしハリエットが目を瞠《みは》ったのは、男の首からクラヴァットを外したときだった。あまりに特徴的なあの痣《あざ》が、首の正面に残っていたからだ。死体に一歩近づいた彼女は、自分の両手を冷たい甲状軟骨《のどぼとけ》の上にのせ、親指を交差させながら問題の挫傷に重ねてみた。たちまち、彼女の心のなかで死んだこの男が蘇り、息をしようと必死に咽喉を鳴らしはじめた。ハリエットはあわてて手を離し、長テーブルから後退してぶるっと震えた。掻きまわされた池の底から泥が浮かびあがるように、夫の顔が目のまえに現われ、しかしすぐに消えていった。

「その痣の原因は、たぶんそれでしょう」クラウザーが静かにいった。「舌骨が折れていれば、絞殺された可能性はさらに高くなります」

ランプの光が届かない暗がりのなかから、ハリエットが質問した。「こんなこと、女でもやれるのかしら？」

「ミセス・ウェスターマン、なんでもやれる度胸をもつ女性は、わたしが存じあげているレディのなかにもいらっしゃいますよ」軽い口調でこう答えた彼は、たがすぐに真面目な顔でこうつけ加えた。「このやり方で男を絞殺できる力をもった女は、少しも珍しくありません。自信をもって断言できます」

クラウザーはおもむろにメスを手にとると、問いかけるような表情でハリエットのほうを見た。ハリエットは彼と眼を合わさず、首を大きく傾けて長テーブルに横たわる哀れな裸体を見つめた。頼りないランプの光の下で、その痩せこけた全身は蠟のように蒼白く、弱々しかった。足もとの冷たい土から、悲しみが立ちのぼってくるような気がした。

ときどきハリエットは、暴力の痕跡をくっきり記録してしまう人間の肉体に、嫌悪感を覚えた。いま目のまえにいる男も、顔と首だけでなく、全身が痣と傷で覆われていた。それはあたかも、赤紫色に染まった怒りが、蒼白い肌の深部から滲《にじ》み出てきたかのようだった。

彼女は雑念をふり払い、死体の咽喉の挫傷を観察した。その傷は、彼女の心に沈んでいた暗い考えを呼び覚ましたのだが、それが具体的にどんな考えなのか、彼女自身もよくわからなかった。

「はじめてもいいですか？」

クラウザーに訊かれた。彼が本格的な解剖をする現場に、ハリエットは今まで一度しか立ち会ったことがなく、それも人間ではなく猫の解剖だった。去年の夏、不幸な犯罪被害者たちの死体をクラウザーが検分したとき、そのすべてに彼女も同席したことは、今や字の読める庶民はもとより、王立協会の面々にまで知れわたっていた。ところが、どの死体も厳密な意味での解剖は行なわれていなかったし、その点に世間の人びとは、まったく気づいていなかった。解剖には特別な技術が必要であり、その作業は血なまぐさくて凄惨だ。科学者は、どんな紳士であっても、真っ白なシャツの袖を血糊と胆汁で赤黒く汚さねばならない。

返事をする代わりに、ハリエットはベンチの上に腰をおろし、ランプの光からやや外れた場所まで尻をずらして、両手を膝の上にのせた。それは、彼が仕事を進めるあいだ、この場から動かないという意思表示だった。クラウザーがランプの炎を調節すると、手にしたメスがぎらっと光った。

「ねえクラウザー、あなた、殺されたお父さまのご遺体も自分で調べたの？」

彼の手が止まった。

「いいえ。調べませんでした。わたしがロンドンから帰郷したとき、すでに父は埋葬されていたものでね。兄は監獄のなかでした。地元の治安判事が、兄の自白調書を見せてくれましたよ。あとになって兄は、あの調書はでっちあげだといって否認しました。でもわたしには、死刑をまぬがれるための言い逃れにしか思えなかった」

「お兄さまは貴族院で裁かれたんでしょ？」（貴族院には裁判所としての機能もある）

「そうです。でも処刑は公開されました。その両方に、わたしは足を運びましたよ」

ハリエットは彼の横顔を見つめた。淀みなく語っていたものの、彼の体は凍りついたように動かなかった。ふと思った。長テーブルの上の男性は、殺害されたときのクラウザーの父親と同年代なのではあるまいか。彼女は体を前に倒し、両手で頭を支えた。

「つまらないことを訊いてごめんなさい。この何ヵ月か、あたりまえの気づかいさえ忘れてしまうことがあるの」

無言で彼女の謝罪を受け入れながら、クラウザーは研ぎすまされた鋼《はがね》を死者の皮膚にあて、静かに引いた。

†

ピサー治安判事は、なんとも落ち着かない気分で昼下がりの時間を過ごしていた。彼は二度も裏庭に出てゆき、なにか手伝うことはありませんか、飲み物でも持ってきましょうかと声をかけるため、古い物置のドアを叩きかけたのだが、二度ともさんざん迷ったあげく手をおろしてしまい、すごすごと自分の書斎に戻った。そして、そのたびに革装のノートをつかみあげ、みずから認《したた》めた『治安判事の心得』を再読したのだが、何度も読み返しているものだから、中身はほとんど暗記していた。しかし、そこまで物置を気にしていたくせに、書斎のドアが急に開いてミセス・ウェスターマンが入ってくると、彼は腰を抜かさんばかりに驚いて愛用の眼鏡を落としてしまい、しかも足がもつれて、その眼鏡を危うく踏みつぶしそうになった。ハリエットが物置から出てきたのは、死体の検分が終わったからではなかった。紙とインクを借りて短い手紙を書き、その手紙を、ピサーの使用人のひとりに配達させるためだった。彼女はあっという間に手紙を書きあげ、ピサーの使用人に託すと、再び書斎を出ていこうとした。

「あの、ミセス・ウェスターマン」ピサーは自分のデスクにぎこちなく片手をつき、あらん限りの誠意を込めたつもりでハリエットの背中に問いかけた。「ほかに必要なものは……なにか必要なものはありませんか？」

ハリエットは軽く首をかしげ、しばし考えこんだ。「いいえ、特にありません。ありがとうございます」

ハリエットが物置に戻って三十分ほどが過ぎたとき、玄関ドアの開く音が聞こえ、さっき手紙を持って出かけた使用人が、ひとりの若い紳士を書斎に連れてきた。痩せて背が高く、整った容貌をしていた。高そうな衣類を身に着けていたが、心なしかそわそわしており、急いで巻いたらしいクラヴァットがゆるんでいた。ピサーのまえまで歩いてくるわずかな間に、一度も帽子を落としそうになった。ピサーは座るよう勧めたのだが、彼は辞退した。

「わたくし、オウエン・グレイヴズと申します」若い紳士が名のった。「ミスター・クラウザーとミセス・ウェスターマンに呼ばれて、こちらにうかがいました。かれらは今どこにいますか?」

当然のことながら、ピサー判事はこの名前を知っていた。ミスター・グレイヴズといえば、まだ幼いサセックス伯の後見人であり、ソーンリー家の広大な領地の管理を任されている重要人物ではないか。ピサーは、頭脳明晰な判事としての自分を印象づけるため、なにか気のきいたことをいいたかったのだが、なにも思いつかなかった。だから、無言のままグレイヴズを裏庭へつづくドアまで連れてゆき、汚い物置小屋を指さした。一礼したグレイヴズが物置へ向かい歩き出したのを確かめ、彼は書斎に戻った。すると今度は、三人のお客さまにご馳走できるほどの食べ物が、今この家にあるだろうかと心配になりはじめた。

確認している暇はなかった。それから十分もしないうちに、グレイヴズを含む三人が、そろって書斎に入ってきたからだ。ミスター・クラウザーの眼は妙にきらきらと輝いていたが、ミスター・グレイヴズはどことなく憂鬱そうだった。ミセス・ウェスターマンも静かだったけれど、この家に到着したときに比べれば、ずっと精気がみなぎっているように感じられた。こうして見るとなかなかの美人だし、彼女と腕を組んで日曜のハイドパークを散歩したら、いったいどんな感じだろうとピサーは想像した。彼は、その一週間に自分が解決した事件について語り、彼女は、驚きと称賛のこもった言葉を返す……

「ねえクラウザー、いつまでも黙っていたら、ピサー判事がお気の毒だわ」治安判事の空想を、ミセス・ウェスターマンのひとことが破った。

「これは失礼しました」勧められた椅子に腰をおろし、クラウザーは重たげな瞼《まぶた》の下からピサーを見つめた。「ピサー判事、今こちらの物置に寝かされているあの男性は、溺死したのではありません。絞め殺されたのです。犯行は、昨日よりまえではないと思います。名前は間違いなくフィッツレイヴン。より正確にいうと、ナサニエル・フィッツレイヴンです。ここにいるわたしたちの友人、ミスター・グレイヴズが確認してくれました。つい数年まえまで、ヴァイオリン奏者として働いていたのですが、手の関節炎がひどくなって引退し、その後は、ヘイ・マーケットにあるヒズ・マジェスティーズ劇場――単にオペラ・ハウスとも呼ばれているあの劇場――の経営を手伝っていたそうです」

「絞め殺された？　ヴァイオリン弾きが？　オペラ・ハウス？　なんてことだ」ピサーは完全に面喰らっていた。

「もうひとつ」にっこり笑ってハリエットがいった。「彼は殺されたあと、仰向けのまま数時間放置され、それから川に投げこまれていました」

目を白黒させながらピサーが訊いた。「し……しかしですよ、なぜそんなことがわかるのです？」

クラウザーが椅子のなかで座りなおし、説明をはじめようとしたのだが、ハリエットに制された。

「いいえ、ここはわたしに任せて。あなたの説明は医学用語が多すぎるし、細部まで詳しく話すから、たいていの人は気分が悪くなってしまうのよ」クラウザーは眉を大きく吊りあげたものの、特に異を唱えなかった。ハリエットは片手を広げ、指でひとつずつ要点を数えながら説明していったのだが、遠くから見れば、上流夫人が買い物の品を確かめているとしか思えなかっただろう。

「まず被害者の首には、絞められたときにできる特徴的な痣があり、舌骨と呼ばれる骨が折れていました。絞殺されたことは、この二点から明らかです。殺されたあとの状況についてなんですが、たとえ人間が死んでも、血液は凍りつくわけではありません。水と同じようにいちばん低いところへ集まっていき、そこで凝固します」

ピサーは気持ち悪そうに眉をひそめたが、力強くうなずいた。ハリエットは彼を元気づけるかのように微笑んだあと、話をつづけた。「この点については、実をいうとわたしも、今日の午後ミスター・クラウザーから教授されたばかりなんです。ですから、教わったことをそのままお伝えしているわけですね。とにかく、ミスター・フィッツレイヴンの背中には血の固まった痕が残っていたので、少なくとも死後数時間、仰向けに寝かされていたことがわかりました。

血は足先にも集まっていたから、川に投げこまれたのは、血液が未だ固まりきっていない段階だったと推認できます。しかも彼は、たいへん上質なコートを着ていました。コートが空気を逃さなかったので、重石《おもし》をつけられて沈んだあとも、直立した姿勢を保てたんですね。姓名と職業が確認できたのは、左顎の下にあった胼胝のおかげです。ミスター・グレイヴズは趣味でヴァイオリンを弾くんですが、彼の顎にも同じ胼胝があったのを思い出したんです。彼なら、ロンドンで活動しているヴァイオリン奏者をひとり残らず知っているので、急遽ここに来てもらいました」ハリエットはピサーに向かって明るい笑顔を見せたあと、ようやく両手を膝の上に戻した。

愉しげに開陳された陰惨な情報を、じっくり時間をかけて咀嚼《そしゃく》したピサーは、期待を込めてこう質問した。

「で、誰がミスター・フィッツレイヴンを殺したんですか？」

「そこまではわかりません」クラウザーが冷たく答えた。「念のため、ミスター・グレイヴズの連絡先もお教えしておきましょう」三人の客は、同時に椅子から立ちあがりかけた。ピサーがあわてて両手を広げた。

「いや、ちょっとお待ちください！　つまり……ミスター・クラウザー、ミセス・ウェスターマン、もう少しだけ、ご協力をお願いできないでしょうか。あの哀れな男を誰が殺したか、わたしには……わたしひとりでは、充分な捜査ができそうにないのです」気まずい空気が部屋を満たした次の瞬間、窓の外の路上から、「いい鯖《さば》があるよ！」と叫ぶ魚屋の無遠慮な声が聞こえてきた。ハリエットとクラウザーは顔を見あわせた。「もちろんおふたりには、それぞれのお仕事がおありでしょう。しかし……」ピサーはグレイヴズに向かい、悲しげな声で頼んだ。「ミスター・グレイヴズ、どうかあなたからも、このおふたりを説得していただけませんか」

ピサーとハリエットの顔を交互に見ながら、グレイヴズがいった。「あくまでも私見なのですが、ここにいるぼくの友人たちは、最初に依頼された以上のことをやり遂げたような気がします。今後は、むしろ判事さんのほうが成果をあげられると思いますよ」

ピサーはがっくりと肩を落とした。「こんなにお願いしても、だめでしょうか」すぐわきのデスクに置いた革装のノートを見つめながら、彼は消え入りそうな声でこうつづけた。「たしかに、わたしに協力したところで、おふたりが得るものは皆無ですものね。おふたりに比べたら、わたしの人脈なんか無きに等しいし、影響力に至っては、まったくありません。わたしは犯罪者を罰し、人びとに法律を守らせようと努力しているのですが、教区民のほとんどは、そんなわたしを馬鹿にしています。それは自分でもよくわかっているのですが……」ため息をついた。「ミスター・グレイヴズ、あなたのおっしゃるとおりです」突然ピサーは、気を取りなおしたかのように背筋をまっすぐ伸ばした。「ご足労いただき、本当にありがとうございました。あの不運な死者について、かくもたくさんの情報を集めてくださったのですから、あとは治安判事であるこのわたしが、最善を尽くすべきでしょう――とりあえずは、新聞と貼り紙で、さらなる情報提供を呼びかけてみます」

全員が黙りこんだ。ハリエットの指先がドレスの布を軽く叩きはじめ、その音を聞いたピサーの胸に、かすかな希望が浮かんできた。

「これは予想外だったわね」ハリエットが独り言のようにつぶやいた。「無理強いされたら絶対に断るつもりだったんですけど、ピサー判事、どうやらあなたは、わたしたちを味方につけてしまったみたいです。ミスター・クラウザー、あなたはどう思う？」

「まったく同感ですよ、ミセス・ウェスターマン」

喜びのあまり、ピサーは飛びあがりそうになった。握手しようとハリエットが差し出した手を、彼は両手で握りしめた。その顔は、ふたりに対する信頼で輝いていた。

「なんとお礼をいっていいかわかりません！」

ハリエットはわずかに顔をしかめながら、ピサーの手をそっと開かせた。「もしかすると、わたしたちは後悔することになるかもしれません。だけどピサー判事、あなたには後悔させないよう努力してみます。ですから、なんなりと用件を言いつけてください」彼女は、マントルピースの上の時計をちらっと見た。「とはいうものの、今日はこれで失礼しますね。もうすぐ夕食の時間だし、小さな子どもたちがいるミスター・グレイヴズの家では、規則正しい生活をなにより大事にしているもので」

†

バークレー・スクエアへ帰る馬車のなかで、グレイヴズは音楽家のナサニエル・フィッツレイヴンに関し、彼が知っている限りの情報をふたりに伝えはじめた。だがその語勢には、明らかに深い嫌悪が感じられた。もともとグレイヴズは、相手がどんな人間であろうと、なにかしら長所を見つけてしまう優しい男だ。不審に思ったハリエットは、なぜフィッツレイヴンを嫌っていたのか、まずはその理由から聞かせてくれと頼んだ。グレイヴズは横を向き、馬車の窓から急速に暮れてゆく街を見やった。一回ぞくっと体を震わせ、彼は語りはじめた。

「有名人と懇意にしていることを、やたら鼻にかける男だったからです。彼は長年オペラ・ハウスの専属楽団に所属し、その仕事を通じて築きあげた歌手や貴族たちとの関係を、唯一の財産としていました。どんな話をしていても、ロンドンの著名な音楽愛好家はみんな自分の友人だ、という自慢話になっていきましたよ。ところが、ヴァイオリン奏者としての彼の人生は、突然終わってしまいました。指の関節がこわばりはじめ、遂には演奏できなくなったんです」

「あの死体の指に、それほど大きな異常はなかったけどな」クラウザーが首をひねった。

グレイヴズは自分の両手をちらっと見おろし、急いでポケットのなかにしまった。「ほんのわずかな故障でも、演奏家にとっては致命的なんですよ。とにかく、その後の彼はオペラ・ハウスの経営陣に媚びへつらい、従業員として雇われることに成功しました。きっと支配人のミスター・ハーウッドが、彼を哀れに思ったんでしょう。去年から今年にかけて、フィッツレイヴンはあの劇場の外回りとして働いていたんですが、まるで自分がハーウッドの右腕であるかのような顔をしていましたね。オペラ・ハウス用として、去年ロンドンで演奏された代表的な曲の譜面を、ぼくらの店でまとめ買いしたのも彼です。製本して楽譜集を作るといってました」ほかの仕事と並行して、グレイヴズは、ティッチフィールド通りにある小さな楽譜店の経営も引き継いでいた。「子どもたちに対するフィッツレイヴンの態度が、ぼくはまったく気に入りませんでした。ふたりの本当の素性が明らかになったとたん、掌を返したようにご機嫌をとりはじめたんですからね。子どもたちと店にいるとき、なにかしら口実をつくってあの男が入ってくると、本当にうんざりしましたよ。どうせ彼のことだから、あの子たちは自分の孫みたいなものだ、なんて吹聴《ふいちょう》していたんでしょう」

ハリエットは静かに微笑むと、マントの襟もとを掻き合わせた。「ソーンリー卿とレディ・スーザンは、自分たちの本当の味方は誰か、よくわかっているわよ」

若者は肩をすくめた。「スーザンはわかっているでしょうね。でもジョナサンは、まだ幼すぎる。いずれにせよ、どれだけぼくがフィッツレイヴンを嫌っていようと、今年の夏ハーウッドは、彼に重要な仕事を与えました。このシーズンに招聘《しょうへい》したい歌手たちと出演交渉をするため、大陸への出張を命じたんです。フィッツレイヴンのやつ、得意満面で帰国しましたよ。そりゃそうでしょう、ミラノでイザベラ・マランと契約し、今や人気急上昇中のカストラート、マンゼロッティまで獲得したんですもの。関係者たちは、七七年にガスパーレ・パッチェロッティ（当時最も有名だったイタリアのカストラート）がロンドン・デビューを果たしたとき以来の大事件、と騒ぎたててます。実際、楽譜店のお客さんのひとりが何日かまえ、デヴォンシャー公爵邸のパーティーでマンゼロッティの歌を聴いたそうですが、それはもう素晴らしかったと絶賛してましたね」

（カストラートとは、少年期に去勢することで声変わりを防ぎ、ボーイ・ソプラノの声を維持したまま成長させた男性歌手のこと。十七世紀から十八世紀にかけて大きな人気を博したが、十九世紀なかば以降急速に廃れた）

有名な歌手たちの名前を聞かされても、ハリエットとクラウザーは曖昧に微笑むだけだった。

かれらを乗せた馬車は、荷車や椅子駕籠《セダン・チエア》でごった返すコックスパー通りを走っており、夕暮れどきのロンドンのすさまじい喧騒が車内を満たしていた。馬車の車輪は、轍《わだち》のなかで左右に振動しながら扉の上部にまで泥を撥《は》ねあげ、街は少しずつ影のなかへと沈みつつあった。今日の商売を終えようとしているパイ売りの男が、最後に残った一個を汚らしい身なりをした少年の一団に放り投げた。この瞬間のため、彼のあとをずっとついてきた少年たちだった。短い争奪戦のあと、いちばん大柄な子がすくっと立ちあがり、頭上に戦利品を高々と掲げた。彼はゆがんでしまったパイをひと切れむしり、口に放りこむと再び手を高くあげ、分けてくれとせがむ仲間たちの痩せ細った腕をふり払った。

呼び売り商人とバラッド売り（流行歌の歌詞が印刷された紙を、実際にその歌を歌いながら売る街商）が、本日最後の蛮声を張りあげながら通りを闊歩《かつぽ》し、値踏みするような目でハリエットたちの馬車と三人の乗客をじろじろ見た。雑踏のなか、すでにかれらの馬車は、人が歩くくらいにまで速度を落としていた。まだ十四にもなっていないと思われる少女が、馬車のなかをのぞき込んだ。ひどく老けたその顔には、梅毒らしき痘痕《あばた》があり、彼女はグレイヴズに向かい口笛を吹いた。しかし、彼の正面に座ったハリエットが体をまえに傾け、少女を見ながらウインクすると、さっと窓から離れて腰を振りながら歩き去っていった。呆れたことに、当のグレイヴズは、自分が口笛を吹かれたことにさえ気づいていなかった。音楽のことで、頭がいっぱいだったからだ。

「まったく、おふたりには驚かされますよ」彼はいった。「高い教育を受けてらっしゃるのに、よくもそこまで音楽に無関心でいられるものだ」

真面目くさった顔で、ハリエットが応じた。「それはそれは、たいへん失礼いたしました。だけど、わたしも夫もロンドンに来てまだ日が浅いし、七七年といえば東インドにおりましたもので。クラウザー、あなたは？」

自分の指先から眼をあげて、クラウザーが答えた。「いや、わたしはロンドンにいましたね。音楽会にも一回か二回は行ってます。しかし当時のわたしは、音楽ではないほかの芸術の探求で忙殺されていましたから」グレイヴズの問いかけるような視線に気づき、クラウザーは簡潔にいった。「死人の解剖だよ」

グレイヴズは咳払いをして、もぞもぞと両脚を組んだ。

「わかったでしょ、グレイヴズ。わたしたちを教育するのも、あなたの大切な仕事なのよ」にこにこ笑いながら、ハリエットが腕組みをした。「マンゼロッティとは何者？　イザベラ・マランって誰？」

グレイヴズの表情がぱっと明るくなったのを見て、どれほどの重責を負わされていようと、彼がまだ二十二歳の若者であることをハリエットは思い出した。

「マンゼロッティは、当代最高のソプラノ・カストラートといわれている大歌手です。当然、ものすごく有名です。彼をロンドンで聴けるなんて、未だに信じられませんよ。彼とマランが同じ舞台に立つんだから、今回上演される正歌劇《オペラ・セリア》の新作は、間違いなく七七年の『クレソ』を超える成功を収めるだろうといわれています。あの年の『クレソ』は、実に十六回も上演されたんですけどね」非常に重要な事実を暴露したかのような顔で、グレイヴズは座りなおした

（オペラ・セリアとは、神話などを題材にした厳粛な歌劇の総称）。

クラウザーはハリエットと視線を交わしたあと、片方の眉をあげながら小声で質問した。

「それって、たいへんなことなんだろうか？」

グレイヴズは派手にため息をついた。「たいへんな記録ですよ。普通は、十二回の上演で大成功とされているんですもの。しかも今回は、イザベラ・マランまでいる。今の大陸で、右に出る者がいないといわれている歌姫です。その歌姫が、ついにイングランドの舞台に登場するんだから、評判にならないわけがない」

自分の暗赤色の巻き毛を退屈そうにいじりながら、ハリエットがいった。「ちゃんと歌えるオペラ歌手なら、イングランドにもたくさんいるんでしょう？　なぜハーウッドはわざわざフィッツレイヴンを使い、そのふたりを大陸から連れてこなきゃいけなかったの？　しかも今のわたしたちは、大陸の強国のほとんどを敵にまわしてるじゃない」

「芸術に国境はないのです」大真面目に答えながらも、グレイヴズは皮肉な笑みを浮かべ、馬車の窓に片ひじをのせた。「だけど正直なところ、これも一種の流行なんでしょうね。われわれイングランド人は、オペラに新しさばかりを求めてしまうんです。そして数百マイルの彼方から歌手を招き、自分たちのために歌わせることで、高尚な人間になったかのような優越感を味わいたがる。こればかりは、地元の歌手では絶対に代用できません」

彼は口をつぐむと、窓の外の薄闇をぼんやり眺めた。ハリエットは思った。きっと心のなかで、マンゼロッティの歌声を想像しているに違いない。はっとわれに返ったグレイヴズは、バークレー・スクエアが近づいていることに気づいた。「もうすぐ着きますね。ミスター・クラウザー、今夜はあなたも、ぜひ一緒に食事をしていってください」
クラウザーがゆっくり頭を下げると同時に、馬車は速度を落としはじめた。

†

バークレー・スクエアでの夕食の誘いに、クラウザーはまだ数回しか応じたことがなかった。しかし今日は、ロンドンにおける彼の仮住まいにまっすぐ帰ることを躊躇する理由が、少なくともひとつだけあった。昨夜クラウザーは、卒中で急死した若者の脳を解剖し、小さな病変部を特定してさらに精査した。非常に興味深い結果が得られたものの、作業をなんとか終えたときは空が白みはじめており、疲労困憊してベッドへ潜りこむまえ、部屋を完璧に片づけたかどうか今ひとつ確信がもてなかった。もしなにか忘れていようものなら、掃除にきたメイドは瓶詰めになった脳の一部を目《ま》のあたりにし、半狂乱になったあげくそのまま逃げ出しているに違いない。実のところ、クラウザーはロンドンにきて以来、そのような経緯ですでに二名のメイドを失っていた。サセックスから連れてきた家政婦のハンナは、たいへんよく働いてくれるけれど、彼女ひとりですべてを切り盛りできるはずもなく、もしそうなら、今夜の夕食はあまり期待できそうになかった。だからグレイヴズの招待は渡りに船だったし、予想に違わず、バークレー・スクエアの料理は素晴らしかった。それでもなお、おおぜいの人が愉しげに語らう食卓で、クラウザーは早くも消化不良を心配しはじめていた。

いうまでもなく、クラウザーの厭人癖は今や広く知られていた。王立協会が彼に講演を依頼したのは、単に儀礼的な理由からだったし、クラウザーが承諾するとは誰も考えていなかった。ところが驚いたことに、彼はこの依頼に応じた。彼はまた、今年の九月、照会の手紙を何通も送ったのち、ウェスターマン提督の療養先として、ハイゲイトにあるトレヴェリヤン医師の自宅をハリエットに推薦した。さらに彼は、一連の事情をグレイヴズに手紙で詳しく説明し、その結果グレイヴズは、ハイゲイトでご夫君が治療を受けているあいだ、妹さんも一緒にバークレー・スクエアの自分の家に滞在しませんか、とハリエットを招待することになった。他人のため、あのゲイブリエル・クラウザーがここまで無私の奉仕をするのは、まさに前代未聞の椿事だった。

だが、この不慣れな行為の代償は、意外に高くついた。カヴェリー・パークの姉妹がロンドンへ赴いたことで、クラウザーは数少ない話し相手を失ってしまったのである。そこに飛びこんできたのが、王立協会からの講演依頼だった。ただちに彼は、しばらくロンドンに滞在しなければいけない理由をいくつかでっちあげ、必要な準備を整えるよう家政婦たちに命じた。

バークレー・スクエアは彼を温かく歓迎し、クラウザーは、みんなに会えず寂しかったと無理やり告白させられた。かといって、孤独と静謐を好む彼の性向がおいそれと変わるはずもなく、三人の子どもたちが加わった今夜のにぎやかな食卓は、彼にとって苦行の場でしかなかった。レディ・スーザンは、彼女のイタリア語の先生の口調を正確に真似ながら、後見人であるオウエン・グレイヴズに今日一日の出来事を語っていた。ミス・レイチェル・トレンチは、今日たまたま眼にした壁紙がカヴェリー・パークの客間にどれほど似合いであったか、姉のハリエットに向かい諄々《じゅんじゅん》と説き聞かせた。グレイヴズはスーザンの話にうなずきつつ、野兎のシチューを上品に食べる方法を模索していた。蠟燭の光のなか、制服を着た男の使用人たちが新しい料理を運んできて、空いた皿を持ち去った。スティーヴンとソーンリー卿は、地下室で発見した巨大な鼠の死骸について大人たちに報告し、その鼠を使ってメイドたちをどうやって驚かせるか、さまざまな案を争うように説明した。

テーブルのいちばん上座《かみざ》には、行儀作法のお手本が服を着ているような風情で、ミセス・ベアトリス・サーヴィスが淑《しと》やかに鎮座していた。地味だが品のよいドレスを着た彼女は、白髪の目立つ髪をピンできれいにまとめ、真っ白なキャップの下に押しこんでいた。その瞳には、世界は愛と平和で満たされているという信念が輝いていた。伯爵家に生まれながら孤児となった幼い姉弟、ソーンリー卿とレディ・スーザンを後見するグレイヴズは、かれらが暮らす新たな住居を準備するにあたり、本当の出自が判明するまえから姉弟をよく知っていて、かれらも深く信頼を寄せている人に養育係を任せたいと考えた。ミセス・サーヴィスは、まさに打ってつけの人材であった。彼女は昔から、姉弟が生まれた家の向かいに住んでいたし、ふたりの両親とも友人だった。もともと紳士の娘だったため、未亡人となって零落したのちも、周囲の人たちに迷惑をかけるくらいなら空腹に耐えるほうがましという生活を送っていた。そのミセス・サーヴィスが、今はバークレー・スクエアの豪邸で、スーザンとジョナサン、そしてかれらの後見人と仲睦まじく暮らしているのだ。現在の彼女はオペラ・ハウスに自分のボックス席を持っていたし、その気になりさえすれば、どんな高価な料理でも自由に注文することができた。かくも素晴らしい幸運に、彼女は日々感謝していた。

さらに彼女は、教師としての資質にも恵まれていた。スーザンには音楽の家庭教師がいたし、最初は嫌がったフランス語に加え今ではイタリア語の個人教授も受けていたけれど、ミセス・サーヴィスは別格だった。彼女はグレイヴズの相談役でもあり、食品庫の管理まで任されていたから、家政婦長は彼女に指示を求めた。子どもたちに対しては、優しい祖母の役割を演じることさえあった。実際ミセス・サーヴィスは、かれらの祖母くらいの年齢で、その考え方と行動には確固とした一貫性があったため、もし彼女がスーザンになにか注意を与えたら、以後その注意は厳格に守られた。

したがって、ミセス・サーヴィスの優しい眼に睨まれたソーンリー卿が、鼠の死骸の話をぴたりと中止したのはあまりに当然だった。ほっとするような沈黙が食卓を包むと、ミセス・サーヴィスはクラウザーに視線を移し、今日はなにをしていたのか、と彼に質問した。

「ミセス・ウェスターマンと一緒に、ある殺人事件の捜査を依頼されました」クラウザーはあけすけに答えた。

これにつづいた沈黙はどっしりと重く、空気まで淀んだように感じられた。グレイヴズはフォークをそっとテーブルに置き、スーザンとジョナサンの顔を見た。「ミスター・フィッツレイヴンは知っているよね？　あの人が亡くなったんだ」

子どもたちは身動きひとつしなかった。やがてジョナサンが金色の睫毛《まつげ》をあげ、クラウザーに小声で質問した。「ミスター・フィッツレイヴンも、刃物で刺されたんですか?」

ソーンリー卿の表情を観察しながら、クラウザーは答えた。「いいや、違うよ。首を絞められたあと、川に投げこまれていた」

ジョナサンが深くうなずいた。クラウザーは思った。きっと、父親が殺されたときのことを思い出したのだろう。そして彼の姉も、同じことを考えていたらしい。

となりに座る自分の後見人を見あげて、スーザンが質問した。「ねえグレイヴズ、あの人、子どもはいなかったの? 家族の話を、あまり聞いた憶えがないんだけど」

グレイヴズはそっと片手を伸ばし、彼女の髪に触れた。「いなかった。子どもだけじゃなく、家族や親戚もまったくいなかったらしい。だからミスター・クラウザーとミセス・ウェスターマンが、彼のために手を貸してあげるのさ」

それはちょっと違うのだが、とクラウザーは心のなかでつぶやいた。すでに彼とハリエットは、海軍本部が関係していることは絶対に口外するまいと決めていた。かれらさえ黙っていれば、ここにいる人びとが危険にさらされることはないからだ。けれども、ちらりとレイチェル・トレンチを見たクラウザーは、その口が不機嫌そうに尖っていることに気づいた。彼女には事情を説明するべきだろうかと迷っていると、レディ・スーザンが賢そうな眼を大きく開き、クラウザーの顔をのぞき込んだ。

「ということは、誰がミスター・フィッツレイヴンを殺したか、おふたりが調べてくださるのね? それなら安心だわ」彼女は自分の皿に視線を落とすと、シチューに残った小さな肉片をフォークでつつきはじめた。それはまるで、神がフォークを使って一隻の船を座礁させようとしている、あるいは、宝の島へ導こうとしているかのようだった。「あの人、わたしにはちっとも親切じゃなかったの。だけど、わたしたちがお金持ちになったとたん、いきなりご機嫌をとりはじめた。とにかく、愛想笑いばかりするようになったわ。それまでは、わたしとジョナサンのことなんか完全に無視して、お父さんを相手にオペラの話しかしなかったのにね。誰かが死んだら、その人のことなんかさっさと忘れてしまい、新しく金持ちになった人に媚を売るなんて、なんだかおかしくない?」

クラウザーはうなずいた。「そのとおりだ。おかしいし、馬鹿げている」

不意にレイチェルが立ちあがった。「ねえハリエット、今夜のあなたは、ずいぶん顔色がいいと思っていたんだけど、ひょっとしてそれが理由だったの? ごめんなさいミセス・リーヴィス、急に頭が痛くなってきたので、これで失礼させていただきます」

穏やかに微笑みながら、ミセス・サーヴィスがうなずいた。ハリエットは片手を額にあて、眼を閉じた。グレイヴズはそっぽを向いていた。

「ミスター・クラウザー、あなたサーモンを召しあがってないのね」ミセス・サーヴィスがいった。「わたしがとってさしあげましょう」

腕を伸ばしながら、彼女はつづけた。「ミスター・グレイヴズ、実をいうとわたしとスーザンは、イタリアから来たあの評判の歌手を聴きに、明日はオペラ・ハウスへ行こうと話しあっていたんです。ご存知のとおり、明日が今シーズンの初日ですしね。ミス・トレンチも誘ってみようと思ってるんですが、おふたりもいかがです？　なんていうかその……捜査の一環として」

　クラウザーは、目のまえに置かれたピンクの魚肉と、脂でぎらつくその皮を見つめた。すでに食欲は、まったく消え失せていた。

「いえ、わたしとミセス・ウェスターマンは、もっと早い時間に裏から入ろうと思っています。なにか不愉快なことが起きるかもしれないし、そんなもの、子どもたちには絶対見せたくありませんからね」

「大人にだって見せたくないですよ」ハリエットが疲れたような声でいった。

　ミセス・サーヴィスは笑みを浮かべると、部屋の隅に控えていた使用人を呼び、自分の皿を下げさせた。

第二部

1

一七八一年十一月十七日（土曜日）
ロンドン

　鼻に皺を寄せ、室内の匂いを確かめたジョカスタは、肩に巻いていたショールを少しゆるめた。これだけ勢いよく火を熾《おこ》しておけば、夜霧が残していった湿気も、すぐに消えてくれるだろう。すでに彼女は朝食をすませ、食器の片づけまで終えていた。ボイオは、小さな骨つき肉をもらってご機嫌だった。いつもならジョカスタ自身も、毛布のなかの猫と同じくらい満足しているはずなのだが、今朝は頭の奥の不快なもやもやがそれを妨げていた。ボイオと眼があった。犬は後足《あとあし》で耳のうしろを掻き、自分の鼻をぺろりとなめた。

「ボイオ、そんな顔で見られても、返事のしようがないわ」ジョカスタは鼻をふんと鳴らし、顎をあげた。「これからなにが起きるのか、わたしにも全然わからないんだからね」

ボイオがくしゃみをした。

「そう、そのとおり。ひどく危ないことになりそうだし、この種の厄介な隠しごとは、どんどん広がっていくものよ。わざわざ巻きこまれにいく物好きが、いったいどこにいる？　君子危うきに近よらずってやつね。遠くから見ているに限るわ。おまえは水溜りを見つけるたび、自分から飛びこんで泥だらけになるけど、わたしはそんなこと絶対にしない」

暖炉のなかで、薪が大きな音をたててはぜた。犬が甘えて鼻を鳴らした。ジョカスタはボイオから目をそらした。

「やっぱりおまえは、どうしようもない馬鹿犬だわ。いい犬は、ご主人さまを危険から守るものでしょ？　おまえは逆に、危険に向かって追い立てようとするのね。すでにカードがはっきり告げてるじゃないの。ひとつの凶事は終わったが、新たな禍《わざわい》が近づきつつある、それは、月曜のあとに火曜がくるのと同じくらい確実だってね。こんなとき、わたしになにができると思うの？」

ジョカスタは小さなアリアを怖い眼で睨みつけたが、犬はまったく意に介していなかった。すまし顔で座りなおすと、またしても後足で耳のうしろを掻いた。

「そうね、あの女と、もう一回話をしてもいいでしょうね。だけど、彼女は聞く耳を持たないと思う。ああいう形の唇を持つ女と、片目だけが青い女は、自分が惚れた男の話以外はまったく聞こうとしないものよ。それはおまえも知ってるでしょ？　結婚してたった三カ月では、まだ熱も冷めていないだろうしね。わたしの話を聞いてもらうには、最低でも半年はたっていなきゃ」

今回もボイオはなんの反応も示さなかった。「おまけに今は十一月だもの。いったい何時間、寒いのを我慢して外で待っていられる？　あっという間に日が落ちてしまうわ。そして暗くなったとたん、家のなかに入れてくれと泣いて頼むことになる。それだけは間違いないわね。ミセス・ピーターースンが水で薄めたミルクを売り、グレンジャーの店が得体のしれない動物の肉を売っているのと同じくらい、たしかなことよ」彼女はここで口を閉ざし、突然立ちあがるとテリアに向かって指を振った。いよいよ散歩に行くのかと思った犬は、暖炉のまえをぐるぐるまわりはじめた。

「だけど、たとえなにかあったところで、ひどい目に遭うのはわたしひとりなのよね。それなら、この不吉なもやもやの正体はなんなのか、ゲームをするつもりで調べてみるのも悪くないかもしれない。よし。ボイオ、暖炉の火は落とさないでおくから、いい子でお留守番してるのよ。厭なの？　だめだめ。これはただのお散歩じゃないんだから」

ジョカスタはショールを巻きなおし、首のまえでしっかりと結わえた。ドアに手をかけてふり向くと、小首をかしげたボイオの丸い眼が彼女を見あげていた。ため息をつきながら、ジョカスタはドアを開いた。

「負けたわ。おいで！」

†

「ミセス・ウェスターマン、今なんておっしゃいました？」

「わたし、なにもいってないけど」

「あなたの沈黙は、ときとして多くを語ってしまうんです」

クラウザーとハリエットを乗せた馬車は、大邸宅が並ぶピカデリーを快調に飛ばしており、ハリエットは片手で顎を支えながら、窓の外をぼんやり眺めていた。どうやら、自分では意識しないまま、ため息をついてしまったらしい。

「ちょっと考えていただけよ。バークレー・スクエアの人たちには、ミスター・パーマーの本当の狙いがなんであるか、絶対に教えられないってね」

「まったく同感です」

「なのに、教えたくなってしまうの。だってあなたも気づいたでしょ？　ピサー治安判事からの依頼で、フィッツレイヴンの死について調べると伝えたとき、みんな一様にがっかりしたような顔を見せたじゃない」

ハリエットの眼が、怒りでかすかに光った。クラウザーは力なく微笑した。

「そうだったかもしれません。でもあれは、あなたのことを心配しているからですよ」

ハリエットは首を曲げてつづけた。「そんなことわかってるわ。わたしはね、自分自身にうんざりしているの。つまり、もしわたしたちがパーマーと会っていなくて、ピサー判事の要請書だけが送られてきたとしても、わたしはあなたと一緒にあの物置小屋へ行っただろうし、今朝もこうして、オペラ・ハウスへ向かっていただろうと思うわけ」

「なるほど、そういうことでしたか。要するにあなたは、墓暴きも平気でやる女傑という広く喧伝された虚像に、自分が近づいてしまったような気がするんですね？　そして、そのことを咎《とが》めるようなミス・トレンチの態度が、まったく面白くない」

「たしかにレイチェルは、わたしの決めたことに反対する意志を、みんなのまえでこれ見よがしに示したわ。だけどわたしは、つい二年まえの自分に比べ、今の自分が女らしさを失ったなんて、これっぽっちも思っていないの」ハリエットはクラウザーをまっすぐ見すえ、腕組みをした。「わたしは、正しいと思ったことをやるだけよ。もちろん、わたしよりレイチェルのほうが淑《しと》やかで礼儀正しく、世間的な受けがいいことはよく知ってるわ。もしわたしが人さまから嗤われれば、恥ずかしい思いをするのが彼女だってこともね。おまけに彼女、音楽についても、わたしよりずっといい耳をもってるし」

「ミス・トレンチは、あなたがご主人の病気を少しでも忘れるため、なにか気晴らしを見つければいいと考えただけです」

ハリエットは寂しげに微笑んだ。「そうね。それはわたしもわかっていた。だけど、彼女の考えた気晴らしというのは、せいぜいカヴェリー・パークの客間の模様替え程度だったし、まさぞろ死体が出てくるなんて、夢にも思っていなかったんじゃないかしら」

「自分の姉を、彼女は支援すべきだと思いますね。わたしが憂慮するのは、妹さんのお節介に腹を立て、あなたが逆上することです。なんといっても、あなたの勘がいちばん冴えわたるのは、ご自分の考え方や行動を静かに反省しているときなんですから」

「じゃあ、すべてミスター・クラウザーが悪いんだと彼女に吹きこんでおくから、わたしに代わって彼女の非難を浴びてくれる？」

「浴びられるものであれば、喜んで浴びますよ。しかし、その程度のことでミス・トレンチをごまかせるとは思えません。おまけに彼女は、お姉さんと同じくらい強情だ」

今回ハリエットは、わざと大きなため息をついた。

†

馬車はヘイ・マーケットの劇場街で停まり、路上に降り立ったハリエットは、オペラ・ハウスことヒズ・マジェスティーズ劇場の意外に簡素な正面入口を見あげた。オペラの舞台であれば、ハリエットも大陸で何度か観ていたのだが、なかなか愉しいものだという印象が残っただけで、特に熱中することもなく終わっていた。ところがイングランドでは、上流階級のなかでもとりわけ流行に敏感な人びとが、オペラこそは最も優れた芸術形態であると声高《こわだか》に主張しており、あたかも新興宗教の熱心な信者のように、オペラの神殿たるこの劇場内で最良の席を確保しようと競いあっていた。

むろんオペラのシーズン中は、国王ジョージ三世とそのご家族もしばしば来臨され、多くの臣民たちと共にこの芸術を心ゆくまで堪能された。毎年十一月から翌年のイースターに至る水曜と土曜の夜は、一家言持った貴顕の人びとが馬車に乗り、大いなる期待を抱きつつ続々とこの劇場まえに乗りつけた。かれらは、ひとつのボックス席を一シーズン二ギニーで買いあげていて、場内に入れば周囲の顔なじみと挨拶を交わし、劇場側が提供する多彩な歌と踊りを鑑賞した。実のところ、オペラの舞台とは高尚な芸術のすべてを人びとに誇示する場であり、ときとして観客は、あまりの壮麗さに文字どおり幻惑された。古代の神々と英雄たちが登場したと思えば、猛獣や人間が舞台の上を飛びまわり、戦車部隊が音をたてて走り抜けた。見事に再現された夏の情景には、本物の水が驟雨《しゅうう》となって降りかかった。世界中のあらゆる土地と、歴史上のあらゆる出来事が結集していたし、それらすべてが凝縮され、音楽とともにこの劇場のなかに詰めこまれていた。そして、赤ん坊の咽喉に流しこまれるパン粥のように、観客の眼と耳に注ぎこまれた。

しばらくそんなことを考えていたハリエットは、ふとわれに返ってクラウザーを探した。彼は、入口の扉のわきに立ち、壁に貼り出されている一枚の告知文を読んでいた。ハリエットが見ていることに気づくと、彼はその内容を音読した。

「〈謹告。当ヒズ・マジェスティーズ劇場は、ミスター・バイウォーターが音楽監督を務め、気鋭の作曲家数名の楽曲を集めたオペラの新作『ジュリアス・レックス』を、本日一七八一年十一月十七日より初演致します。主役男性歌手《プリモ・ウオーモ》はシニョーレ・マンゼロッティ、主役女性歌手《プリマ・ドンナ》はマドモアゼル・マランであります〉。このあとに、ほかの出演者たちの名前がぞろぞろつづいてます」

クラウザーは小さな字で書かれている部分を読むため、一歩前進した。「おやおや、幕間にはバレーが三つも押しこまれてますよ。背景と大道具は、すべて新調したそうです」小さく頭を振る。「人さまを喜ばせるのも、なにかと金がかかってたいへんだ。さてそれでは、なかへ入って支配人どのに面会し、フィッツレイヴンが亡くなったという悲しい知らせを伝えてあげましょうか。もっとも、グレイヴズの話を聞く限りでは、心の底から悲しんでもらえるとは思えませんがね」

クラウザーは、がっちりと錠前をかけられた大きな扉を見あげた。夕方になれば、ロンドン中から集まったオペラ通たちがここを抜け、場内に入ってゆくのだろう。「この扉を開けさせるのは、ちょっと面倒かもしれませんね。別の入口を探してみましょう。意外なところから入っていけば、往々にして意外な発見があるものです。いくら芸術の殿堂といっても、そのへんは同じだと思いますよ」

2

ハリエットとクラウザーは、思っていたよりずっと簡単に楽屋口を見つけることができた。初日の開幕を数時間後にひかえ、楽屋口の扉が大きく開かれており、さまざまな用事を抱えた下働きたちが、狭い裏庭を忙しく出入りしていたからだ。誰もがきびきびと動いており、裏庭は活気にあふれていた。大声で指示を飛ばしているのは、各部門の責任者たちだろう。地味なウールの服を着た女性が、腰に両手をあてひとりの少年と激しく口論していた。少年は手に一本の紐を握っており、紐の先を見ると、まだ毛をむしられていない雉《きじ》が何羽か括《くく》られていた。大きな像の頭部らしきものを肩にかついだ男が、たいへんな勢いで裏庭に駆けこんできたので、ハリエットとクラウザーは彼のためさっと道を開けた。すると彼のうしろから、二本の脚をはやした巨大な花輪が歩いてきたのだが、よく見るとそれは、信じられないほど大量の薔薇を抱えたひとりの女性だった。女性は花ごと前傾して楽屋口の扉を通り抜け、薔薇の花びらと葉を散らしつつ、劇場のなかへ消えていった。

彼女のあとにつづいて、ハリエットたちも場内に入った。ふたりのまえに現われたのは、比較的平凡な建物の外観からは想像もできないほど、広い幅と深い奥行きをもつ廊下だった。廊下の両側には、たくさんのドアが並んでいた。どれもみな大きく開いていたのだが、かれらの注意を引いたのは、いちばん手前のドアだった。低く朗々とした男の怒鳴り声が、そのドアを通して聞こえてきたからだ。

「違う違う！　なにをやってんだ、まったく！　おまえは木ってものを見たことがないのか？　自分がなにを描いてしまったか、一歩さがってよく見てみろ！　そのパネルはやりなおしだ。おまえのせいで、初日から大恥をかくところだったじゃないか。ほら、さっさと火桶を持ってこい。もし生乾きの絵の具が衣装につこうものなら、バーソロミューが発狂してわめき散らすからな」

クラウザーはドアをいっぱいに開き、ハリエットのあとからその部屋へ入った。なかはとても広く、どんより曇った冬の朝だというのに光であふれていた。絵の具の刺激的な臭いが漂っており、眼がちくちくしたクラウザーは思わず上を向いた。

天井の高さは、彼の予想をはるかに超えていた。もしこれほどの大広間が自宅にあったら、成り上がり者の夫人であれば客を五十名くらい招いて舞踏会を開くだろうが、この部屋に家具や調度品はひとつもなく、壁も漆喰を粗く塗ったままだった。だが、この広々とした空間は、まったく別種のもので埋められていた。高い天井から、滑車に通した太いロープが何本も下がっており、それぞれのロープが、画布を張った巨大な書割《かきわり》を吊り下げていたのだ。クラウザーの位置からでは、各パネルを斜め方向からざっと見るのが精一杯だったけれど、たとえ一部しか見えなくても、なにが描かれているかは容易にわかった。花壇と街路があり、古代の寺院とおぼしき石造りの建物があり、森と城の廃墟があった。各パネルが異なった高さに吊るされているのは、作業の進行状況に合わせてのことだろう。時代も場所もばらばらな絵がずらっと並ぶ光景は、まるで大昔の冒険家の記憶をぶつ切りにして引き伸ばし、混ぜあわせたかのようだった。

壁沿いには空と海を描いた書割がぶら下がっており、そのまえに一隻の大きな船のパネルが立てかけられていた。船の舳先は、石敷きの床から優に八フィート（約二・四メートル）は離れていた。ハリエットは思った。船というよりも、横幅二十フィート（約六メートル）の枠のなかに、無理やり押しこめられた船の亡霊と呼ぶべきだろう。どれだけ木膚《きはだ》が巧みに表現されていようと、これは船の姿を描き写した普通の布にすぎないのだから。それはわかっていても、海上の細波《さざなみ》まで細かく描きこまれているため、大海原の響きが聞こえてくるようだったし、あの塩辛さが舌先に蘇るような気がした。

部屋の中央はぽっかり空いており、そこに一脚の高いスツールが置かれ、ひとりの紳士が背中を丸めて座っていた。かなり背が高く、着ている服は上から下まで濃い茶色だった。頭髪は服と似合いの栗色で、髪粉はまったく振りかけていなかった。真っ黒な靴を、スツールの脚と脚をつなぐ横棒にうまく引っかけ、上体を深く曲げて座っているものだから、その姿は開きかけの折りたたみナイフを思わせた。彼は両腕を組んで両膝にのせ、首をねじって部屋のいちばん奥の壁面に顔を向けていた。

その壁のまえには、男がふたり立っていた。年上のほうはコートを脱いで両腕をまくりあげ、まだあどけなさの残る若い男を睨みつけていた。若いほうは前掛けをして左手にパレットを持ち、うつむいていた。唇を噛み悄然としたその顔は、今にも泣き出しそうだった。彼の背後には、木々を描いたパネルがぶら下がっていた。ハリエットの眼には、とてもうまく描けているように見えた。ハリエットたちに気づかないまま、腕まくりをした年輩の男が申しわけなさそうな顔をして、高いスツールの紳士に近づいてきた。彼が言葉を発すると同時に、ハリエットはそれが廊下で聞いた声であることに気づいた。ただし今回、その声量は低く抑えられ、しかもやけに卑屈だった。

「お詫びのしようもございません、ミスター・ヨハネス。まさにご指摘のとおりでした。あそこにいるボイルの失敗です。なぜわたくしが先に気づかなかったのか、穴があったら入りたいくらいです。とはいうものの、考えようによっては些細な間違いと呼べないこともなく……」

この言葉を聞いたとたん、スツールに座った紳士の頭がびくっと動いた。腕まくりをした男は、あわてて言いつくろった。「もちろん、重要でない失敗などひとつもございませんし、開演にはまだ時間があるので、必ず、必ず修正いたします」今度は紳士がなんの反応も示さなかったため、腕まくりの男はまだ謝罪が足りないものと考えたらしく、大きな咳払いをしてさらにこうつづけた。「あれほどの失敗に気づかなかったことを、改めてお詫び申しあげます。あれが最後の一枚でしたし、なによりも……」彼はひと呼吸おいた。「ミスター・ヨハネス、あなたさまの舞台美術は、常に繊細を極めておりますもので、わたくしたち職人の作業は、どうしても遅れがちになってしまうのです。その点を、どうかお含みおきください」

スツールの紳士はここでやっとうなずき、腕まくりに向かって指をくいと曲げ、もっとそばに寄れと命じた。顔を近づけてきた彼に、紳士がなにか耳打ちした。腕まくりは弾かれたようにうしろを向き、パレットを持った若者に怒鳴った。

「よーし、大急ぎで直しにかかれ」やや声を落とし、彼はつづけた。「もうひとつ、その失敗した部分を別にすると、ミスター・ヨハネスは、おまえの仕事ぶりに満足なさってらっしゃるそうだ」

若者は顔を赤らめた。「ありがとうございます、ミスター・グーチ。ミスター・ヨハネス、お許しくださって、本当にありがとうございます」

ハリエットが見る限り、ミスター・ヨハネスは、ボイルという若者の感謝の言葉を歯牙にもかけていなかった。その代わり彼は、まるでたったいま気づいたかのように頭をめぐらせ、入口ドアのまえに立つハリエットを見た。彼女は軽い驚きを覚えた。ヨハネスの顔は紙のように蒼白で、眼は不自然なまでに大きく、瞳は鮮やかな緑色だった。彼の皮膚は光をうっすらと反射しており、その光は、彼女がときどき自分の息子の顔に見るそれとまったく同じだった。子どものように肌理《きめ》が細かく、滑らかな肌をしているのだ。彼女は、コンスタンティノープルの教会で見たモザイク画を思い出した。あそこに描かれていた天使たちの顔も、こんなふうにつるつるで、非人間的だった。奥の壁のまえに立つふたりが、彼女を見ていた。ミスター・グーチと呼ばれた年輩の男が顔をしかめ、ぶっきらぼうな声で問いかけてきた。

「失礼ですが、ご用件はなんでしょう？」

クラウザーが笑みを浮かべながら答えた。「支配人を探しているんです。お名前はミスター・ハーウッドだとうかがってますが」

「この時間は、自分の部屋にいると思いますよ」これだけいうとグーチはくるっとうしろを向き、パレットを持ったままのボイルに命じた。「ほら、おまえはさっさと仕事に戻れ。こっちはこっちで、ほかの書割を組んでいかなきゃいけないんだからな。もし開演までにそのパネルの修正が終わっていなかったら、俺がおまえを細かく切り刻んで錘《おもり》用の砂袋に詰めこんでやるぞ」

ヨハネスは、ハリエットとクラウザーから目をそらさず、片手の人差し指を静かに上へ向けた。支配人の部屋が上階にあることを示しているのだろうと、ハリエットは察した。彼の手足は異様に細長く、その指も顔に負けないくらい真っ白だった。天を指さす彼の姿から、またしてもハリエットは、主イエスの居場所を改悛者たちに教えるあの天使の絵を思い出した。彼女は感謝のしるしに一回だけうなずき、クラウザーと一緒に廊下へ出た。ミスター・ヨハネスの異様な雰囲気にあてられたらしく、なんとも落ち着かない気分だった。

廊下を歩きはじめてしばらくしたとき、クラウザーが話しかけてきた。

「あの部屋をのぞいたのは、大正解でしたね」

「あら、どうして？」

「気がつきませんでしたか？　あそこで使われていたロープは、フィッツレイヴンの足に巻かれていたものとまったく同じでしたよ」

†

ジョカスタは歯の隙間を使って器用に口笛を吹きながら、セント・マーティンズ小路《レーン》を歩いていった。その歩きっぷりがあまりに堂々としているものだから、ぬかるみを避けつつ彼女に向かってくるすべての歩行者は、つい自分から道を譲ってしまうのだった。もちろん椅子駕籠《セダン・チェア》が前方から近づいてくれば、いかなジョカスタ・ブライといえども道の端に寄るだろうが——そうしなければ怪我をするからだ——それ以外で彼女が足を止めることはまずなかった。当然のことながら、自宅に近い三本の道を歩いているとき、彼女のまえに立ちはだかる者は皆無だった。女たちはジョカスタを見れば会釈し、男たちは片手を軽くあげて挨拶したけれど、誰もが必ずきまり悪そうな顔をした。それもそのはず、たいていの場合ジョカスタは、かれらの私生活や心のなかを、本人たちよりもよく知っていたからだ。しかし、そのような大量の秘密を、彼女は二十年の長きにわたって守りとおしてきた。そして彼女は、相手が目にあまる乱暴者か誰にでも身をまかせる淫婦でない限り、客に運命を伝えるときは、できるだけ優しい言葉を選んでいた。

セント・マーティンズ小路《レーン》とターナーズ・コートの角にある安食堂のまえで、ジョカスタは立ちどまった。そこは、普通の道路が終わり、貧民窟の細い路地が延びはじめる場所だった。ぬかるんだ細道に沿ってぼろぼろの小屋が並び、貧困と絶望に支配され、兵隊を護衛につけない限り治安判事でさえ立ち入ろうとしない一劃《いっかく》——このような陋巷《ろうこう》が、ロンドンには無数に存在していた。ジョカスタは、湯気とタバコの煙で霞む安食堂のなかをのぞき込み、店内の騒音に負けないくらいの鋭さでひゅっと口笛を吹いた。給仕の少年が顔をあげ、ジョカスタに気づくと客を放り出して駆けよってきた。彼が接客していたのは、黄ばんだ鬘《かつら》をかぶった汚いコート姿の男で、彼はビールとパイをまだ注文していなかった。

「こんちは、ミセス・ノライ。なにか食べてく？　ボイオにも残り物を持ってくるけど」

ジョカスタは愛犬を見おろした。ボイオは嬉しそうに尻尾を振ったが、彼女は眉間に皺を寄せた。

「いいえ、遠慮しとくわ。この犬、またしてもご主人さまを面倒なことに巻きこんでるのよ。だから今日は、ご馳走はおあずけ」

ボイオは床に寝そべり、鼻を前足の上にのせた。

「実をいうと、今日は人を探しにきたの。ねえリプリー、あなた、ミッチェルという苗字の夫婦を知らない？　若い夫婦よ。旦那は事務員で、奥さんはどこかの香水屋に勤めてる。まだ新婚みたい。旦那のおふくろさんと一緒に住んでるわ。かれらの家がどこにあるか知りたいの」

リプリーは自分の鼻を押さえ、しばらく考えた。

「うん、あの婆さんに間違いないと思う。旦那は、週に三回くらいここへ晩飯を食いにくるよ。勤め先は海軍本部だろ？　たしか、家はソールズベリー通りだ。旦那はけっこういい人だね。だけど母親のほうは、見るからに怖そうな顔をした鬼婆。お嫁さんをへとへとになるまで働かせてるよ。あの婆さんにいわせれば、おがくずしか食べるものがないような暮らしをしているらしいけど、自分のコーヒー屋台をもってるくらいだから、そこまで金に困るなんてちょっと信じられないな。そういえば一カ月ほどまえ、大家が家賃を値上げしたので、もう生活できないなんて騒いでたっけ。だからあのお嫁さんも、ブルーディガンの香水屋を、なかなか辞めさせてもらえないんだろうね」リプリーは顔をあげた。ここまで詳しく知っていたことに、彼自身も驚いているようだった。「まさかあの婆さん、ミセス・ブライの友だちじゃないだろ？」

ジョカスタは少年に向かってウインクし、スカートのポケットからタロット・カードを出して扇形に広げた。「一枚引きなさい」

少年は真剣な表情でカードを見つめ、それから意を決したように中央の一枚を抜いてジョカスタに渡した。

「おいリプリー！　おまえなぜ、こちらのお客さまの注文を聞いてさしあげないんだ！」店の奥から、油でぎとぎとになった前掛けをつけ、テーブルのあいだを歩くのも難しそうなほど太った男が叫んだ。ジョカスタはリプリーが選んだカードから眼を離し、彼のほうを見やった。太った男はわざとらしく咳をした。「なんだ、ミセス・ブライじゃないですか。ちっとも気がつきませんでしたよ。リプリー、ちゃんとお相手するんだぞ」リプリーは男のほうをふり向きもしなかった。

「で、俺の運勢はどんな感じ？」

ジョカスタは鼻のわきを掻いた。床の上で、ボイオが低く唸った。「イタチ面《づら》の男に気をつけなさい。真ん中のテーブルにいるあいつよ。青いコートを着て、腕に喪章を巻いた男。あいつ、昼飯の代金として、あなたに偽造硬貨を渡すつもりでいる」

　ゆっくりとうしろを向いたリプリーは、眼を細めて問題の男を見た。小さく舌打ちした彼は、再びジョカスタに向きなおって訊ねた。

「そんなことまで、たった一枚のカードでわかるの？」

「いえね、さっきからあいつ、わたしたちが話しているのを横目で見ながら、テーブルの下で手持ちの小銭を親指の爪で次々に引っ掻いているの。どれが贋金か確かめて、昼飯代に混ぜるつもりよ。だけど、痛い目に遭わせてやろうなんて考えたらだめ。彼も贋金をつかまされた被害者で、なんとか損を取り戻したいだけだと思うわ。このカード自体には、〈うしろに気をつけろ〉としか出ていない。だから偽造硬貨だけ受け取らないようにすれば、それで丸く収まるでしょう」

「ありがとう、ミセス・ブライ」

「いいえ、こちらこそすごく助かったわ」彼女はあの太った男に目礼して、店からゆっくりと出ていった。ボイオもむくっと起きあがり、店内に向かってひと声吠えると、急いでジョカスタのあとを追った。

3

ハーウッド支配人の執務室までたどり着くのに、ハリエットとクラウザーは思いのほか手間どってしまった。すべての廊下が、慌ただしく移動する人びとでごった返していたからだ。ある廊下の奥からは、ローマ時代の乙女の集団が姿を現わし、こちらに近づいてきた。遠目には女神のように美しかったのだが、近づくにつれ粗さが目についた。金髪の鬘《かつら》に見えたのは、実は絵の具が塗られた厚紙を折り曲げただけの冠物《かぶりもの》だったし、柔らかく揺れる白いローブはかなり汚れていて、ボタンもあちこちなくなっていた。もちろん顔と首は、真っ白に塗りたくられていた。ハリエットは、このまま舞台に上げて大丈夫なのかと心配になった。五十歩くらい離れて見れば美の化身かもしれないが、五歩かそこらだと単なる化け物なのだ。

最後の稽古をする楽団の音が聞こえてきた。チェロが低い唸りをあげ、ハープシコードがきらびやかな高音を撒き散らした。太った小男が、羽飾りのついたスカートを両手いっぱいに抱え、ハリエットたちの横を走り抜けた。うしろを向いてなにか怒鳴りながら、ひとりの少年がいきなり廊下の角から飛び出してきて、クラウザーに衝突した。片腕に抱えていた紙の束が滑り落ち、音楽を封じこめた五線紙が、かれらの足もとにざっと広がった。小声で悪態をつきながら、少年は譜面を拾い集めた。手伝おうとしてハリエットが腰をかがめると、少年は彼女の顔を見てにこっと笑い、拾った譜面を胸に抱きしめ走り去っていった。

廊下を通るすべての人間が、間断なくしゃべることを義務づけられているかのようだった。それも、必要以上の大声で。しゃべる相手がいない者は、ぶつぶつと独り言をいうか歌を口ずさんでいた。音階を練習したり、なにかの曲の断片を奏でる楽器の音が、頭上から降ってきた。その音に負けじと、夜明けまえの鳥の群れを思わせる騒々しさで、人間どもが大声を張りあげた。クラウザーは、両手で耳を押さえたくなる衝動と闘った。

劇場のロビーへつづくドアがあったので、そのドアを開けロビーに足を踏み入れると、かれらは一瞬にして不気味な静けさに包まれた。人びとが談笑するにぎやかな劇場ロビーしか知らないハリエットは、その静寂に強い違和感を覚えた。ついさっきまでの混乱と騒音を、たった一枚のドアが呑みこんだかのようだった。ハリエットは思った。ドアの向こうがカーニバルだとしたら、こちら側はさしずめ荘厳な大聖堂というところか。その印象は、華やかな装飾の数々によっていっそう強められた。

かれらが歩いてきた舞台裏の廊下は、壁も天井も実用一点張りだった。壁の漆喰は塗装されておらず、蠟燭立てとランプは、ハリエットが自宅のキッチンや使用人の部屋で使っているような安物だった。対してこのロビーにあるすべてのドアの上には、石膏で巧みに造形された花輪が飾られ、淡い青に塗られた花々のあいだを、金色の小さな天使が愉しげに飛びまわっていた。ランプは、ガラスをねじった松明《たいまつ》のなかに仕込まれており、その松明を白い手に掲げる半裸の女神たちは、背後の壁からすっと抜け出てきたかのように見えた。

臙脂《えんじ》色の分厚いカーペットが、盛りあがる波のように階段の上まで敷き詰められ、二階のボックス席へとつながっていた。さらに上を見ると、九人の女神《ミューズ》のうち舞踏と歌、叙事詩を司《つかさど》る三人が雲のあいだに描かれており、丸天井をぐるっと囲む月桂冠の彫刻を支えていた。丸天井はガラス製で、曇天の弱々しい光を招き入れているのだが、明かりが消され観客のざわめきもない壮麗な場内は、単に薄気味悪いだけだった。ピサー判事の物置小屋を思い出し、ハリエットはぞっとした。やけに大きく響く声で、クラウザーが話しかけてきた。

「この劇場を設計した建築家と、グレイヴズの家の内装を手がけた大工は、たぶん同一人物だと思いますよ。おや、あそこを見てください」彼は、斜め上にある踊り場の壁に設けられた装飾のないドアを指さした。「支配人と呼ばれる人間が自分の部屋をかまえるなら、ああいう場所を選ぶような気がしませんか？」

ハリエットはうなずいた。「たしかにそうね。あそこなら、ドアを少し開いて顔を出すだけで、客の入りがひとめで確かめられるもの」ふたりは無言で階段を上がりはじめた。一歩上がるたび、ハリエットのスカートがカーペットにこすれ小さな音をたてた。

†

劇場支配人という言葉からハリエットが思い描いていた人物像を、ウィンター・ハーウッドはいとも簡単に裏切った。ワインと美食を愛する恰幅のいい紳士が出てくると思っていたのに、ハーウッドは痩せて手足が長く、高い身長にみあった肩幅を持ち、髭をきれいに剃って涼しげな青い眼をしていた。着ている服は、この劇場の派手な内装とは裏腹の地味なものだった。ごく平凡なシャツにぴったりした濃紺のコートを重ね、黄褐色のブリーチズをはき、ウエストコートには懐中時計用の飾りポケットすらなかった。そして髪も、独創性ばかり重んじる当節の流行を嘲《あざけ》るかのように、極めて保守的だった。まるでグレイヴズみたいだ、とハリエットは思った。とはいえ、グレイヴズのように心の動きをすぐ顔に出すことは、さすがになかった。悪い知らせを伝えても、ハーウッドはまったく動揺せず、拍子抜けするほど平然としていた。

「フィッツレイヴンが死んだ？　本当に死んだんですか？　わざわざ教えてくださり、ありがとうございます」

ハーウッドは自分のデスクに座っていた。その机上が異様なほど整頓されていることに、ハリエットは目を瞠《みは》った。インク壺などの筆記用具までもが、定規で測ったかのようにびしっと置かれているのだ。右側には未開封の書簡がきれいに積まれ、左側には数枚の便箋が広げられていた。四つ折りにしてある便箋は、これから郵送されるのだろう。ハリエットたちに礼を述べたあと、彼は右の手紙の山から一通を抜き出し、開封した。それから顔をあげ、ふたりが退出しないので意外そうな顔をした。

「まだなにかあるんでしょうか？」

答えたのはクラウザーだった。「ミスター・フィッツレイヴンの足を縛っていたロープは、この劇場で使われているものとまったく同じでした。したがって、この劇場の人たちからも事情を訊く必要があると思います。ミスター・ハーウッド、もしあなたが、なにか参考になりそうなことをご存知でしたら、おたがいの手間を省くためにも、できるだけ早く教えていただければありがたいのですが」

　ハーウッドはため息をつき、手にしていた書状をのろのろとデスクの上に戻した。

「そういわれても、あまりお役には立てないと思いますよ。ここのロープで縛られていたんですか？　本当に？」クラウザーはうなずいた。「なんてことだ」長い沈黙がつづいた。このような沈黙の時間が、ハリエットは苦手だった。相手の本音を引き出すには、言葉の応酬が不可欠と考えているため、つい口を開きたくなってしまうのだ。しかし、実は沈黙にも大きな力が秘められていることを、彼女はクラウザーから学んでいた。

　鋭い目でふたりを見ていたハーウッドが、ようやく語りはじめた。「近ごろ世間はだいぶ物騒になっていますが、人殺しの件数があまり増えていないのは、むしろ喜ぶべきことなのでしょう。それでもなお、殺人犯がなかなか逮捕されないことを、われわれは経験上よく知っています。もちろん、犯人がナイフを持ったままそのへんをうろついたり、酒場かどこかで罪を声高に自慢すれば、話は違うのかもしれませんけどね。そうでしょ？」ハリエットとクラウザーは返事をしなかった。渋面《じゅうめん》をつくりながら、ハーウッドがつづけた。「どっちみち逮捕できないなら、近所の人たちや関係者にしつこく事情を訊き、相互不信の泥沼に突き落とす必要はないと思いますよ。ここはロンドンです。あなたがたおふたりを満足させる娯楽は、ほかにないのでしょうか？」

　ハーウッドは椅子から立ちあがると、両手をうしろに組んで窓に近づき、外の通りを見おろした。ハリエットの耳に、馬車の鉄輪が石畳を嚙む音と、椅子駕籠《セダン・チェア》をかつぐ男たちの怒声が聞こえてきた。

「むろんわたしは、おふたりのお名前をよく存じあげております。ひょっとして、サセックスでやったことをロンドンでもやるつもりなんですか？　そう、去年の秋に出たあの小冊子の副題を借りるなら——『われらが王のため真実の剣を振るう』ってやつを？」ハーウッドは首をぐいと曲げ、片眉をあげながら肩越しにふたりを見た。「もしそうなら、もっと上等な被害者を選ぶべきでしたね。ナサニエル・フィッツレイヴンは、演奏家としては優秀だったかもしれませんが、人間的には最低のろくでなしです。なぜあんなやつのため、ひとはだ脱ぐ気になったんです？　やつに遺産の問題なんかないはずだし、救出すべき哀れな子どもたちもいないと思いますよ」彼は窓から離れてこちらを向くと、静かにうなずいた。「そういえば、去年の夏のおふたりの活躍を、一幕物の芝居にしようという話があったんですけど、ご存知でしたか？残念ながら、この話は没になってしまい、『コーヒー・ショップにて』というちょっと洒落た喜劇に差し替えられました。しかし、もし企画が通っていれば、王立劇場《ドルリー・レーン》で上演されるはずだったんです」

ここでハーウッドは、わざとらしく口角を上げた。ふたりに微笑みかけたのか、それとも没になった芝居を嘲笑《ちょうしょう》したのかは、もちろんわからなかった。だがハリエットは、むっとしたとたん赤面してしまい、ますます不愉快な気分になった。そのときクラウザーが、困惑や躊躇などまったく感じさせない落ち着いた声で、反撃を開始した。その語調はハーウッドより冷たく、いつも以上に辛辣だった。わざわざ顔を見なくても、ハリエットにはよくわかった。今クラウザーは、右の眉だけをあげ、品定めするような眼でハーウッドの細い鼻梁を熟視している。

「ミスター・ハーウッド、あなたと違って、演劇に対する人びとの嗜好《しこう》を批評する知識など、わたしはもちあわせていません。そんなもの、わたしの知ったことではないからです。ミセス・ウェスターマンとわたしは、グレート・サフォーク通りに住むピサーという治安判事から、身元不明の水死体を検分してくれと依頼されました。そしてその死体が、ナサニエル・フィッツレイヴンであると特定しました。彼は、路上強盗に襲われたのでもなければ、酒場の喧嘩で殺されたのでもありません。絞殺されたのです。そして犯人は、彼の死体を数時間放置したあと、なんらかの錘《おもり》を足に縛りつけテームズ川へ投げこみました。もちろん、犯行が露見するのを防ぐためであることは、疑問の余地もありません」先ほどの不快感はきれいに消え去り、ハリエットはクラウザーの長広舌を愉しみはじめていた。「もしフィッツレイヴンの友人のなかに、彼の仇《かたき》をとりたいという人がいれば、わたしは喜んでその人に犯人探しの仕事をお譲りしましょう。でもそんな人はいないようだし、それなら、第二、第三の殺人を防ぐためにも、ミセス・ウェスターマンとわたしで、できるだけのことをしてみようと考えただけです。この場合、誰かの財産や哀れな子どもは、なんの関係もありません。ましてや安っぽい印刷物や芝居など、笑止千万です」

クラウザーが語り終えると、ハーウッドは目を丸くしてふたりを見た。それから両手をデスクの上につき、ゆっくりと椅子に座った。

「よくわかりました」彼は両眼を閉じ、右手で細い鼻梁をなでさすった。「そこまでおっしゃるなら、フィッツレイヴンについて知っていることを、洗いざらいお話しましょう。その代わり、少なくとも今日は、これ以上このなかを嗅ぎまわらないでいただきたい。国王陛下もいらっしゃる初日なので、みんなぴりぴりしてるんですよ。約束していただけますね？」彼はクラウザーとハリエットを交互に見た。ふたりは顔を見あわせ、静かにうなずいた。眉根を寄せ、ハーウッドがつづけた。「おふたりの名前を案内係に伝えておくので、舞台がハネたら緑色の扉の貴賓室に来てください。ミセス・サーヴィスはボックス席を買ってらっしゃるし、彼女のご一行はいつもあの部屋でひと休みされますから、詳しい話はあそこで……」

「いえ、わたしとミスター・クラウザーは、オペラを観ずに失礼する予定なんです」ハリエットが静かにいった。

「それは残念。では、今ここでざっとお話ししましょう。フィッツレイヴンは厭なやつでしたが、それなりに使い途はありました。ヴァイオリンが弾けなくなったので馘《くび》にしたんですけど、この劇場を離れたくないと泣きつかれたので、写譜もできる雑用係として再雇用したんです。去年のシーズンは、ほかにも男の子をふたり雑用係として雇っていました。仕事の内容は三人ともほとんど同じで、給料も似たようなものでしたが、フィッツレイヴンは常にフロックコートを着て紳士のようなしゃべり方をしていたから、部外者の眼には、重要な仕事をやっているように映ったかもしれません」

ハリエットは顎をあげ、ハーウッドの眼を見ながら訊ねた。「でも今年の夏、あなたは実際に、彼に重要な仕事を与えませんでしたか？　わたしたちが聞いたところによると、招聘したい歌手の出演交渉をやらせるため、ミラノに出張させたとか。ただの雑用係に、なぜそんなことを任せたんです？」

ハーウッドは椅子に座りなおすと、部屋の隅をじっと見つめ、なにやら一心に考えはじめた。この部屋の内装は、舞台裏の廊下に見られた実用一辺倒の無骨さと、ロビーの過剰さのちょうど中間を狙っているように思えた。あちこち装飾されているのに、品よくまとまっているのだ。壁には、重々しい金色の額縁に収められた四枚の肖像画が掛かっていた。描かれているのは華美な服を着た四人の紳士で、かれらは——絵の下に貼られた小さな銘板の記述を信用するなら——このオペラ・ハウスの歴代支配人だった。どの顔も自信にあふれており、嘲るような眼で現在の支配人であるハーウッドを見おろしていた。

「たしかにわたしは、彼を大陸に出張させました。ひとつの賭けでしたが、やってみる価値は充分にあったのです。ヒズ・マジェスティーズ劇場の支配人に就任して以来、わたしは毎年、大陸に駐在させている代理人を通し、ミス・マランをロンドンに招聘しようと交渉を重ねてきました。四年まえ、パリで彼女の歌を初めて聴き、惚れこんでしまったからです。そして今、ようやくロンドンの人たちにも、彼女の歌に惚れこむ機会を与えることができたわけですが……とにかく、去年までのわたしは、わたしよりもいい条件を提示した大陸の興行主に、彼女を横取りされていました。毎回、自分の非力さを呪いましたよ。ところが今年の春、フィッツレイヴンが突如この部屋にやってきて、自分はミス・マランと個人的に連絡をとりあっている、というんですね。そして、もし自分を夏のあいだイタリアに出張させてくれたら、必ずや出演交渉をまとめてみせると豪語したんです」

「その言葉を信じたんですか?」ハリエットが訊いた。

ハーウッドは頭を振った。「いいえ。すると彼は、ミス・マランから送られたという手紙の一部を見せてくれました。そこには、非常に親しげな調子で、一度ミラノに来いと書いてありました。いったいどうやれば、イザベラ・マランからじきじきに招待してもらえるのかと、本当にびっくりしましたよ。しかし、彼は実際に招待されていたし、そこでわたしも、彼を出張させる価値は充分にあると考えたのです。ただし、出張旅費はぎりぎりしか渡さず、交渉にあたっての権限も少ししか与えませんでした。加えて、ミラノとフィレンツェにはつきあいのある銀行があったので、フィッツレイヴンが羽目を外さないよう、かれらに監視役を頼みました。われながら正しい決断をしたと思ってますよ。なにしろ、今この劇場にミス・マランがいるんですからね。マンゼロッティについても、大歌手という評判はさんざん聞いていました。信頼できる音楽愛好家たちが彼を絶賛していたし、それが真実だったことは、彼の歌声がすでに証明しています。ほかの歌手たちは、フィッツレイヴンが選んだんですが、どうやら歌の実力ではなく、彼に払った賄賂の額で選ばれているみたいですね。もちろんかれらも……」ハーウッドは肩をすくめた。「いちおうちゃんと歌えます」

「なぜフィッツレイヴンは、ミス・マランと文通できたんでしょう?」クラウザーが質問した。

ハーウッドは両手をあげてみせた。「それはわたしにもわかりません。昔、ミス・バーンという女性歌手がいましてね。彼女は、ひとりの男性ファンから送られた手紙に感激したあげく、その紳士と駆け落ちする気になってしまったんですが、仲間たちの必死の説得で、なんとか思いとどまりました。わたしの記憶では、相手はボタン工場の経営者の息子で、当時まだ学校も出ていない少年だったはずですよ。おそらくフィッツレイヴンも、それくらい感動的な手紙をミス・マランに送ったのでしょう」

クラウザーは眉をひそめた。「そんなに文才のある男だったんですか？」

ハーウッドがもぞもぞと座りなおした。「そうですね、この劇場で上演中のオペラについて絶賛する文章を書いては、ときどき新聞社に送っていたようです。次回上演される演目と出演者を紹介する文も、よく書いていました。おふたりの友人であるオウエン・グレイヴズが、まだ貧乏だったころにやっていた仕事と同じですよ」

「でも、グレイヴズが批評する対象からお金をもらったことは、一度もなかったと思いますけど」ハリエットが指摘した。

「たしかにそうでした」ハーウッドは天井を仰ぎ見た。「いくらわたしたちが勧めても、グレイヴズは独立性を保つのだといって、首を縦に振りませんでしたね」

小さなノックの音がしてドアが開かれ、使用人らしき男の頭が現われた。彼はハーウッドに向かって一回だけうなずくと、そのままなにもいわず引っこんだ。

「すみません、ここまでにさせてください。第二幕を締めくくる二重唱の最後の舞台稽古が、今からはじまるものでね。昨日までの稽古を聴いた連中は、最低でも六回はアンコールがくるだろうといってますよ」いそいそと立ちあがったハーウッドは、ふと思いついたかのようにこう言い添えた。「よかったら一緒にご覧になりませんか？　この舞台稽古は関係者に公開されているんです。わたしは、国王陛下のボックスから最終確認をすることになってます。もちろん、歌うのはミス・マランとマンゼロッティのふたりだし、舞台美術家のミスター・ヨハネスも、なにやらびっくりするような新機軸を披露するみたいですよ」

この招待にはハリエットとクラウザーも応じることにした。国王のボックス席へ向かって案内されながら、ハリエットは軽い口調でハーウッドに話しかけた。「実はわたし、劇場に来るたび、舞台上のさまざまな仕掛けに圧倒されてしまうんです。たくさんの天使が舞い降りてきたり、大の男が本当に山を登っていったり、まったく信じられません」

ハーウッドが小さくお辞儀した。「それが舞台の魔術というものです。しかしわたしたちも、ときどき大失敗をやらかすことがありましてね。何年かまえ、ある場面で本物の小鳥を使ってみたんです。もちろん、狙いどおりの素晴らしい効果が得られたんですが、そのあとがたいへんでした。次の戴冠式の場面で、女性合唱隊のひとりの鬘に鳥が飛びこんでしまい、上を下への大騒ぎになったんですよ」

4

ジョカスタがソールズベリー通りに引っ越すことは、ロンドン全市が沼地にでもならない限り、まず考えられなかった。この一帯の路地はテームズへ向かいゆるやかに下っているため、川霧《かわぎり》の晴れたためしがなく、したがって、いつも湿っている土地や生き物に特有の、胸が悪くなるような腐敗臭に包まれているからだ。

いちばん手前の家の戸口に立ったジョカスタは、ドアを一回だけ強く叩いた。玄関わきの窓に、やつれはてた顔がぼんやり浮かびあがった。数秒後、ドアがわずかに開き、ぎょっとするほど細長い鼻が突き出された。鼻以外の顔の造作《ぞうさく》がまったく見えないため、ジョカスタはドアの蝶番《ちょうつがい》と話をしているような気分になった。

「ミッチェルの家?」彼女の質問に蝶番が答えた。「ここから三軒め」ドアが乱暴に閉められ、むかっとしたジョカスタは唾を吐いてやろうかと思ったのだが、すんでのところで考えなおした。彼女は三軒めの家まで進んでドアをノックし、窓から居間のなかをのぞき込んだ。けっこうきれいに片づいていたものの、留守らしいので、向かいの家の軒下に移動した。ボイオが彼女の顔を見あげ、地面の臭いをくんくんと嗅いた。それから寝そべって、顎を前足の上にのせた。

ジョカスタが顔をあげてうなずいた。「そうよ、ボイオ。この辺はいつも溝《どぶ》の臭いがしてるの。だけど、いくら文句をいっても無駄だからね。だってそうでしょ、おまえに焚きつけられなければ、わたしはこんなところに来てないんだもの。いい歳して、自分でも馬鹿だと思うわ」

ジョカスタは待った。頭のなかでは剣の模様が渦を巻き、金貨のぶつかりあう音が響いていた。

†

ボックス席に腰を落ち着けながら、ハーウッドはオーケストラ・ピットを見おろし、ハープシコードを担当する若い男に「しっかりやれよ」と声をかけた。それからふたりの客に顔を向け、小さな声で語りはじめた。

「手もとに台本《リブレット》がないので、状況をかいつまんでご説明しましょう。ミス・マランが演じる女性は、恋人であるミスター・マンゼロッティが永遠に去ってしまったと思いこみ、嘆き悲しんでいます。ところがふたりは、ある薔薇園で偶然の再会を遂げ、彼女は『黄色い薔薇の歌』と題されたアリアを歌います。恋人を深く愛しながらも、結局は捨てられた女性の悲しみを描いたアリアです。ミスター・マンゼロッティは、これも運命なのだと歌い返し、彼女に許しを請います。ミス・マランは、自分がどれほど彼を愛しているか訴え、彼に心変わりの理由を問いますが、彼はひたすら謝りつづけます」ここでハーウッドは口に手をあて、あくびを嚙み殺した。「実は、彼も彼女をまだ愛しているのです。しかし彼は、彼女の父親の政敵に忠誠を誓ったため、彼女と別れねばなりません。非常に崇高で、悲劇的な話です。もちろんこの作品も、基本的には混成作品《パスティッチョ》なんですがね」彼は、クラウザーとハリエットが首をひねっていることに気づいた。「いいとこ取りというやつですよ。作者が違う複数のオペラから、使えそうな曲を選んでつなぎ合わせるんです。歌手たちも、客受けのする曲を歌いたがるので、かれらの希望もきいてやります。だけどわたしは、この劇場で上演するオペラには必ず新曲を入れるよう命じており、これからお聴きになる二重唱曲も、そういうオリジナル作品のひとつです。作曲を担当したのはあの若者、リチャード・バイウォーターなんですが、本人によると、曲想を得るため夏のあいだじゅうハイランズ（スコットランド高地地方）を逍遥《しょうよう》したそうです。なのにできあがった曲は、どれもぱっとしなくてね。だから今は、書きなおしが奇跡のようにうまくいき、それを歌手たちが見事歌いこなすことを祈るだけです」

　明かりらしい明かりが灯されているのは、舞台の上と演奏者が押しこまれているピットだけだった。薄暗さにやっと眼が慣れてきたハリエットは、場内をいくつもの影が動いていることに気づいた。しかし、廊下やロビーにまで客があふれている満員の劇場しか知らない彼女が見ると、この程度の人数は誰もいないのと同じだった。客席に点々と座っているのは、午後の舞台稽古まで見物にくるほど、暇をもてあました紳士淑女だろう。二階のボックス席にも四人くらい女性がいたが、こちらは手すりを磨いたり椅子を並べたりしていた。ピットのすぐ手前では、男がふたり床の掃除をしており、かれらのあとから、小さな男の子がラベンダーを床に振りまいていた。舞台の片方の端には大きなリング型のシャンデリアが置かれ、その横に職人らしい男がしゃがみ、小型のオイル・ランプの灯芯を切りそろえてはシャンデリア本体に取りつけていた。

舞台の上手には二脚の椅子が並んでいて、男と女が座っていた。男のほうは偉大なカストラート、シニョーレ・マンゼロッティであり、座っていてもかなりの長身であることがわかった。痩せた体を包むコートは目が醒めるような緋色で、金の房飾りで豪勢に飾られていた。踵《かかと》の高い靴は、ラピスラズリで作られているかのように光沢のある青だった。それくらい鮮やかな輝きが、二階のボックス席にいるハリエットの眼にも届いたのだ。彼のとなりに、フィッツレイヴンと文通していたという心優しきマドモアゼル・マランが座っていた。彼女が着ている青灰色のドレスには無数のひだがつけられており、ウエストで絞られたあと花のように広がって、びっくりするほど大きなスカートを形づくっていた。スカートと釣り合いをとるためであろう、帽子も極端に大きく、あれでは前が見えないのではないかとハリエットは心配した。

ふたりの歌手は同時に椅子から起立し、舞台の両端へゆっくり別れていったあと、それぞれの袖に控えていた関係者たちと短く言葉を交わした。前奏がはじまるのを待ちながら、ミス・マランが国王のボックス席を見あげ、ハリエットたちに気づいてにっこり微笑んだ。慎みを感じさせる非常に魅力的な笑顔であり、つられてハリエットも笑顔を返しながら、ハーウッドとの約束で今日はもう歌手たちと話ができないことを、少しだけ残念に思った。そのとき、ピット内でハープシコードが最初の一音を叩き出し、なにか話しあっていたヴァイオリン弾きたちは、あわてて楽器を構えた。

舞台上には薔薇園が設えられていたのだが、薔薇の花はひとつも見えなかった。舞台後方の書割《かきわり》に描かれた風景は、いちばん遠い丘の上にそびえる廃墟まで、半マイルもの距離があるような効果を生み出していた。歌手たちのまわりは濃緑の茂みで囲まれ、舞台中央には抱擁するアポロとレウコテアを象《かたど》った噴水が置かれていた。ふたりの神はそれぞれが盃を高く掲げており、その盃からあふれる水を全身に浴びていた。

そしていよいよ、イザベラ・マランが歌いはじめた。

その声は力みや緊張をまったく感じさせず、水のように透明で、伸びやかだった。ハリエットの頭のなかに、遠い記憶と奇妙な映像が浮かびあがってきた。病気の夫が思い起こされた。彼女はイタリア語も少しできるのだが、歌を聞いてその内容を理解できるほどの知識はなかった。ということは、言葉ではなく音楽そのものが、このような情動を喚び起こしたことになる。イザベラの歌声を聴きながら、ハリエットは音楽が悲しい薔薇の花びらとなり、自分の掌に落ちてくるような感覚を味わった。

静かにはじまった歌は、しばらく逡巡したのち輪を描くように上昇してゆき、複雑に揺れ動きながらソプラノの声域の最高点に達した。人間わざとは思えないほど高く美しいその声は、すぐに三連符の細波《さざなみ》と化し、まるで涙のようにはらはらとこぼれ落ちた。疲れ果てたマランの声が、絶望をたなびかせながら静かに消えてゆくと、替わってマンゼロッティが歌いはじめた。こんなに不思議な声を、ハリエットは今まで一度も聴いたことがなかった。イザベラ・マランにも負けないほど高い声なのに、素晴らしく力強いのだ。マンゼロッティの歌声は、磨きあげられた黄金のような煌《きら》めきを放っており、教会の鐘の音、あるいは狩りで吹き鳴らされるホルンの響きを連想させた。高く飛翔したかと思うとピットまで下降し、深紅の繊細なリボンが粗い布地に縫いこまれてゆくかのように、演奏者たちのあいだを漂った。やがてイザベラが加わると、ふたつの声はひとつに溶けあい、奇跡の水となって滔々《とうとう》と流れ出した。

そのとき、舞台前面で異変が起こった。突然、薔薇の花が咲きはじめたのである。ふたりの歌で命を吹きこまれた黄色い薔薇が、緑の茂みをそっと押しのけ、次々に姿を現わそうとしていた。最初はもちろん蕾《つぼみ》にすぎなかったのだが、歌が進むにつれどんどん開花してゆき、やがて舞台は満開の薔薇で埋め尽くされた。悲しみに打ちひしがれたイザベラの声が、非情な運命を嘆くマンゼロッティの声ともつれ合い、再び頂点へと昇りつめた。と同時に噴水の水がいきなり金色に染まって、抱きあう石像の筋肉に沿って流れ落ちた。楽団の演奏がひときわ高まり、恋人たちの歌が終わった。木管楽器が和音を三つ高らかに吹き鳴らし、その響きの美しさと痛ましさに、ハリエットは思わず膝の上で拳を握りしめた。イザベル・マランがピットを見おろして、ハープシコードを弾く若者に小さく投げキスを送った。若者は赤面したらしく、下を向いてしまった。

場内が静まりかえった。ハリエットは何度かまばたきをしてから、周囲を見まわした。ボックス席を整えていた女性たちは、片手に雑巾をぶら下げ立ちつくしていた。一階で掃除をしていたふたりの男と少年も、手をとめて舞台に顔を向けていた。シャンデリアの支度をしていた男は、ランプを片手に持ったままぽかんと口を開け、ふたりの歌手を見つめていた。もちろん、客席に座った高貴な人のなかに、おしゃべりをしている者などひとりもいなかった。

マンゼロッティが笑みを浮かべ、国王のボックス席を見た。あたかもそれが合図だったかのように、劇場の従業員たちはそれぞれの仕事に戻った。ピット内の楽師もみな緊張をゆるめ、大きく息をついた。ハリエットは、チェロ奏者がすばやく両手で眼をぬぐったことに気づいた。イザベラは明るい笑顔でもう一度ピット内を見わたし、それからすたすたと舞台の袖に引っこんでいった。ハープシコードの若者だけがまったく動かず、鍵盤を見つめつづけていた。やっとわれに返ったかのように、ハーウッドが吐息をもらした。彼は舞台に向かって深々とうなずいたあと、自分が支配する小さな世界の丸天井を見あげ、ぽつんと独り言をいった。

「上出来だ」

クラウザーが小さく咳払いをした。彼もまた、ハリエットと同じくらい驚嘆しているようだった。軽く唇をなめてから、クラウザーがいった。

「いやはや、これはたいしたものですね」

†

ジョカスタとボイオは、寒さをこらえてじっと待ちつづけた。午後もだいぶ遅くなったころ、小さなテリアがむくっと起きあがって吠えはじめた。ジョカスタが首を伸ばすと、路地の入口からこちらに向かって歩いてくるケイト・ミッチェルが見えた。自宅のまえでつんのめるように立ちどまったケイトは、そこにいたのがジョカスタであることに気づき、ごくりと息を呑んだ。

「ミセス・ブライ！　わたしを待っていたんですか？」

ジョカスタはぷいと横を向き、唾を吐いた。「そうよ。ちょっと話がしたくてね」

ケイトは困ったような顔をしたが、すぐに決然と頭を振った。「いいえ、ミセス・ブライ。お話しすることなんかありません」

ジョカスタはケイトの腕をつかんだ。ごくまれに、ボイオをいじめている子どもを見つけると、ジョカスタはその子の腕をびっくりするほどの力でつかむのだが、ケイトも今まったく同じ痛みを味わっていた。

「旦那さんとは話しあってみた？」

「いいえ、まだです」若妻の体が小刻みに震えはじめた。「ゆうべ夫は帰りが遅かったし、ものすごく機嫌が悪かったんです。おりをみてちゃんと話しますよ」

「ずいぶん可愛いブローチをしてるじゃない。旦那に買ってもらったの？」

ケイトは首を曲げ、肩につけた小さな陶製の花を見た。「ええ、ソレディからもらいました。もしかして……ミセス・ブライ、このブローチがほしいんですか？」

ジョカスタは若妻の腕から手を放し、改めて唾を吐いた。「そんなものわたしがほしがるわけないでしょ。わたしが知りたいのは、なぜ一介の事務員がそういう高そうな小物を買えるかってこと。お姑さんが家計を助けてくれないのであれば、なおさら不思議だわ」

ケイトは口を尖らせ、つかまれていた腕をなでた。「ちっとも不思議じゃないと思います。最近の夫は働きづめなので、特別手当かなにかもらったんでしょう。海軍本部で徹夜の会議があるときは、彼も徹夜で働いてます。当然ですよね。今は戦時ですもの。そうでなければ、闘鶏で儲けたのかもしれません。フレディは、そういう怪しげな場所に行ったことを、わたしには教えてくれないいんです」

ジョカスタは目玉をぐるりとまわしてみせた。「あなたの旦那は、なにか副業をやって稼いでるのよ。それも、人にはいえない副業をね。そんなことぐらい、あなたも知ってるでしょうに」

ケイトが傲然と腕組みをした。「いいえ、わたしはまったく知りませんね。もし知っていたら、とっくにやめさせてます。もういいでしょ、ミセス・ブライ。お引き取りください。わざわざ来てくださって、ありがとうございました。でもわたしは、本当に大丈夫ですから」

「なにを馬鹿な。なにかものすごく危ないことが、あなたのまわりで起きようとしているのに」ジョカスタは人差し指でケイトの肩をつついた。「あなたのこの体が、痛い目に遭うかもしれないの。だから今すぐ、昨日あなたがうちに持ってきた手紙を、ちゃんと見せてちょうだい。あなたがこの家にいたのでは、たとえ聖《セント》ジョージと彼のドラゴンが力を合わせても、あなたを助けるのは難しいんだからね」

ケイトは急に落ち着きをなくし、持っていた手提げ袋を握りしめた。もしかしたら、あの書類を肌身はなさず持ち歩いているのかもしれないと、ジョカスタは思った。心のなかで、彼女はケイトに命じた。さっさと見せなさい。見せてくれれば、逃げる方法を探してあげるから。「なんなら、しばらくわたしの家に泊まってもいいのよ」いくらか優しい口調で、ジョカスタはいった。

ケイトはまたしても頭を振った。「いいえ、それはだめです。ここはわたしの家だし、フレディはわたしの夫です。逃げ出すわけにはいきません」

ケイトは自宅のドアを開け、なかに入っていった。ジョカスタの鼻先でドアが閉められ、ケイトの影が居間を横切った。しかし、ジョカスタの眼のなかでは塔のカードがぐらぐらと揺れ、激しく火花を落としつづけていた。

†

歌手たちが舞台から消えたあとも、ハーウッドは国王のボックス席に座ったまま、立ちあがろうとしなかった。ハリエットが静かに話しかけた。

「この劇場で働きつづけることに、なぜフィッツレイヴンがこだわったのか、わかるような気がします。これほど素晴らしい音楽は、そうそう聴けるものではないし、引き離されるのが耐えられなかったんでしょうね」

夢から醒めたかのように、ハーウッドが首を横に振った。「ミセス・ウェスターマン、あなたはあの男を買いかぶってらっしゃる。彼は、楽器を演奏する能力はあったかもしれませんが、感受性というやつを著しく欠いていました。この劇場にしがみついたのは、音楽を愛していたからではありません。まったく別の理由があったのです」

「音楽以外に、オペラ・ハウスのなにを愛していたんですか?」ハリエットが訊ねた。

ハーウッドは嘲るように鼻を鳴らし、口をつぐんだ。だからこの質問には、クラウザーが答えた。「名声ですよ。このオペラ・ハウスで演奏していれば、世俗的な名声が得られるし、名前が売れれば給金も上がるからです。違いますか、ミスター・ハーウッド?」

「まさにそのとおり」彼はうなずいた。「おまけにフィッツレイヴンは、有名人のそばにいることが大好きな男でした。彼は、耳ざとく噂話を聞きつけては面白おかしく触れまわったし、阿諛追従《あゆついしょう》も巧みでした。これもまた、人を愉しませる才能の一種であり、彼があの素晴らしい歌手たちを口説き落とせたのは、こっちの才能のなせるわざだと思いますね。それくらい彼は、新聞に出ている有名人たちとお近づきになろうとして、常に全力を尽くしていたんです。いや、死にものぐるいだったといっても過言ではない。自分はかれらの友人だ、自分はかれらにとって大切な人間だと自慢するためであれば、フィッツレイヴンはどんなことでもしたでしょう。病気みたいなものだし、この病気にかかってしまう人間は珍しくありません。今シーズンが終わるころには、入場をご遠慮いただくお客さんが、新たに一ダースくらい出てきてると思いますよ。そういう人をなかに入れようものなら、愛してやまぬ人に少しでも近づこうとして、たいへんな騒動を巻き起こすんです。これはと思った歌手に目をつけ、一心に崇拝しているうち、あの人と自分は特別な絆で結ばれている、と思いこんでしまうんですな」ここでハーウッドはクラウザーのほうを向き、彼の顔を見ながらつづけた。「去年のことです。ミラノに住むある良家の娘さんが、マンゼロッティを乗せた馬車のまえに身を投げて死にました。その娘さんが首にかけていたロケットを開くと、新聞から切り抜いたマンゼロッティの似顔絵が、まるで恋人の肖像画のように入っていたそうです。言葉すら交わしたことのない人を恋するあまり、命を失ったわけですね。もちろんそんな人間は、彼女が最初ではないし、最後でもないでしょうが」

「それってずいぶん……」ハリエットは適切な言葉を探しあぐねた。「……哀れな話ですね」

ハーウッドは椅子の背もたれに背中をあずけ、ボックス席の天井を飾っている豪華な金細工を見あげた。国王のボックス席は奥に寝椅子が置かれ、ステージの反対側にある王子の席より広く、一般向けのボックス席に比べ二倍の大きさがあった。当然、華麗さにおいても差がつけられていた。ベルベットのカーテンはひだの数が多かったし、金色の花輪がいくつも刻まれた椅子はゆったりしていて、より高級な椅子張り地が使われていた。いま自分が座っているこの椅子に、夜ともなれば国王が座るのだろうかと考え、ハリエットはかすかな興奮を覚えた。

「たしかに哀れな話です」ハーウッドが同意した。「フィッツレイヴンがここで働きつづけたのは、音楽を愛したからではなかったし、わたしはそのことをよく知っていました。そして彼は、イタリアに出張中、かなり興味深い人たちと面識を得たらしい。本人がわたしに、いろいろと自慢してましたよ。たとえば彼は、大陸で知り合ったある有力者から──その人が何者かは、絶対に教えてくれませんでした──カーマイクル卿宛の紹介状をもらったと喜んでいました。そして実際、あの大邸宅を一度ならず訪問しています。訪問の目的が芸術談議でなかったことは、間違いありません。巨万の富を別にすれば、彼がカーマイクル卿に興味をもつ理由はないんですから」

「カーマイクル卿ですって？」クラウザーが訊いた。この名前を発音した彼の声に深い軽蔑がこもっているのを、ハリエットは聞き逃さなかった。ある固有名詞を発音するとき、人間は自動的に特定の感情を抱くのだろうかと、彼女は疑問に思った。そのうち、王立協会で知り合った学者の誰かに質問してみよう。

天井に顔を向けたまま、ハーウッドがにやりと笑った。「ミスター・クラウザーは、カーマイクル卿をよくご存知のようですな」

「もうずっと昔の話ですがね。若いころのわたしは、あの紳士にできるだけ近づかないよう努力していました。どうやらミスター・フィッツレイヴンは、友人の選び方に関して、まったく無節操だったらしい」ハリエットはびっくりしてクラウザーを見た。まだ生きている人間に対し、彼がここまで嫌悪感をむき出しにするのは、非常に珍しいことだったからだ。

「同感です」ハーウッドは淡々と語りつづけた。「なんにせよ、カーマイクル卿が有名な貴族であり、大金持ちであることに変わりはありません。フィッツレイヴンは、彼と知り合えて大喜びしていましたよ」彼は、ぐっと足を伸ばして豪華な椅子を後方に傾かせると、ハリエットに笑顔を向けた。「ミセス・ウェスターマン、わたしがこんな話をお聞かせしたのは、フィッツレイヴンがこの劇場を愛していたなどと、誤解していただきたくなかったからです」彼は片手を軽く振るだけで、歌手と演奏家、劇場全体、そして音楽のすべてを指し示した。「オペラなんか、彼はどうでもよかったのです。本当に空疎な男でした。自分というものが、まったくなかったんですな。外からの光をただ反射するだけの人間ですよ。それは、わたしたちが彼に与えてやった光であり、彼が顔見知りになった有名人や権力者が発する威光でした」

ハリエットは前かがみになり、片手で顎を支えた。「この劇場で、最後にフィッツレイヴンがやった仕事は、いったいなんだったんでしょう？」

少し考えてから、ハーウッドは答えた。「たった今お聴きになった二重唱のための、パート譜を作ることだと思います。最初の稽古が木曜の朝だったので、その前日の水曜には仕上げていました」

劇場支配人の顔をのぞき込みながら、クラウザーが静かに質問した。「ミスター・ハーウッド、フィッツレイヴンがこの劇場でやっていた仕事は、本当にそれで全部なんですか？」

ハーウッドは彼の視線をしっかり受けとめると、軽く頭を下げながらこう答えた。「もちろんですとも」

†

ようやく自宅が近づいてきたので、ジョカスタはつい足を速めてしまい、ボイオはご主人さまに追いつくため、短い脚をせっせと動かさねばならなかった。すると急にジョカスタが立ちどまり、犬は彼女のふくらはぎに鼻をぶつけ、小さく鳴き声をあげた。

「だめよ、ボイオ。今その話はしたくないの」ジョカスタがいった。「今のわたしは、ものすごく機嫌が悪いんだからね」彼女は往来に立ったまま、なにかを考えはじめた。通行人のなかには、彼女をちらっと見る人もいたが、立ちどまる者はいなかった。彼女はため息をつくと大きなスカートのポケットに手を突っこみ、汚れた硬貨を何枚かつかみ出した。

「しょうがない。これでおまえが黙ってくれるなら、安いものか。だけど、明日からまたしっかり働かないと、しばらく肉抜きということになるわよ」

ボイオが唇をなめた。ジョカスタはまわれ右をし、手のなかで小銭をじゃらじゃら鳴らしながら、リプリー少年のいるあの安食堂へ向かい歩きはじめた。

5

遠くイタリアからイザベラとマンゼロッティを招いた経費は、予想よりずっと早く回収できそうだった。シーズン初日の午後だというのに、早くもおおぜいの人が、ヒズ・マジェスティーズ劇場のまえに群がっていたからだ。

夕方の五時をまわると、ヘイ・マーケットの通りは無数の馬車で動きがとれなくなった。劇場の各扉につけられた松明《たいまつ》が赤々と燃え、煉瓦の外壁の上にたくさんの影を躍らせた。当日券売場のまえでは、一階後方の安い席を買おうとする人びとがひしめきあい、行列はノーザンバーランド公の屋敷まで延びていった。その行列に十人を超える子どもたちがまとわりつき、一冊一シリングの台本《リブレット》と一袋一ペニーのナッツを、並んでいる人たちに売りつけた。台本の束を小脇に抱えたふたりの少年が、渋滞している馬車のあいだを走りまわり、次々と窓から突き出される手に台本を渡した。台本を受け取った馬車のなかでは、長い手袋をはめた指がシルクの財布から一シリング貨をつまみ出し、その硬貨を窓の下で待つ少年の掌に落とした。男女の大道芸人が喧騒に負けじと大声を張りあげ、去年この劇場で上演されたオペラの楽曲を歌いはじめた。女は、首からぶら下げたハーディー・ガーディーのハンドルをまわして伴奏を提供し、男は周囲の群衆に向かって手を差し出していた。かれらのとなりには焼き栗を売る男がいて、コンロで焼かれる栗の甘い香りが風にのって広がっていった。

期待と興奮に胸躍らせながらも、人びとはおたがいを牽制しあった。ウエストミンスター寺院の鐘が六時を告げると、制服を着たふたりの門番が出てきて大きな正面扉から錠を外し、重々しい音をたてながら扉を開け放った。同時に、一階席の当日券売場も開かれたのだが、客が一斉になだれ込んできたため、扉を開いた下働きの男は危うく踏みつぶされそうになった。客たちは押し合いへし合いしながら、早く券を売れと口々にわめき立てた。

劇場の正面では、淡く光るシルクのドレスを着たレディたちが正面扉を抜け、ロビーへ向かいしずしずと歩いていた。どの女性の髪も、鳥の羽根や馬の毛で大きく膨らまされ、たっぷり髪粉を振りかけられていた。扉からやや離れた場所で馬車を降りたレディたちは、赤や象牙色のハイヒールで泥だらけの路上に立ち、扇で顔をあおいだ。そんなレディの後方からは、すぐに燕尾服の紳士が登場し、一礼して彼女の腕をとった。そしてかれらも、ネックレスにちりばめられた宝石を煌《きら》めかせながら、正面扉を通過していった。当日券売場での争いに参加しない人びとは、この扉の左右に陣取り、劇場へ入ってゆく金持ちたちの外貌を容赦なく批判した。やや奇抜にすぎるドレスを着たレディが馬車から降りたときは、見物人のあいだから一斉に冷やかしの声があがった。その声は、自分の執務室に引きあげていたハーウッドの耳にまで届き、彼は思わず頬をゆるめた。

オウエン・グレイヴズの一行が到着した。彼自身はもとより、ミセス・サーヴィスとミス・レイチェル、そしてレディ・スーザン・ソーンリーも非常に地味な格好をしていたのだが、かれらを知らない者など見物人のなかにはひとりもいなかった。スーザンは、自分の名前が囁かれるのを聞きながら、人びとのあいだを通り抜けていった。彼女の肩には、後見人であるグレイヴズの手が添えられていた。眼を伏せたまま歩いていると、すぐ横からこう質問する女性の声が聞こえてきた。「ねえレディ・スーザン、やっぱりあなたも、このオペラを聴きにきたのね？」

見あげると、声の主は大きな胸のまえで腕組みをした丸顔の女性だった。その顔に見覚えはなかったが、優しそうな人だったので、スーザンはにっこり笑い質問に答えた。「ええ、そうです。わたし、音楽が人好きなんです」

突然、太った女がげらげらと笑いはじめた。「まあ、なんて可愛いことというんだろ！　その細っこい脚に、神さまの祝福がありますように！」グレイヴズに背中を押され、スーザンは再び歩きはじめた。太った女がいった。「ねえアースラ！　今あたしが誰と話をした思う？　そう、スーザン・ソーンリーだよ！　あの殺されかけたおチビちゃんが、すっかり一人前のレディになっちゃって！」

スーザンは顎を高くあげ、まっすぐ正面を睨んで歩きつづけた。

†

クラウザーは、バークレー・スクエアの家の図書室で机に向かっていた。ロンドンでの彼の仮住まいにも、むろん書斎はあるのだが、この家の図書室を彼が勝手に使用することは、ほとんど暗黙の了解事項となっていた。ハリエットが入ってきたとき、彼はフィッツレイヴンの解剖記録をほぼ書き終えたところだった。ハリエットは無言で暖炉のまえまで進み、大きな革張りの肘掛け椅子に腰をおろした。

「ミセス・ウェスターマン、オペラの誘いを断って、ほんとによかったんですか？」

ハリエットがうなずくと、クラウザーは書きかけのページに戻った。たしかに今日の午後、彼女はあの舞台稽古を観て非常に感銘したけれど、あれ以上の時間をオペラで費やす気にはなれなかった。演劇としてのオペラであれば、よほどつまらない内容でない限り、ハリエットも愉しむことができた。しかしその音楽となると、異郷の言葉を聞かされているのと大差なかった。本格的な演奏会はいうまでもなく、ダンス抜きで音楽を鑑賞する小さな催しであっても、参加するたびに彼女はポルトガル語のおとぎ話を聞いているような気分になった。物語性があるのは理解できるし、周囲の人びとがどこで感動したかも漠然とわかるのだが、いま流れている音からなにを感じればいいのか、まったく見当がつかないのだ。

去年の春、自宅に近いパルバラの町に小編成の楽団が招かれたときのことを、ハリエットはよく憶えていた。マイクルズという男が経営する宿屋の別館で開かれたその演奏会を、妹のレイチェルがとても愉しみにしていたので、ハリエットは付き添い役として妹に同道した。楽団が最初に演奏したスローな曲を、ハリエットは悪くないと思った。だがとなりに座るレイチェルを見て、彼女は愕然とした。その片顔はあまりの感動に固まっており、眼は涙でいっぱいだった。そっとあたりの様子をうかがうと、よく知っている人ばかりの観客のなかにも、同じような恍惚の表情を浮かべている人がちらほらいた。かれらの表情は、むかし夫に無理やり連れていかれた演奏会で、夫が見せたそれと寸分変わらなかった。そのような演奏会場でのハリエットは、いつも自分が鈍感な愚か者になったような気がした。なにかを愛したり怖れたりする感性の鋭さであれば、誰にも負けない自信を持っているのに、なぜか音楽に対してだけは、なんの感興も湧いてこないのである。

そんなハリエットが、今は音楽に囲まれて生活していた。ジェイムズの治療のためロンドンにやってきた彼女は、妹と一緒にバークレー・スクエアの友人宅に滞在しているのだが、その家が常に音楽であふれているからだ。レディ・スーザン・ソーンリーは、わずか十一歳にしてハープシコードの名手だった。グレイヴズも音楽を心から愛しており、音楽をみっちり勉強したあげく、自分の仕事にしてしまった。ふたりにとって、音楽は空気と同じくらい必要不可欠なものだった。

この家に来たばかりのころ、ハリエットは、音楽の本質とはなにかグレイヴズに質問したことがある。すねたような口ぶりになってしまったのは、ウィリアム・ボイスが書いた交響曲に関する熱っぽい議論を、さんざん聞かされたあとだったからだ。最近オーストリアを旅行したある紳士が持ち帰り、評判になっていたハイドンという人の新曲とボイス作品を技術的に比較されても、彼女に理解できるわけがない（ウィリアム・ボイス（一七一一—一七七九）は王立礼拝堂でオルガン奏者として活動したイギリスの作曲家。当時フランツ・ハイドンはまだ西ハンガリーにいて、同地の貴族のお抱え音楽家として生活していた）。

「ねえグレイヴズ、要するにそれぞれの曲は、なにを意味しているの？」ハリエットは訊いた。

グレイヴズは脚を何度か組みなおし、指揮をはじめるかのように片手をあげたのだが、ため息をつきながらその手をおろすと、残念そうに肩をすくめた。

「ミセス・ウェスターマン、音楽がそれ自体で意味を持つことは、あり得ないのです。音楽は、具体的な意味を示すことができません。音楽にできるのは、聴く人の心になんらかの情動を喚起し、慰撫と感激を与えつつ、納得させることです。音楽は、演説で使われる言語とはまったく別の言語で、語りかけてきます。もしも、自分の音楽がなにを意味するか通常の言葉で語れる作曲家がいたら、その男は譜面なんか書かず、詩か散文を書くべきでしょうね」まだハリエットが不服そうだったので、グレイヴズは少し考えたあと、次のように言葉を足した。「音楽を聴くときは、流れてくるままに音楽を受け入れてください。音楽に包まれながら、それが自分の心をどう揺り動かすか待つのです。解釈や翻訳を試みる必要は、まったくありません。ただ集中して耳を澄ませてください。もしその音楽が、あなたの心になにも語りかけてこなかったら、それは音楽のほうに問題があるからです」ハリエットは、今後はそのように実践してみると約束したのだが、そんなことが本当に可能なのかどうか、自分でも半信半疑だった。

ハリエットが再び吐息をもらし、クラウザーの羽根ペンが止まった。

「どうしました?」

「ロンドンという街が、わからなくなったの」彼女は答えた。「だからこんなに、気持ちが落ち着かないんでしょうね。どこへいっても騒々しいし、誰もがせかせかと急いでいるし。こんな環境で、どうやって生きていけばいいと思う?」

クラウザーはペンを置いた。

「それをいうなら、すべての国民が、ロンドンだけでなくイングランドという国そのものを、わかっていないと思いますね。にもかかわらず、人びとはなんとか生きている。わたしたちもそうするべきでしょう」

†

場内に最後の和音が鳴り響き、ウィンター・ハーウッドは息を殺して待った。演奏中も観客の反応は上々だったが、このシーズンの成否を教えてくれるのは、やはり終了直後の喝采だからだ。

三つまで数えたとき、劇場の屋根を突き破りそうな勢いで歓声が爆発した。興奮はどんどん高まってゆき、連呼される「ブラボー!」の声は、壁に掛けられた四枚の肖像画まで揺らしそうだった。実をいうと、各肖像画の下に貼られた小さな銘板は、ハーウッド自身の創作物だった。彼の前任者たちは、彼に負けず劣らず冷厳な商売人だったので、大枚はたいて自分の肖像画を描かせるような愚を犯すはずもなかった。この四枚の絵は、カード賭博で無一文になった画家から、ただ同然で買い取った品だった。描かれているのはその画家の先祖たちなのだが、今ではかれらが、ヒズ・マジェスティーズ劇場の由緒を物語る便《よすが》となっていた。オペラ・ハウスのなかにあるものは、すべてが虚構なのである。

観客の熱狂はなかなか治まらなかった。ハーウッドの口もとがゆるんだ。もしフィッツレイヴンが生きていたら、この場合どのような行動をとるか、彼には容易に想像がついた。息を切らしてこの部屋に飛びこんできて、客の興奮ぶりを細大もらさず報告するに違いない。各アリアのアンコールの回数とか、小耳に挟んだ客の会話や絶賛の言葉をいちいち記憶し、探検家が探検の成果を王様のまえで披露するように、このデスクの上にぶちまけていただろう。

ハーウッドは窓のまえに立った。もうしばらくしたら、退席する国王陛下をご案内し、歌手たちを褒めちぎってやらねばならない。今夜の楽屋は歓喜にあふれ、誰もが汗臭い体のまま勝利の美酒に酔い痴れるだろう。そしてフィッツレイヴンが殺されたことなど、きれいに忘れられる。

湿った夜の街と道路に落ちる影を見ながら、ハーウッドは考えた。このすさまじい歓声は、グレート・サフォーク通りにあるピサー治安判事の家と、そこに横たわるフィッツレイヴンの耳にも届いているだろうか？　彼は窓に背を向け、コートの皺を伸ばした。にやにや笑いたくなるのを抑えながら、彼は自室のドアを開いた。これから彼に浴びせられるであろう祝福の言葉は、そのひとつひとつが、金貨のぶつかる音に聞こえるはずだった。

第三部

1

一七八一年十一月十八日（日曜日）

夜の終わりを待ちながら、ロンドンの街がかすかに身じろぎ、まるで新しい朝を呪うかのようなあくびの声が、あちこちで聞こえはじめた。すべての教会では、最初の礼拝者がやってくるまえに夜の闇を追い出すため、老いた下僕たちが鍵をじゃらじゃら鳴らし、次々と扉を開けていった。なまじ金を持っていたおかげで、土曜の夜を飲み明かしてしまった男どもは、一文無しになって寒い路上で身を寄せあい、薄明を見あげながら顔をしかめた。少し生活に余裕のある家庭では、年端《としは》もいかないメイドが小さなベッドに泣く泣く別れを告げ、毎日の水仕事で真っ赤になった手で暖炉を掃除し、火を起こそうとしていた。貧民が群がり暮らす路地でも、目を覚ました人びとが呻《うめ》き声をあげ、わずかな温もりを奪いあいはじめた。今日という新たな一日を、かれらは生き抜かねばならなかった。

ジョカスタの家のドアが小さく叩かれたのは、最後に残った十一月の夜の薄皮を、曙光《しょこう》がおずおずと剝がしはじめたときだった。ジョカスタはパッチワークの毛布にくるまり、ベッド代わりの長椅子に足を伸ばして座っていた。暖炉の火はとっくに消え、蠟燭も灯していなかったため、部屋のなかは薄墨色に沈んでいた。ご主人さまだけでなく、ボイオも身動きせずなにかを警戒していたから、ノックの音を聞いたジョカスタがびくんと顔をあげるまで、室内のすべてが石のように固まっていた。

「鍵はかかってないわよ」抑えた声でジョカスタがいった。ドアがわずかに開かれ、男の子の頭が現われた。まだ幼く、この暗さのなかで見てもひどく汚らしかった。ドアをつかんだ指は真っ黒で、その毛髪たるや、逆さ吊りにされタールの桶にでも突っこまれたかのようにべとべとだ。

「ミセス・ブライでしょ？　リプリーにいわれました。夜が明けたらすぐここに来て、俺がソールズベリー通りで見た一部始終を、ミセス・ブライに話せって」

「それはご苦労さま。リプリーは、サムという子に見張りをさせるといってたわ。じゃあ、あなたがサムね？」少年はうなずいた。「ずっと見張ってたの？」

少年はドアの隙間からすっと室内に滑りこんできて、片手で洟をぬぐった。「うん。一晩じゅうずっと」

少年がそれ以上なにもいわないので、ジョカスタは顔をしかめた。「なにか訊きたいことがあるなら、先に訊いちゃいなさい」

「あの、ミセス・ブライ、怒らないでほしいんだけど、ミセス・ブライは、みんながいうように、本物の魔女じゃないですよね？」とぎれとぎれの質問だった。

ジョカスタは、歯の隙間から笑いをもらした。「さあ、どうかしら。だけど、もしわたしが本物の魔女だったら、この近所に住んでいるのは人間ではなく、カエルやヤモリばかりになっていたでしょうよ。わたしは、ごく普通のおばさん。未来が見えるという、ちょっと変わった特技を持っているだけでね。わかった？ よし、わたしはあなたの質問に答えてあげた。次はあなたが答える番よ」

少年はまだ不審そうな顔をしていたが、賢明なことに、ジョカスタが気分を害するまえに報告を開始した。

「俺、リプリーから、ミッチェルの家の外にずっと立ってろといわれたんです。で、俺があそこに着いたとき、家のなかには蠟燭が一本灯っていて、女の人がうろうろしてました。けっこう若い女の人」

「ケイトね」

サムは肩をすくめた。「名前はわかりません。とにかく、その女の人はすぐに鎧戸を閉めました。で、すっかり暗くなったころ、まだそれほど歳をとってない男が来ました。金髪で、すごく気の弱そうなおじさんでした」

「それがきっと、旦那のフレディだわ」

「うん、旦那みたいな感じでした。とにかく、男はしばらく家のなかにいたんだけど、いきなり外へ出てきて、物陰に隠れていた俺を見つけました。で、俺の手をつかむと、一ペニーやるから、ヘイ・マーケットまで大急ぎで手紙を届けろ、といいました。コーヒー屋台のひとつに、ミセス・ミッチェルがいるはずだから、彼女に渡せ、と」サムはここでため息をつき、肩を落とした。「俺、どうすればいいかわからなくなって、だから友だちのクレイトンに、俺がヘイ・マーケットまで行ってるあいだ、見張りを代わってくれと頼んだんです。それでよかったのかな？」

「上出来よ」

少年は、ほっとしたような表情を見せた。

「で、俺がいわれた屋台までその手紙を持っていくと、ミセス・ミッチェルという婆さんは、オレンジとコーヒーを忙しそうに売ってました。で、手紙を読んだ婆さんは、しなびたレモンみたいに顔をしかめて、俺にこう命令しました。『この手紙を渡した男に伝えるんだ。夜中の十二時になったら、ここへわたしを迎えに来い。それまでは、適当なことをいってごまかしておけ』。婆さんは、この伝言を俺に三回もくり返させ、それから、早く行けと俺を追っ払いました」

ジョカスタは静かにうなずいた。「サム、あなたが持っていった手紙には、なんて書いてあった？　あなた、字は読める？」

サムは気まずそうな顔をして、首のうしろをぼりぼりと掻きむしった。「読めません。だけど、今ここに持ってます」彼はウエストバンドのなかから、くしゃくしゃになった紙切れをつまみ出した。「読み終えた婆さんが丸めて床に捨てたから、オレンジの切れ端を拾うようなふりをして、拾ってきたんです。婆さんに、一発ひっぱたかれたけど」

「いえ、別に渡してくれなくてもいいわ。わたしも字はあまり得意じゃないから」

「あ、そうですか」サムはがっかりしたような表情で、目のまえのテーブルにその紙片を置いた。

ジョカスタは愛用のショールを肩に巻いた。「さて、そこまではわかった。それから?」

「俺、気の弱そうな旦那のところに戻って、命じられた伝言をそのまま伝えました。するとあの旦那、一ペニーくれたんだけど——」少年は悔やしそうに眼を落とした。「俺、その金をクレイトンにやってしまったんです。俺が離れているあいだ、こっちはなんの変わりもなかったと最初に聞いていたら、絶対やらなかったのに」ジョカスタの頬がゆるんだ。「とにかく、そのあとかなり長い時間がたってから、旦那が出かけていきました。で、それからまた一時間くらいたったころ、婆さんと一緒に戻ってきて、あの路地の入口で立ちどまりました」

「ただ立っていただけ?」

「いえ、口げんかしてました。婆さんは、なぜかものすごく怒ってました。旦那のほうは、蹴飛ばされた犬みたいにおどおどしてたな」

「なにを言い争っていたのかしら?」

少年はまた肩を落とした。「さあ、それはわかりません。聞こうとしたんだけど、ふたりはすごく小さな声で喧嘩してたんです。おまけに婆さんは、メイドをひとり連れていたから、下手に近づくとそのメイドに見つかってしまいそうで、近づけませんでした。でも旦那は、なにかを一所懸命に頼んでいるみたいでしたね。よくわからないけど」

「ふーん。それから？」

「それから、婆さんと旦那は怖い顔をして、家のなかに入っていきました。あとは家のなかで、蠟燭の光がちらちら揺れただけです」

しばらくのあいだジョカスタは、歯の裏をなめながら体を小さく前後に揺すりつづけた。考えごとに熱中するあまり、サムの存在を忘れた彼女は、ふと顔をあげて彼がまだいたことに気づき、ちょっと驚いた。

「よくわかったわ、サム。お礼に、わたしが一ペニー分ご馳走したげる。窓の下の壺にベーコンが入っているから、竈《かまど》に火を入れてベーコンを焼きなさい。ここで朝ごはんを食べて、暖まっていけばいいわ。ボイオが――そこにいるわたしの犬が――おねだりするだろうけど、絶対にあげちゃだめよ。頭をなでてやるのはかまわないけど」

サムは満面の笑みを浮かべ、いそいそと働きはじめた。フライパンが温まり、ベーコンがじゅうじゅう音をたてはじめたときも、その小さな体は細かく震えつづけていた。こんな襤褸《ぼろ》を着て夜どおし立ちっぱなしだったのに、恨み言ひとついわないのかと、ジョカスタは少し感心した。

彼女は、サムがテーブルにのせた紙切れを見た。書かれている字の数は、あまり多くなかった。だが今の彼女に、その内容を知るすべはなかった。

2

昨日ゲイブリエル・クラウザーは、舞台稽古の一部だけ観てオペラ・ハウスをあとにしたのだが、一夜明けた日曜の朝、バークレー・スクエアの家の客間にハリエット・ウェスターマンが入ってきたときには、あのオペラの全編を鑑賞したような気分になっていた。スーザン・ソーンリーが、ことこまかに教えてくれたからだ。ハリエットの妹のレイチェルに連れられ、教会から帰ってきたスーザンは、この客間で彼女たちを待っていたクラウザーに気づいたとたん、待ってましたとばかり前夜の素晴らしい体験について語りはじめた。運動を欲する仔犬のように跳ねまわるレディ・スーザンの背後には、ミセス・サーヴィスが立っていた。クラウザーが黙礼すると、彼女も微笑みながら礼を返した。それから、暖炉の横に置かれたいつもの椅子に座り、やりかけの編み物を膝にのせた。

実のところ、クラウザーは目顔でミセス・サーヴィスに救援を要請したのだが、彼女はそれを完全に無視して、スーザンの好きにさせた。少しぐらいであれば、元気な子どもの相手をするのはクラウザーの健康のためによいだろうと、常識的なことを考えたからである。彼女はにこにこしながら編み棒を動かし、改めて語られてゆくオペラの話に耳を傾けた。

子どもをオペラに連れてゆくのが異例中の異例であることなら、スーザンもよく承知していた。しかし、彼女の後見人であるグレイヴズは、こと音楽に関する限り、彼女をレイチェルやミセス・サーヴィスと同等に扱ってくれた。だからなおさら、彼女もはしゃぎすぎないよう注意したのだが、前夜の舞台の素晴らしさを説明するうち、蘇ってきた興奮で胸のなかがいっぱいになってしまった。幸い、スーザンは音楽だけでなく演劇の才にも恵まれていたから、クラウザーに向かって彼女が再現するオペラの細部は、十一歳の少女とは思えないほどの生彩を放っていた。その顔は純真無垢な喜びに染まり、これを強引に黙らせるのは、あまりに無茶で残酷なことのように思えた。

「そしていよいよ、フリーアンスが登場するんです。演じるのはもちろん、シニョーレ・マンゼロッティよ」スーザンは眼を大きく見開き、背筋をぴんと伸ばして両肩をすぼませた。その顔つきと姿勢はマンゼロッティに酷似しており、クラウザーもつい顔をほころばせた。「彼は自分が、ミス・マラン演じるインドミーダと、別れねばならないことを知っています」少女はすっと上を向き、眼を大げさに開閉して揺れる睫毛《まつげ》を表現したあと、握りしめた両手を高く掲げた。これもまた、気味が悪いほどイザベラ・マランに生き写しだった。クラウザーは、自分が声をあげて笑ってしまったことに驚いた。スーザンは喜びのあまりその場で一回だけ飛び跳ね、それからつづきを語りはじめた。「インドミーダは、なぜフリーアンスが自分に冷たくなったのか理解できず、途方に暮れてしまいます。そしてそのあと、遂にあの二重唱がはじまるんです。ミセス・ウェスターマンに教えてもらったんだけど、あの歌を、ミスター・クラウザーも昨日の舞台稽古でお聴きになったんでしょう?」彼がうなずくと、スーザンはメロディをひとくさりハミングした。「ああ、あれは最高に素晴らしかった！　ねえレイチェル、あなたもそう思わない？」

ミス・トレンチが夢見るような顔でうなずいた。「スーザンのいうとおりなんです。アンコールがすごくて、結局かれらは、あの歌をもう二回歌うことになりました。ハープシコードを弾いていた作曲者まで、『ブラボー』と叫んでましたね。そしてあの黄色い薔薇！　まるで天国みたいだったし、興奮した観客の大歓声で天井が落ちてくるかと思いましたよ。もし出演者たちが舞台を去っていなければ、客は今もまだ手を叩きつづけていたでしょう」

「あの若い作曲家が、満足げな顔をしていたんですか？」

肩をすくめ、スーザンが答えた。「というか、なんだか照れくさそうでしたね。きっと、すごい恥ずかしがり屋なのね」レディ・スーザンの作曲家評は、残酷なまでに簡潔だった。「二重唱のあとは、別のバレーがつづきました。あれも素敵だったんだけど、踊り子のひとりが思いきり間違えてしまってね。こんなふうに」彼女は両腕を体のまえに突き出すと、何歩か横歩きして急に立ちどまり、ほかの踊り子たちの動きを確かめるかのように左右をきょろきょろ見た。「だけど、彼女の位置はずっとうしろだったから、バレーをぶち壊すほどではなかったな」

品のよくない言葉に反応したミセス・サーヴィスが、編み物から顔をあげ咎《とが》めるような眼で少女を見た。スーザンは肩をすくめながら、口の動きだけで「だって本当のことですもの！」と言い返した。

笑いを噛み殺し、クラウザーは少女に質問した。「オペラのほかの部分も、同じくらい愉しめたのかな?」

「ええ、けっこう素敵でした。でも第二幕を別にすると、ほかはちょっと古くさかったみたい。グレイヴズがいってましたね。ミスター・バイウォーターは、あの二重唱曲に才能のすべてを注ぎこんだんですって。今朝グレイヴズがここにいないのも、それが理由——いえ、あの歌の譜面の印刷に、立ち会ってるんです。明日から、わたしたちの店で売り出す予定なので。きっと、飛ぶように売れると思うわ。みんなほしがるに決まっているもの。今朝の教会も、あの歌の話でもちきりだったし。ねえレイチェル、劇場に行かなかった人まで、夢中になって話していたわよね?」スーザンは呆れたように頭を振った。「だけどあの歌の楽譜、わたしは特に必要ないんです。もう全部覚えてますから。あと、マンゼロッティが歌った『ふたりは和解する』というアリアも、覚えられたと思います。彼、あの歌が大のお気に入りで、どの舞台でも必ず歌うんですって。やっぱりすごく素晴らしい歌です」彼女は軽くハミングしたあと、急に大きな声を出した。「そういえばミスター・クラウザーは、あのオペラがどう終わるか、まだご存じないですよね? 最後は海の上での決戦になるんだけど、マンゼロッティが復讐の女神たちに追いかけられるすごくおかしい場面があるんです。ねえレイチェル、わたしがマンゼロッティをやるから、あなたミス・マランをやってくれない? ううん、すごく簡単よ。両手を胸のまえで握り、眼にゴミが入ったみたいに瞬《まばた》きすればいいだけだもの」

第三幕の最後の場面の再現を、しかしクラウザーは見とどけることができなかった。ちょうどそのとき、ミセス・ウェスターマンが客間に入ってきたからだ。

「わかったでしょ、クラウザー」ハリエットがいった。「ロンドンじゅうどこを探しても、この家ほど無料の娯楽にあふれている家は、ほかに見あたらないと思うわ」彼女は、どことなく舞台に似ている大きな暖炉のまえで笑いあうスーザンとレイチェルをちらっと見た。「そのうち、名優レディ・スーザンとの面会を求め、演劇界と音楽界の重鎮が門前に列をなすでしょう」

少女はハリエットを見てにこっと笑い、芝居がかった仰々しい仕草でお辞儀をした。「光栄です、奥さま」

レイチェルがスーザンの肩をそっと抱いた。彼女の浮かれた気持ちは、姉の登場で明らかに水をさされていた。「さあスーザン、もうあっちに行きましょう。あの腕白《わんぱく》小僧たちがなにをやってるか心配だし、ハリエットとミスター・クラウザーは、あまり愉しくないお話をしなければいけないの」

編み物の道具を片づけながら、ミセス・サーヴィスがいった。

「ミス・トレンチ、わたしもご一緒するわ。昨夜歌われた曲を、スーザンがどれくらい覚えているか、実際に弾いて聞かせてもらいましょう」

客間から出ていきかけたレイチェルとスーザンを、ハリエットが片手をあげて呼びとめた。

「ちょっと待って。あなたたち、昨夜は楽屋に招かれたんじゃなかった？」

スーザンがくるっとふり向いた。「そうだったわ！　ミスター・クラウザーにもご報告しなさいといわれてたのに、すっかり忘れてた！」ミセス・サーヴィスがかすかに眉をひそめたものの、少女はかまわず暖炉のまえの舞台に駆けもどった。「終演後の楽屋はいつもそうなんだけど、みなさん遠慮して、ミス・マランたちを遠巻きにしていました。国王陛下はもうお帰りになっていたと思います。優しそうな方なのに、アメリカのことで心を痛めているみたいなのが、なんだかとてもお気の毒だったわ。とにかく、しばらくすると楽屋の入口にミスター・ハーウッドが現われ、マンゼロッティとミス・マラン、それにバイウォーターの三人を部屋の隅に連れていきました」スーザンは右に二、三歩移動すると、深刻そうな顔で人差し指を何度か曲げ、歌手たちを呼びよせるハーウッドの真似をした。「わたしは、ミスター・フィッツレイヴンの話をしているに違いないと思いました。レイチェルもそう思ったでしょ?」レイチェルが暗い顔でうなずいた。「わたしの立っていた場所からいちばんよく見えたのは――」スーザンはわずかに体の向きを変えた。「――ミス・マランなんですが、支配人の話を聞いたとたん、彼女の顔色がさっと変わりました」

ここでスーザンの顔は、実際に蒼白となった。そしてふらりとよろけたものだから、クラウザーは彼女を支えようとして思わず手を差し伸べた。自分の演技を真《ま》に受けてもらえて、少女は嬉しそうに笑った。

「すみませんミスター・クラウザー、そのままバイウォーターをやってくれませんか。ミス・マランは、バイウォーターの腕のなかに倒れかけました。なのにバイウォーターは、死んだ魚みたいに口を尖らせ、正面をぼんやり見ているだけ」少女はクラウザーから一歩左に離れた。「マンゼロッティは、この位置で固まっていました。彼の演じたフリーアンスは、第三幕で彫音楽のことを本当によく知ってらっしゃるもの」
海軍の軍人さんにしては、なにか話しかけました。あの伯爵は、わたしも素敵な方だと思います。
ですが、ミス・マランは再び背筋を伸ばすとサンドウィッチ伯のところまで歩いていき、なにか
こそ内緒話をはじめました。ミス・マランの付き人が、彼女を楽屋から連れ出そうとしたんで
像に姿を変えられたんだけど、あの彫像にそっくりでしたね。そのうち、ほかの人たちもこそ

スーザンは大人たちの顔を見まわし、かれらが同意してくれるのを待った。しかし、みなそれぞれの思索にふけっているらしく、口を開く者はいなかった。

「そのあと、ミスター・ハーウッドがわたしたちに近づいてきました。彼はレイチェルにお辞儀をし、『ミセス・ウェスターマンとミスター・クラウザーが、必ずや犯人を見つけてくれるでしょう』といいました。だからわたしも、『それは間違いありません』といってあげたんです。わたし、ミスター・フィッツレイヴンはあまり好きじゃなかったけれど、殺されて川に投げこまれるなんて、あまりに可哀想すぎます」

腕組みをしてカーペットを見つめていたハリエットが、顔をあげてスーザンに訊ねた。「それでレイチェルは、ミスター・ハーウッドになんて答えたの？」

スーザンはハリエットを見て、無邪気に微笑んだ。「別になにも。ていねいにお辞儀を返しただけです。そうよね、レイチェル？」

レイチェルがうなずいた。

「ミセス・ウェスターマン、心配しなくても大丈夫ですよ。レイチェルのお辞儀は、すごく優

雅でしたから。わたしがああいうお辞儀をすると、十回に三回は自分のペチコートを踏んでしまうんだけど」

この発言も、大人たちは無視した。

「あの、これでお役に立てましたか？」スーザンが訊ねた。

「ありがとうレディ・スーザン。たいへん参考になったよ」クラウザーが礼をいった。

「よかった」こういうとスーザンはレイチェルの手をつかみ、客間の出口へと向かった。ドアのまえでは、さっきからずっとミセス・サーヴィスがふたりを待っていた。「お役に立てて、とても嬉しいです」

†

部屋に残ったのはハリエットとクラウザーだけとなり、ハリエットは、ついさっきまで妹が座っていた椅子に腰をおろした。

「ここロンドンでも――」しばらくたってから、彼女がいった。「ミス・マランは歌姫としての名声を確立したみたいね。今朝、セント・ジェイムズ教会に集まった人びとの話を聞く限り、全市民が彼女に魅了されたみたいだもの。フィッツレイヴンの死を知ったときの彼女の反応、あれって、なにか特別な意味があると思う？」

クラウザーは、顔のまえに両手の指先を合わせた。「もしかすると、ミス・マランも密偵である可能性を考えているんですか？　フィッツレイヴンに対するパーマーの疑念が正しいかどうかさえ、まだ立証されていないこの段階で？」彼は自分の袖口を凝視したが、こんなときの彼の眼が実はなにも見ていないことを、ハリエットはよく知っていた。もし本当に見ているのであれば、これほど頻繁にシャツの袖を薬品で汚すはずがない。

クラウザーはつづけた。「フィッツレイヴンも哀れな男です。今までに知り得た彼の性格から想像するに、今朝の彼は最高の幸せを満喫できただろうに」彼はポケットに手を入れ、一枚の紙をつまみ出した。「今朝早く、われらの親愛なる友人ミスター・ピサーから、わたしの仮《か》寓《ぐう》あてに興味深い書状が届きましたよ。治安判事としての彼は、心からの感謝を込めつつ、わたしたちに捜査の全権を与えてくれるそうです。そして、もしわたしたちが――ここはそのまま読みましょう――『他の警察業務や裁判で多忙を極める小生に代わり、死せる被害者の無念を晴らしてくだされば、欣快《きんかい》の至りであります』」

彼はその手紙をハリエットに渡した。読みながら彼女は、顔をしかめた。「『被害者の無念を晴らす』だなんて、厭な言い方ね。あの判事さん、やっぱり相当な変わり者よ。でなければ、こんなに堅苦しいだけの文章を書けるはずないわ。早い話が、殺人犯を見つけてくれと頼んでるだけじゃない」

「そのつづきも読んでください」クラウザーは長い指を突き出し、彼女が持っている紙片の下のほうを指さした。「この種の邪悪な犯人を絞首台へ送ることができた者には、少なからぬ額の報奨金が出ると、改めて強調しています」

ハリエットは手紙を椅子の肘掛けに置き、苦笑いしながら足もとのカーペットを見おろした。

「見事な手腕だわ。だってミスター・パーマーは、殺人事件の捜査に託《かこ》つけて、自由に動きまわれる権限をわたしたちに与えたんだもの。うまく利用されたピサー判事には気の毒だけど、これでわたしたちは、彼のためでなく、堂々と祖国のため働けることになったわけね。問題は、どこまでできるかということ。さて、なにから手をつけましょうか？」

クラウザーは、再び視線を指先に戻した。「グレイヴズによると、フィッツレイヴンはグレート・スワロー通りで間借りしていたそうです。まずはその部屋に行き、パーマーの疑念を裏づけるものがないか探ってみましょう」

「でもねクラウザー」声を落とし、ハリエットがいった。「わたし、パーマーには別の狙いがあるような気がするの。つまり、これだけの権限を与えてやるから、ジェイムズにもっと強く働きかけろと、わたしに示唆しているんじゃないかしら？　彼がなによりも知りたいのは、〈ラファイエット〉に乗っていたフランスの密偵から、ジェイムズが聞き出した情報なんだもの」

「さあ、わたしにはなんともいえません」クラウザーは答えた。「しかし、パーマーのような情報担当の武官が、正直に本音を吐くことはあり得ないと思います。彼が三つの理由を挙げたときは、四つめの理由を隠していると考えたほうが賢明でしょう」階上から、スーザンの弾くハープシコードの音がかすかに聞こえてきた。美しいメロディが天井から降ってきて、口の光に照らされた塵のようにふたりのまわりで躍った。「とはいえ、きのう彼が挙げたわたしたちに協力を依頼する三つの理由は、いちおうすべて本音だと思いますがね」

二階で誰かが笑った。それが妹の声であることに、ハリエットは気づいた。彼女は、広い客間に点々と置かれた派手だが機能的な椅子のひとつに座っていた。肘掛けの滑らかな木の感触は、船の舷縁《ガンネル》によく似ており、きらきらと降ってくる明るいハープシコードの音色は、よい風に恵まれた静かな海で、船の舳先が切ってゆく波の音を想起させた。彼女の夫の軍艦とそれに護衛された商船が、マレー半島の沖で私掠船《プライヴェティーア》に襲撃されたのも、そんな素晴らしい日のことだった。通常であれば、私掠船がイギリスの軍艦を襲うことなど考えられないのだが、この私掠船は、ジェイムズの艦が護衛する商船に貴重品が積まれていることを事前に把握していた。そこで小さな島の影に陰れ、順風を利用して一気に急襲したのである。激しい戦闘のすえ、ジェイムズの部下が三名命を落とした。私掠船に情報を売ったのは、商船の船員のひとりだった。当然、その男は艦上で絞首刑に処されたが、ハリエットは少しも憐憫《れんびん》の情など感じなかった。

「やっぱりわたしは、仲間や同胞を売る人間が大嫌いだわ。フィッツレイヴンは、こそこそ動きまわっていたようだし、俗物がなにか隠しごとをしていたら、疑いたくなるのは当然よ」

「最も優秀な裏切り者とは、最も人あたりのよい正直そうな人間であることを、わたしたちは肝に銘じておくべきでしょう」

ハリエットの頭のなかに、手を引くなら今のうちだ、という考えが浮かんだ。彼女は、現在の二階の様子を想像してみた――レディ・スーザンが幼い弟とその親友を喜ばせており、かたわらではレイチェルとミセス・サーヴィスが、かれらを優しく見守っている。その輪に、自分が加わったらどうなるだろう。血なまぐさい事件に首を突っこまず、気楽にみんなと笑っていればʼ手と心を汚すこともないし、悪評にさらされる心配もない。だがそこまで考えたところで、彼女は今の夫の状態を思い出し、安逸だった日々がすでに失われていることを痛感した。なにをやろうとやるまいと、呑気に笑っていられた時間は、砂が指のあいだをこぼれ落ちるように、もう消えてしまったのだ。こんな闇を引きずったまま二階へ上がっていけば、せっかくの愉しいパーティーを台無しにしてしまうだろう。

それならいっそのこと、パーマーの期待に応えてやろうではないか。

3

壺から出したベーコンを、鼻歌混じりで焼いてゆくサムを見ているうち、ジョカスタの心は落ち着きを取り戻した。人間ふたりと犬一匹は、サムが焼いたベーコンで朝食をすませた。ドアをノックした最初の客は、ぼろぼろの外套を着た男だった。彼が部屋に入ってくると、サムはさっと中庭に出て手押しポンプの水で食器を洗いはじめた。その後も客は次々にやってきて、なかば予想していたとおりの託宣を聞かせてもらい、それぞれに満足して帰っていった。客の流れが一段落したところで、サムは改めて薬罐に湯を沸かし、ジョカスタのため茶と軽食を準備した。ジョカスタはサムに向かって顎をしゃくり、彼もテーブルに座らせた。

やってきた客のうちわけは、ふだんの午前中と大差なかった。結婚に迷っている若い娘が三人、夫と近所の奥さんの浮気を疑う女がひとり、そして、今すぐ十ポンド出せば一カ月後には十五ポンドになるという儲け話を、友人からもちかけられている痩せた男がひとり。娘たちには、三人とも結婚してかまわないという結果が出たのだが、うちふたりの相手は、どうしようもない怠け者だった。夫の浮気を疑う女は勝手な思い違いをしているだけだったし、痩せた男は、そんな話にのるのは金を溝《どぶ》に捨てるようなものだと告げられた。ジョカスタのカードは、いつもどおり客たちの未来を淡々と告げていったのだが、今日に限って、彼女の神経を何度となく逆なでした。開いたカードの組み合わせがどれほど違っていようと、毎回その中央に、ソールズベリー通りのあの家が見え隠れするのだ。サムがいれてくれた茶をテーブルに置いたジョカスタは、改めてカードを手にとり、鼻を鳴らした。サムが椅子から身をのり出し、彼女の手もとを興味深そうに見守った。

「そうそう、その調子よ」カードを何枚かめくったところで、彼女はつぶやいた。「なにかいいたいことがあるなら、ちゃんと聞いてあげる。だからお客さんを占っているときに邪魔するのは、もうやめなさいね」

今回もまた、昨日とほぼ同じ結果が出た。違っているのは、塔のカードの存在感がいっそう強まったことだ。あたかも、塔から落ちてゆく人びとの遠い絶叫が、聞こえてくるかのようだった。彼女は、ハート形をしたケイト・ミッチェルの貧相な顔を思い出した。

サムはカードの上に片手を伸ばし、人差し指で塔の絵をちょんとつついた。

「俺、このカード嫌いだ」大真面目なその顔には、しかし幼児のあどけなさが残っていた。彼をちらっと見たジョカスタは、織りあがったばかりの布やまだ開けられていない木箱、封緘《ふうかん》されたままの手紙、そして転がりつづける骰子《さいころ》を連想した。どの目が出るのかはまったく予想できず、したがってこの子の未来も、まだまったく読めない。

「サム、あなたにも家族はいるんでしょ?」

塔のカードから眼を離さず、少年が答えた。「家族なんかいないさ。でも、リプリーは家族みたいなものかな。ちょっとまえまでは、俺をあの食堂の裏で眠らせてくれたし、客の食い残しを分けてくれたもの。だけど、あそこを経営しているデブ野郎が、今度俺の顔を見たら泥棒として治安判事に突き出すと騒ぎやがって――」

実際、ロンドンには浮浪児がうじゃうじゃいるのだが、サムの年齢まで生き延びられる子は決して多くなかった。

「じゃあ、そのまえはどこで寝起きしてたの？」

「親父と一緒にサザーク（ロンドン南東部、テームズ川南岸の生活困窮者が集住する地区）の救貧院にいた。でも、親父が酒の飲みすぎで死んだから、逃げ出したんだ」

ジョカスタはカードをまとめなおし、よく切ってサムのまえに差し出した。サムはカードの山をつかんでふたつに割り、手にした山のいちばん下のカードを彼女に見せた。盃を持つ若者《ペイジ》だった。

ジョカスタはそのカードを熟視したのち、もぞもぞと座りなおして鼻のわきを掻いた。「大急ぎで仕事をひとつやってくれたら、今夜はここに泊まれるわよ」

サムの眼が輝いた。「なにをすればいい？」

「もう一度ソールズベリー通りに行って、あの家族がなにをしているか確かめるの。それがすんだら、あなたが拾ってきたあの手紙をリプリーに読んでもらいなさい。あとはまっすぐここに戻ってきて、結果をわたしに報告すればいいわ。わかった？」

「わかった。寄り道せず、まっすぐ戻ってくる」あまりに勢いよく起立したものだから、サムの足がもつれかけた。少年は照れくさそうに笑った。「ありがとうミセス・ブライ。ボイオ、またあとでね」小さなテリアは彼の足もとに駆けより、せっせと尻尾を振った。

「おまえ、どこまでがっついてるんだろうね」ドアが閉まったあと、ジョカスタはボイオにいった。「わたしのベーコンを横取りしたんだから、それで充分だろ」犬はジョカスタの手の匂いをくんくんと嗅ぎながら、尻尾を激しく振りつづけた。

†

グレート・スワロー通りには、そこそこ立派な家がたくさん並んでいるのだが、そんな家の多くは、オペラ・シーズンの訪れとともに地方から出てくる田舎紳士《ジェントリ》や富裕な商人によって、すでに借りあげられていた。そうでない家のなかには、内部を細かく仕切って下宿屋に改装されているものがあり、こちらは主に、上流階級を気取ろうとする人たちに賃貸されていた。下宿屋であるから、各部屋はあまり広くないけれど、ロンドンの貧民たちが押しこめられているゴミ溜めのような空間に比べれば、ほとんど宮殿の一室だった。この通り自体は、ロンドン市内に農産物を供給する出園地帯へとつづく主要な道路のひとつであるため、今日は日曜ということもあって、新鮮な空気を求め田舎へ遊びにゆく家族連れでにぎわっていた。ハリエットとクラウザーは、一張羅のよそゆきを着てぎこちなく歩く人びとを横目で眺めながら、フィッツレイヴンが間借りしていた家を探した。

めざす家は、思ったより簡単に見つかった。メイドが大家の女性を呼びにゆくあいだ、かれらの背後からは、人びとの笑い声と怒鳴り声だけでなく、泥を蹴たてる馬の蹄《ひづめ》や荷車の音が絶え間なく聞こえてきた。一台の馬車が車輪を轍《わだち》に食いこませてしまい、道に下りた馭者《ぎょしゃ》が、棹立ちになった馬を落ち着かせようと顔を真っ赤にして奮闘していた。その馭者を、太った女の客が不快そうな表情で見おろしていた。はずみで婦人帽《ボンネット》がずれ、糊でがちがちに固めたスカートをはいたその女は、膝に小さな子どもをのせていた。後部座席にも子どもがふたりいて、叱られるのを承知で座ったままぴょんぴょん飛び跳ね、車輪をより深く轍に沈めていった。その馬車の横を、まだ若い男と愛らしい妻が腕を組みながら通りすぎた。若妻は、可愛いボンネットの下で金色の巻き毛を愉しげに揺らしていたが、夫の顔は蒼ざめ、足取りはひどく重かった。ふたりのすぐうしろを、険しい表情をした初老の女が追っていた。鉄棒みたいに背骨をまっすぐ伸ばしたその女は、愛情のかけらも感じられない険しい目つきで、若妻の後頭部を睨みつけていた。

やっと戸口に出てきたフィッツレイヴンの大家は、ミセス・ガードルと自己紹介したあと、ハリエットとクラウザーを自分が住居にしている一階の客間へ案内した。玄関を入ってすぐの細長い部屋で、往来がよく見え、下宿人の出入りを監視するには打ってつけの場所だった。上品さを気取っているものの、ごちゃごちゃして落ち着きがない点は、部屋の主《あるじ》であるミセス・ガードルとよく似ていた。部屋の狭さに比べ、明らかに大きすぎるソファや椅子は、どれも古びて薄黒くなっているものだから、あたかも不仲な親戚たちがいやいや集まり、太った体を寄せあいながら、この家に住む守銭奴の臨終を待っているかのような印象を与えた。ミセス・ガードル自身は、針金のように痩せており、キャップの下の巻き毛は鉛色で、異様に襟の高いドレスを着ていた。話をするときの彼女は、糊で固められた高い襟で窒息するのを恐れるかのように、顔をせわしなく上下に振った。あんなに激しく頭を動かしたら、船酔いしたときみたいに気分が悪くなるのではないかと、ハリエットはよけいな心配をした。

ふたりがフィッツレイヴンの死を伝えたとたん、ミセス・ガードルはわっと泣きだし、細い棒がぽきんと折れたかのようにソファの上で横倒しになったあと、エプロンで顔を隠した。そのままひとしきり泣いた彼女は、急にむくっと起きあがり、今度はとめどなくしゃべりはじめた。だが、唇から搾りだされるのは甲高い涙声ばかりで、最初のうちハリエットとクラウザーは、なにをいってるのかさっぱり理解できなかった。でもしばらく聞いているうち、どうやらフィッツレイヴンを褒めちぎっているらしいことがわかってきた。曰く――あれほど才能にあふれた礼儀正しい殿方はほかにおらず、彼は正義のためなら生命すら捧げる覚悟をしており、あらゆる話題について彼女とことごとく意見が一致し、その裁定は常に公明正大で、口うるさい論客を自任する彼女の父親でさえ一目おいたであろうし、自分以上にミスター・フィッツレイヴンの死を惜しめる人間は、この世にひとりもいやしない――。

呆れたことに、フィッツレイヴンは、マンゼロッティを紹介してやるとミセス・ガードルに約束していた。喜んだ彼女は、あの偉大なカストラートに宛てて称賛の手紙を書き、その手紙を、自分は彼の親友だと豪語するフィッツレイヴンに届けてもらった。フィッツレイヴンによると、マンゼロッティはたいへん喜んでいたらしい。

とはいうものの、フィッツレイヴンが借りた部屋の賃料となると、話は別だった。彼は、この家のなかの数部屋を、今のオペラ・シーズンが終わるまでという約束で押さえていたのである。おかげでミセス・ガードルは、部屋を借りにきた十人以上の紳士を追い返す破目になった。にもかかわらず、亡くなったフィッツレイヴンを責めるつもりなど、さらさらないという。

その代わりミセス・ガードルは、洟をすすりながら、オペラ・ハウスの関係者と新聞各紙に対する悪口を延々と述べ立てた。聞いているだけでハリエットは頭が痛くなりそうだったし、クラウザーの顔を見ると、この種の女性の愚昧さを冷笑していることが歴然としていたので、いらいらした彼女は、ミセス・ガードルの演説を強引に中断させた。

「すみませんミセス・ガードル、もしよろしければ、ミスター・フィッツレイヴンが使っていた部屋を、見せていただけないでしょうか？」言葉の洪水がぴたりと止まり、ミセス・ガードルは、泣きはらした眼でハリエットを疑わしそうにじろじろ見た。

「念のためいっておきますけど、死んだ店子《たなこ》が遺した金目《かねめ》のものは、すべて大家がもらうことになってますからね。そうでなければ、新しい借り手がすぐに見つからなかった場合、こっちが大損してしまう」

「わたしたちは、誰が彼を殺したか突きとめたいだけです」クラウザーが優しくいった。「彼の遺品を失敬する気など、これっぽっちもありません」

「犯人は彼に嫉妬した音楽屋よ！　そうに決まってるわ！　彼はとても謙虚で、用心深い人だったけれど、信頼していた音楽仲間に裏切られ、殺されてしまったんです！」涙で濡れた眼を、彼女はハリエットに向けた。「わたし自身も、おおぜいの人間から裏切られてきたので、よくわかるんです。彼が教えてくれたヒズ・マジェスティーズ劇場の内幕たるや、それはもうひどいものでした。競争相手を引きずりおろすためとあらば、どんなに汚いことだって平気でやるんだもの」内緒話をするかのように、ミセス・ガードルの声が小さくなっていった。

「汚いこと？　たとえば？」クラウザーの顔に皮肉な笑みが浮かんだ。「ミセス・ガードル、あなたは、わたしたちに真実を伝えることで、正義の天使になれるかもしれないのですよ」

彼女は痩せこけた頬を赤らめ、まっすぐ座りなおすと顔をあげた。おかげで、泣いているあいだじゅう高い襟に埋没していた顎が、ようやく外に出てきた。

「いいえ、わたしも詳しいことは知りません。ミスター・フィッツレイヴンは、他人の悪口など絶対にいわない本物の紳士でしたからね。だけど、ハーウッドとかマンゼロッティとか、フランスから招かれたあの可愛いプリマについて語るときの彼の口ぶりから、はっきりわかったんです。あの劇場内では、とても口に出せないようなことが行なわれており、それを彼は、間違いなく何度も目撃していました。そしてとうとう我慢できなくなり、ひとりで悪に立ち向かおうとして、そのために命を落としたのです！　実はわたしも、一度だけ本人に訊いたことがありましてね――そのとき彼は、いま奥さまが座ってるその椅子に座ってました――『ねえフィッツ』――フィッツというのは、わたしが彼を呼ぶときの愛称です――『あなた、危ないことを知りすぎてるんじゃない？』――彼はうなずき、こう答えました。『ええ、知ってますとも。だけど詳しく話したら、ミセスGの髪が真っ白になってしまうので、やめておきましょう』」

この衝撃的な告白に対する客たちの反応を確かめるように、彼女は眼を細めた。「これでもまだ、ミスター・フィッツレイヴンの部屋をご覧になりたいとおっしゃるのなら、どうぞご自由に。すべての部屋の合鍵は、大家であるわたしが預かっています。その点は、賃貸契約書にも明記してありますよ。ここは、裏町のいかがわしい安宿とは違いますから」ミセス・ガードルは立ちあがると、部屋の隅に押しこまれているライティング・デスクまで行き、抽斗のひとつを開いた。その仰々しい動きは、エリザベス女王を演じる下手な女優のようにわざとらしかった。どうやら、自分がどれほど寛大であるか、誇示しているつもりらしい。彼女は、きらきら光る真鍮《しんちゅう》製の小さな鍵を取り出すと、実に恩着せがましい態度で、やはり起立していたハリエットとクラウザーに向かい差し出した。最高に恐ろしい話を聞かせてやったのに、ふたりがまったく怖がらないものだから、彼女は明らかにむくれていた。「部屋は三階です。階段を上がってすぐのドアですから、ご案内するまでもないでしょう」

深々と頭を下げたクラウザーに向かい、ミセス・ガードルは面倒くさそうに片手をひと振りした。

†

狭い階段を上りはじめたハリエットは、二階の踊り場でいったん立ちどまり、廊下をのぞき込んでドアの数を数えた。のっぺりした顔のメイドが階段を下りてきたので、一歩わきによって道を譲った。彼女が三階に到着したとき、すでにクラウザーはフィッツレイヴンの部屋のまえで待っていた。彼は、部屋のなかがハリエットにもよく見えるよう、ドアをいっぱいに開いた。しかし、彼女がなかに入ろうとすると、片手を出して止めた。

「ミセス・ウェスターマン、まずはよくご覧ください」ハリエットは彼の顔をちらっと見あげ、それから、いわれたとおり部屋のなかを見わたした。

けっこう片づいているようだったし、これといった特徴や変わった点は見あたらなかった。片側の壁の奥につけられたドアは、その裏にもうひとつ部屋があることを示していた。やや広めの部屋の中央に、あとから間仕切りを設け、ふたつに分割したらしい。ということは、こっちが居間で向こうは寝室なのだろう。天井は低かったものの、家の裏を見おろせる窓があり、その窓からうっすらと光が入ってきていた。窓のまえにライティング・デスクが置かれ、デスクの上は、部屋のほかの部分に比べ散らかっているようだった。クラウザーがなぜ入室を止めたのか、理由はすぐにわかった。デスク用の椅子が、かなり離れた場所で横倒しになっており、そのまわりに数枚の新聞紙が散らかっているのだ。

「あそこで格闘があったのかしら？」ハリエットは訊いた。

「おそらく」

「つまり、フィッツレイヴンはこの部屋で殺された？」

「そう断定するのはまだ早すぎますが、可能性は高いでしょう。ミセス・ウェスターマン、あのふたつの肘掛け椅子の置き方を、あなたはどう思いますか？」

ハリエットは部屋のなかへ入っていった。むき出しの床板を、ドレスのスカートが軽くこすった。もし自分がこの居間の模様替えを任されたら、まず真っ先にやるのは、あのふたつの肘掛け椅子を暖炉のまえに持ってきて、向かい合わせに置くことだろう。そうすれば椅子に座る主人と客は、火にあたりながらゆっくり話ができる。ところが今、肘掛け椅子は二脚とも暖炉の両側に置かれ、まっすぐ部屋の中央を向いていた。その様子を見て、ハリエットは、バークレー・スクエアの屋敷にあるレディ・スーザンの質素な寝室を思い出した。あの部屋の暖炉の両側にも、大きな陶器製の犬の置物が飾られ、鼻先を律儀に部屋の真ん中へ向けているからだ。よく見ると、デスクに近いほうの肘掛け椅子と壁のあいだには、《デイリー・アドヴァタイザー》紙がくしゃくしゃになって落ちていた。

「どちらの椅子も、わざわざ暖炉の横に押しこまれたみたいね」ハリエットはこういうとクラウザーに背を向け、マントルピースの上に置かれたものをひとつずつ点検しはじめた。

クラウザーは、ライティング・デスクの正面に立った。デスクの中央には、分厚い革表紙の本が開かれたままになっていた。椅子をひっくり返し、新聞紙を散らかすほどの大騒ぎも、この大きな本をデスクから落とすことはできなかったらしい。開かれたページをのぞき込んでみると、通常の本ではなく、白紙のページに新聞の記事を貼りつけた切り抜き帳だった。なるほどすぐわきには、女性の裁縫箱に似合いそうな小型のハサミと、糊の入った小瓶が置かれていた。ページの中央にまっすぐ糊づけされていたのは、クラウザーが昨日オペラ・ハウスのまえで見た告知文とほぼ同じ内容の宣伝ビラだった。彼は切り抜き帳を手にとり、ほかのページをめくっていった。

フィッツレイヴンが新聞から切り抜いていたのは、ヒズ・マジェスティーズ劇場で上演されたオペラの宣伝と劇評ばかりで、最も古いものには一七七八年冬の日付があった。フィッツレイヴンが執筆したものも含まれているだろうと推測し、クラウザーは何本か読んでみたのだが、すべて熱意が空まわりするだけの駄文だった。保存に値すると彼が考えたらしい報道記事も、いくつか貼られていた。クラウザーがたまたま目をとめたのは、一七七九年十月二十五日付の記事で、ラジーニという歌手が伴奏者を連れてロンドンに到着し、長く待望されていた正歌劇《オペラ・セリア》『デモフォーンテ』（一八世紀に活躍したイタリアのオペラ台本作家ピエトロ・メタスタージオの作品で、初演は一七三三年）を歌うと報じられていた。ページを繰ると、ミス・マランを描いた木版画があった。やや理想化されているものの、本人にとてもよく似た肖像画だった。その下には、一七八〇年十二月三日という日付が書きこまれており、ごていねいに下線まで引いてあった。

さらにページを繰ると、《マーキュリー・ポスト》紙の投書欄から、劇場内に貸し切りボックスを設けることの是非をめぐる応酬、および新旧の座席購入方法の利点と欠点を比較する議論がまとめられていた。クラウザーはページを飛ばしていった。いちばん最後に近いページには、先週カンバーランド公が開いた内輪のパーティーで、マンゼロッティが歌ったことを報じる小さな記事が貼られていた。そのひとつまえのページを見ると、なにかの祝いごとのため、セント・ジェイムズ宮殿に貴族たちが集まったという記事があった。オペラと無関係のこんな記事が、なぜ保存されているのかと首をひねったのだが、記事の最後に列記された招待客のなかにミス・マランの名を見つけ、納得した。わずかに顔をしかめてしまったのは、カーマイクル卿の名も記されていたからだ。

クラウザーは切り抜き帳から顔をあげ、この家の裏庭に面した窓の外に眼を向けた。つい数日まえ、まったく同じ光景を見たであろう男のことを考えているうち、その男の死体に残されていた無数の傷跡が眼前に浮かんできた。しかし、彼の眼が実際に見ていたのは隣家の壁と窓であり、窓のひとつには、こちらをじっと見返している若い女の顔があった。さっきからクラウザーを観察していたことは明らかで、彼と眼があった女は、急いで窓から離れ部屋の奥へと消えていった。クラウザーは眉をひそめた。すべてのロンドン市民は、四六時中、誰かに見られているのだろうか？　この家のなかも下宿人であふれているし、ささやかな自然光を愉しむため窓に近づくだけで、みずからの姿を満天下にさらしてしまうらしい。

これでは解剖標本と同じだ、とクラウザーは思った。サセックスの自宅に保管してある各種の標本は、どれも慎重な処理を施され、じっくり観察できるようガラス瓶のなかに収められている。だから瓶のまえに立つすべての人間が、その臓器や筋肉が持つ構造と機能を学ぶことができ、かくもややこしい多様性をもたらした造物主の想像力と残酷さに、心から驚嘆できるのだ。しかし、クラウザー自身は他人に見られることを極端に嫌っており、この部屋にいて誰かに観察されることを考えるだけで、身の毛がよだった。

「ねえクラウザー、この部屋は、フィッツレイヴンの死体にも負けないほど多くを語っているんじゃないかしら」背後からハリエットが声をかけてきた。「王立協会に提出できる論文が、もう一本書けるかもしれないわよ」

クラウザーがふり返った。「そうかもしれません。しかしこの切り抜き帳を見る限り、フィッツレイヴンが集めた情報を国家機密と呼ぶのは、ちょっと無理がありすぎますね。ロンドンで上演されるイタリア・オペラに、フランス海軍が特別な関心を抱いているなら話は別ですけど」ハリエットが大げさに肩をすくめたので、クラウザーも苦笑した。

「そのデスクの上には、蠟燭が一本も立っていないわ。なのに暖炉の上には立っている。これはなぜかしら?」ハリエットが訊いた。

「さあ、なぜでしょう。理由がわかったんですか?」

「いいえ。わたしは観察しただけで、結論は出していない。臆断は避けろと注意してくれたのは、ほかならぬあなたじゃないの。誰かが蠟燭に火を灯し、その蠟燭をいつもとは違う場所に置いた。今はそれだけのことよ。だけど、肘掛け椅子についてはどう思う? 格闘のあと動かされたのは、間違いなさそうじゃない? 床に落ちた新聞紙が、椅子の脚で壁際まで押しこまれているもの」

「そんなところでしょう。いずれにせよ、フィッツレイヴンがここで絞殺され、しばらくのあいだ、部屋の真ん中に寝かされていた可能性は高いと思います。死体を川へ投げこむには、夜になるのを待つ必要があったはずですからね。死体の背面に血が集まっていた理由も、それで説明がつくし。わからないのは、なぜ絞め殺したその場に、転がしておかなかったかということです。なぜわざわざ、二脚の肘掛け椅子を暖炉の両側に移動させ、死体を部屋の中央に横たえたのでしょう?」

クラウザーは、肘掛け椅子のひとつに座る殺人者の姿を想像した。大の男を絞め殺したばかりで、まだ呼吸が乱れている。彼は、どんどん冷たくなってゆく死体を眺めながら、夜の訪れを待ちつづける。窓の外では、ロンドンの街がいつもの騒音に包まれ、ふだんと変わらぬ営みをつづけている。

「まあ、なんてことかしら！」

ハリエットとクラウザーがふり返ると、開きっぱなしの戸口にミセス・ガードルが立ち、片手で口を押さえていた。もう一方の手は、暖炉のまえの床を指さしている。鉛色の巻き毛が、怒りで細かく震えていた。「暖炉のまえに敷いてあったラグがない！　誰かがこの部屋に忍びこんで盗んでいったんだ！」

しばしの沈黙のあと、ハリエットが白い歯を見せにっこり笑った。「そのラグはきっと、ミスター・フィッツレイヴンの死体を包み、この家から運び出すために利用されたんだと思いますわ」

ミセス・ガードルは両方の手で痩せた頬を覆った。「おお！　なんて恐ろしい！」こういうと彼女は、あたふたと階段を駆けおりていった。

クラウザーが片眉をあげ、ハリエットを見た。ハリエットは両手を腰にあて、彼を睨み返した。「わざと残酷な言い方をしてやったのよ。あのレディを相手にしていると、本当に疲れてしまうんだもの」それから彼女は、寝室へつづくドアのまえに立った。「さてそれでは、こちらの部屋を調べてみましょうか？」

4

サムは、ジョカスタが予想したよりずっと早く戻ってきた。走りつづけたせいで、その顔は真っ赤だった。こんな麦わらみたいに痩せこけた子どもが、ロンドンの路上でたったひとり生き延びてきたことに、ジョカスタは今さらながら感嘆した。その奇跡の浮浪児は、いま彼女の部屋の暖炉のまえに立ち、荒い息をしていた。おそらく、体をちょっと温めベーコンの切れ端をかじるだけで、たちまち元気を取り戻すのだろう。まともな食事を一週間くらい与えようものなら、本物の牛乳を飲んで育ち、荒れ野を自由に駆けまわるジョカスタの故郷の子にも負けないほど、頑健な身体を得るに違いない。

「ソールズベリー通りの三人は、郊外へ散歩に行ったってさ。あの家のメイドがそう教えてくれたよ。教会から帰ったあと、馬車ではなく歩きで出かけたみたい」

ジョカスタは顔をしかめ、鼻梁をなでさすった。ということは、ちょっと安心していいのだろうか。ケイトは、夫を危ない橋から引き戻すことに成功したのかもしれない。もしそうなら、塔はかろうじて倒壊をまぬがれ、すべてが旧に復してゆく。

サムはあいかわらず両手を腰の裏にあて、呼吸を整えようとしていた。

「リプリーにも会ってきた。俺が拾ったあの手紙には、〈ケイトにばれたらしい〉と書いてあるんだって」

わずかな希望の光が消え、ジョカスタの胃の腑に黒く鋭い痛みが走った。氷の塊を飲みこんだかのように、背筋がぞくっと震えた。彼女がいきなり立ちあがったものだから、サムは仰天した。「どうしたのミセス・ブライ？　俺、なにか悪いことした？」

ジョカスタは、少年の肩を強くつかんだ。

「ミッチェル家の三人がどこに行ったか、わかる？」

†

がらんとした居間に比べ、ベッドが置かれた寝室はひどく狭苦しかったが、小さな整理箪笥《だんす》と机のなかに、フィッツレイヴンの日々の行動がたっぷり隠れてているようにみえた。男の箪笥を開くことに嫌悪感を覚え、ハリエットは唇を嚙んだ。それを見て、クラウザーが声をかけた。

「ミセス・ウェスターマン。気づかいは無用ですよ。相手はもう、死んでいるんですからね」

ハリエットはうなずき、最初の抽斗を開いて中身を調べはじめた。清潔な下着類と日用品、そしてヒズ・マジェスティーズ劇場に関連した切り抜き帳がもう一冊見つかっただけで、これといった成果はなかった。ハリエットは最後の抽斗を閉め、ため息をつきながらベッドに腰をおろした。

「クラウザー、そっちはなにかあった？」

部屋の隅に置かれた小さな机の抽斗をのぞき込んでいたクラウザーが、顔をあげてハリエットを見た。

「どうやらフィッツレイヴンは、細かな金の動きを記録することに、なみなみならぬ情熱を注いでいたみたいです」彼は、表紙が緑色の小さな現金出納帳をハリエットに渡した。「この抽斗のいちばん奥に、押しこんでありました」ページをぱらぱらとめくってゆくうち、ハリエットの眼つきが鋭くなった。数字が整然と並んでおり、すべてのページの下隅に小計があった。その数字の列は、意外なほど多くを物語っていた。

「興味深いわね。たとえば今年の前半、彼は必要最低限のものしか購入していない。それが今月に入ったとたん、上等な嗅ぎ煙草入れ《スナッフボックス》、懐中時計用の鎖、そして新しいクラヴァットと、お大尽になったかのような散財ぶりじゃないの。このスナッフボックスというのは、それのことかしら？」彼女が指さしたのは、金色に光る派手な小箱だった。クラウザーに取ってもらったその小箱をいじりながら、ハリエットは出納帳を読みつづけた。手をとめて鼻を鳴らした彼女は、その理由をクラウザーに説明した。「たった一本のズボンに、なんと二ポンドも払ってるのよ。見栄を張るにもほどがあるわ。ここまで馬鹿な無駄遣いができるようになったのは、やっぱり夏の出張で特別手当をもらったおかげなんでしょうね。この帳簿には、入金がまったく記録されていないけど」

「そう考えていいでしょう。加えて、もしハーウッドの話が本当なら、出張中にフィッツレイヴンは歌手たちから賄賂までとっています。だけどそれにしたって、この出費は額が大きすぎる。しかも、彼が押さえた部屋の家賃の合計たるや、この部屋の家賃とは比べものになりません。ということはつまり、今後もかなりの高収入が維持できることを、彼は確信していたんです。それでいながら、この机のなかには現金がまったく入っていない。ここに小さな分類棚があるんですが、これも中身は空っぽでした。もちろん、彼を殺した人物が、現金を盗んでいった可能性はありますがね。もうひとつ気になるのは、いくら出張後に金まわりがよくなったとはいえ、気が狂ったように濫費しはじめたのは、つい三週間まえからだという点です」

「三週間まえというと、なにがあったかしら？」出納帳を横目で見ながら、ハリエットが訊いた。

「ちょうどそのころ、今オペラ・ハウスで公演しているあの一座が、ロンドンに到着しました」

「それはまた、なかなか面白い偶然の一致ね」ハリエットから返された出納帳を、クラウザーは自分のコートのポケットに入れた。ベッドわきの床に向けられたハリエットの眼が、開きっぱなしになっているヴァイオリン・ケースをとらえた。

「この楽器も、主《あるじ》を失くしてしまったわけだ」飴色の表板をそっとなでながら、彼女は考えた。フィッツレイヴンに身寄りがないのであれば、ミセス・ガードルはとりはぐれた賃貸料を補塡するため、家具や衣類はもとより、二冊の切り抜き帳や楽譜まで売り払おうとするに違いない。それなら、この楽器をハリエットが買って息子に与えても、まったく文句はないはずだ。子どもを教えるのが上手なヴァイオリンの先生は、グレイヴズに紹介してもらえばいい。そしてジェイムズも、息子が音楽を学ぶことには大賛成してくれるだろう。いや、大賛成したかもしれないいと、いいなおすべきか。

ハリエットは両眼を固く閉じ、不吉な考えをふり払った。それから再び眼を開くと、ケースのなかからヴァイオリンを取り出した。窓から射しこむ弱々しい光が、楽器に反射して壁面をぼんやり照らした。突如クラウザーがケースをつかみあげ、逆さにして激しく振りはじめた。

「ちょっとクラウザー、なにをするつもり——」ハリエットが質問し終えるまえに、ケースの内張りが半分剝がれた。そして内張りのなかから、何通もの手紙がベッドの上にばらばらと落ちてきた。そのうちの一通をハリエットは手に取り、国家機密が書かれていることを期待しながら開いたのだが、眼に入ってきたのは柔らかな女文字だった。読もうとしたそのとき、となりの居間から足音が聞こえてきた。

どうせミセス・ガードルだろうと思い、彼女は寝室のドアに向きなおった。ところが驚いたことに、そこに立っていたのは、蒼白な顔をしたイザベラ・マランだった。ミス・マランの背後から、彼女がはいている大きなスカートのひだをかき分けるようにして、子どもみたいに背の低い老女がするりと寝室に入ってきた。女は、ハリエットが手紙を持っていることに気づくと、両手を腰にあてて口笛を吹いた。

「ほーら、いわんこっちゃない。わたしが朝いちばんで行こうといったのに、あなたが駄々をこねるもんだから、手紙を見つけられちゃったじゃないの。まったくもう、無理して教会に顔を出したうえ、レディ・ジョージアーナにとっつかまり、たいして興味もない帽子の話を延々と聞いてやるんだから、ほんと呆れるわ」

短軀肥満の老女がまくしたてるあいだ、ミス・マランは無言で立ちつくしていた。いや、何度か口を開こうとしたのだが、まばたきするばかりで言葉が出てこなかったのだ。

服装を見る限り、マランの小間使いとしか思えない老女は、しかし使用人にあるまじき不遜な態度のまま、ハリエットとクラウザーをじろじろ見た。「あなたがミセス・ウェスターマンで、そちらがミスター・クラウザーね。おふたりのことは、昨夜ハーウッドから聞いたわ。わたしはモーガン。そしてこの無駄話が大好きなお嬢ちゃんは、イザベラ・マランよ。もっとも、彼女のことはとっくにご存知だろうけどね」

†

高名なフランス人ソプラノ歌手、ミス・イザベラ・マランが自宅を訪れたことで有頂天になったミセス・ガードルは、心よく玄関わきの客間をミス・マランとその友人たちに提供し、いそいそと茶をいれてくれた。席を外してくれと頼まれた彼女は、もちろん抵抗する意思を示したのだが、小柄な小間使いに恐ろしい眼で睨みつけられると、逃げるように客間を出ていった。

ハリエットは笑いたくなった。ロンドンの上流階級に属する裕福な女性にとって、フランス人のメイドを雇うことは一種の嗜《たしな》みだったけれど、フランス人のレディがロンドン生まれの老女を小間使いとして連れまわすのは、極めて珍しかったからだ。それがモーガンのように下品なロンドン女となれば、なおさらである。モーガンの語り口は、ロンドンの裏町を走りまわる悪童や呼び売り商人とまったく同じだった。ふつう上流家庭に雇われる使用人は、それらしい話し方を練習して身につけるものだが、彼女はそんな練習を一切しないまま、今の仕事にありついたらしい。

ミセス・ガードルを客間から追い出したモーガンの迫力に、ハリエットは感服した。そして、ジブラルタルで知り合った船大工の親方の奥さんが、こんな感じだったことを思い出した。プリマスの下町で生まれ育ったその奥さんは、海軍将校たちの貴族的な物腰や態度を、いつも豪快に笑い飛ばした。たとえ相手が提督であっても、士官候補生の少年や自分の使用人を扱うのとまったく同じ態度で接したし、そのおかげで彼女は、すべての海軍関係者の良き友人となっていた。

さっきフィッツレイヴンの部屋で会ったときから、ミス・マランはひとことも発しておらず、今この客間でも暖炉の火をじっと見つめるだけだった。まるで、昨日の午後ハリエットに素晴らしい歌声を聴かせた女性の亡霊が、そこに座っているかのようだった。かくも華奢《きゃしゃ》なレディが長丁場を熱唱するのだから、疲労の度合いも甚だしいのだろうとハリエットは推察した。

ドアを閉めたモーガンが、ご主人さまのうしろの椅子に腰をおろした。暖炉のなかで薪が小さな音をたて、ハリエットは、この若いフランス娘にどう話しかけようかと思案した。すると彼女より先に、マントルピースの上をじろじろ見ながら、モーガンが口を切った。「だからねイジー、あなたが打ち明けたいのであれば、話しちゃったほうがいいのよ。このふたり、もう手紙の束を見つけたんだし、なにが書いてあるか自分たちの眼で確かめるまでは、返せといっても返してくれないと思うな。あの馬鹿野郎がくたばった今となっては、なおさらそうよ。どうせ本当のことをいわなきゃいけないなら、さっさといってしまいなさい」

ハリエットは唖然とした。実際はどのようなものであれ、彼女たちの関係が単に主人と小間使いでないことは、もはや疑いようもなかった。

「ねえイジー、この人たちのことは、信用していいと思うよ」

イザベラ・マランが小さくうなずいた。「そうね、わたしもそう思う。だけどねモーガン、どこから説明すればいいのよ。やっぱりあなたが正しかったみたい――わたし、あんな忌々しい手紙に、返事を書いちゃいけなかったんだ」

ハリエットとクラウザーは驚倒した。あのイザベラ・マランが、モーガンとまったく同じ口調で、ロンドン貧民街の言葉をしゃべったからだ。ふたりの顔を見あげながら、イザベラが悲しげに微笑んだ。

「そう、お察しのとおりです。わたしはあなたがた以上に、ロンドンの下町をよく知ってます。だって、わたしの生まれ育った場所ですもの。そして悲しむべきことに、わたしの父親は、ナサニエル・フィッツレイヴンでした」

絶句したまま、ハリエットとクラウザーは目を瞠《みは》った。そんなふたりの顔をじっと見ながら、モーガンがいった。

「急にそんなこといわれりゃ、誰だってびっくりするよね」

おびえたような顔をしたサムが、ボイオともつれ合いながらジョカスタのあとを懸命に追っていた。

「ミセス・ブライ、あの手紙のせいなんだろ？　あの手紙に悪いことが書いてあったから、こんなに急いでいるんだよね？　俺もリプリーに読んでもらったとたん、すごく厭な感じがしたんで、急いで帰ってきたんだ」

ジョカスタはいっそう足を速めた。「そうよサム。あの手紙が悪いの。ケイトたちは、オックスフォード通りに向かったのね？」

「そうだよ」と答えたとたん、サムはパイを立ち食いしていた男にぶつかってしまい、頭をはたかれそうになった。「メイドがいうには、あの皺だらけの婆さん、日曜日に人通りの少ない道はどこか、しきりに気にしていたってさ」

もうこれが限界だろうと思っていたのに、ミセス・ブライがさらに歩速を上げたので、サムはがっかりした。次々と現われる大人たちを避けながら、少年は必死に彼女のあとを追いつづけた。

†

イザベラは肩をすくめ、暖炉の火に視線を戻すと、おもむろに語りはじめた。「そう、わたしはロンドンで生まれました。だけど、この近所ではありません。七歳になるまで、ずっとサザークにいました。七歳のとき母が死んだのですが、母は死ぬまえに、わたしをここにいるモーガンに預けました。モーガンは母の古い友人で、それまでも、わたしたちをいろいろ助けてくれたんです。まだ幼かったわたしが、自分で稼ぐ方法を学べたのも、彼女のおかげです。ねえモーガン、そのへんはあなたから説明してよ」

ここでようやく、クラウザーはモーガンと呼ばれるこの女性をじっくり観察してみた。年齢は六十歳くらいで背は低く、ころころ太っていた。瞳は鮮やかな空色。彼の眼のなかで、モーガンはイザベラ・マランの単なる使用人から、ひとりの重要人物へと姿を変えていった。男爵位を放棄した元貴族であり、今も莫大な財産を有しているとはいえ、クラウザーは自分を上流階級の俗物とは考えていなかった。にもかかわず彼は、この老女を先入観で見くびっていたらしい。

「いえね、わたしは昔、道ばたや酒場でバラッドを歌ってたのよ。それがわたしの仕事だったし、イジーのお母さん――テスというんだけど――と初めて会ったのも、路上で歌っているときだった。わたしの歌を、テスはいつまでも聴きつづけてくれたわ。あのとき彼女のお腹のなかには、すでにイジーがいたはずよ」モーガンは眉間に皺を寄せてうつむき、丸い顎をなでた。「テスはいい娘だったけど、結局あの街では長生きできなかったのね。体があまり丈夫じゃなかったから、きつい仕事はできなかったし、悪い男に次々と引っかかったの。わたし、何度も注意してやったんだ。だけど彼女は聞く耳をもたず、男の味方ばかりした。一ヵ月もわたしと口をきいてくれないことがあったし、かと思うとイジーの手を引いて、突然わたしの部屋に来ることもあった。そんなとき、テスの顔は痣《あざ》だらけで、ぼろぼろの下着とスカートしか身につけていなかったわ。服は全部、男に剝ぎとられたからよ。世のなかには、いくら痛い目にあっても懲りない女がいるのよ。そういう女は、自分でこさえたゴミの山の上でのたうちまわり、そのゴミが臭くてたまらないと文句をいうんだ」

反論するかのように、イザベラが椅子のなかでさっと体の向きを変えたが、モーガンは片手をあげて制した。「怒ってもしょうがないでしょ。本当のことなんだから。あなたのお母さんはとても優しい人だったし、わたしは今でも彼女が大好きよ。だけど、貧乏と闘うには逞しさが足りなかった。それはあなたもわかってるはずだわ。逆にあなたなんか、五歳のころにはもう、道で大人にからかわれると飛びかかっていったものね。飛びかかられたほうは、まわりの人に笑われながら、あわてて逃げていったわ」モーガンは片手でイザベラの額に触れ、その黒髪をそっと掻きあげた。イザベラは体を引きかけたが、結局されるがままになった。彼女の艶やかな額には、鋸歯状の傷痕《しょうこん》がうっすらと残っていた。モーガンが手を離すと、その傷は再び髪で隠された。

「テスと同棲した最後の男に、つけられてしまった傷よ。母親がその男に殴られるのを見て、この向こう見ずなお嬢ちゃんは、正面から突っかかっていったの。まだ七歳だったのに」

「ミセス・モーガン、その向こう見ずなお嬢ちゃんに歌を教えたのが、あなただったんですね？」クラウザーが訊いた。

老女はうなずいた。「ただのモーガンでいいわ。この期におよんで、レディを気取ったってしかたないもの。そう、イジーはわたしから歌を覚えた。母親が男と一緒にいるあいだは、この子、わたしのそばを離れなかったからよ。そして、わたしが歌うのを聴きつづけた。大人の腰ぐらいまで背が伸びたころには、覚えた歌を自分でも歌うようになって、すぐに自分の母親よりもたくさん金を稼ぎはじめたわ。母娘ふたり分の食費はもちろん、ときにはテスの男の食い扶持まで、この子が出していた。要するにテスの男どもは、母親だけでなく、幼い娘まで喰いものにしたわけね。わたしは見るに見かねて、この子の稼ぎを預かってやることにした」ここでモーガンは洟をすすった。「だけどテスに残された時間は、もうほとんどなかったの。六七年の冬のはじめに、彼女は風邪をひいて寝込み、そのまま一週間もしないうちに死んでしまったわ。幼いイジーが必死に金をかき集め、オレンジと羊の肉を買ってきてやったのに」

ハリエットはイザベルを見た。炎を見つめるその瞳のなかで、彼女自身の過去がめらめらと燃えているかのようだった。なんとか買ってきた少しばかりの果物によって、冬の病魔と闘おうとしている幼い女の子の姿を、ハリエットは想像してみた。どう考えても、その子に勝ち目はなかった。

「もう充分でしょ」大きなため息とともに、イザベル・マランが口を開いた。「おふたりが調べているのは、わたしの母のことじゃないんだもの。フィッツレイヴンとは何者で、誰が彼を殺したか、お知りになりたいんですよね？　それなら、母の死は完全に無関係です。母はある家でメイドとして働いていたとき、その家の長男にヴァイオリンを教えていたフィッツレイヴンと出会い、誘惑されました。でもあの男、結婚を約束しておきながら母をあっさり捨て、どこかに消えてしまったんです。その後、わたしたち母娘は毎日を生きるのに精一杯で、あの男のことなんか思い出しもしませんでした」

「ミス・マラン」クラッザーが訊いた。「子どものころ、あなたは一度も実の父親に会わなかったのですか？　あなたのお母さんは、責任をとれとフィッツレイヴンに迫らなかったのでしょうか？」

イザベラはゆっくりとうなずいた。「たった一度だけですが、会ったことはあります。忘れもしない、ロンドン・ブリッジの上でした。母と一緒に歩いていると、母が道の反対側に、あの男を見つけたんです。建物がなくなるまえだったから、ものすごく混雑していて、道を渡るとき荷馬車に轢かれそうになったわ（中世以来、ロンドン・ブリッジの橋上には住宅や商店が並んでいたが、のちにすべて撤去された）。あのときわたしは、五歳くらいだったと思います。すたすた歩いていくフィッツレイヴンは、わたしの眼にはとても立派な紳士に見えました。母は背後から彼を呼びとめ、あなたの子だといいながらわたしを彼のまえに立たせました。毅然とした態度で男に立ち向かう母を見たのは、あのときが最初で最後でしたね」

もぞもぞと座りなおし、彼女はつづけた。

「彼は最初、母なんか知らないふりをしていたんですが、それが通用しないとわかると、今度はわたしを指さし、これは自分の子ではないと言い張りました。でも母が手を離そうとしないものだから、しまいには母を突き倒して、その場から逃げ出したんです。まわりに立っていた野次馬の何人かが、見かねて彼をつかまえようとしたんですけど、彼の逃げ足のほうが速かったですね。今でもよく憶えているのは、群衆のなかに消えていく彼の背中と、泥のなかに倒れたまま、身も世もなく泣きつづける母の姿です。フィッツレイヴンという名前は、あのとき母から教えてもらいました。だけどその後、彼がどこにいるか探す気になったことは、一度もありません」

イザベラは沈黙し、炎を見つめたまま片手をモーガンのほうに差し出した。老女はその手をとり、自分の掌のあいだに挟んでやった。

ハリエットは、誰がフィッツレイヴンを殺したにせよ、もし犯人に会えたら、よくやったと褒めてやりたい気分になってきた。「じゃああなたは、いったいどうやって、今の名声と地位を手に入れたのかしら?」彼女は静かに訊いた。

モーガンが手で自分の膝を打った。「ミセス・ウェスターマン、その質問にはわたしが答えるわ。テスが六七年に死んだあとも、わたしとこの子は道ばたで歌いつづけたのね。で、一年くらいたったとき、わたしたちがいつも一曲歌っていた四つ角の家に、ひとりの紳士が引っ越してきたの。ロンドン・ブリッジを北に渡ってすぐの四つ角よ」

ハリエットは、にぎやかな大通りを馬車で通過するとき、必ず見かける路上のバラッド売りを思い浮かべた。蹄《ひづめ》が泥で汚れるのを嫌うかのように、馬たちが急いで走るものだから、大口を開けて歌うかれらの汚い顔は、あっという間に窓の外を飛び去った。それでも、歌いながら手をまえに出している子どもの姿は目についたし、かれらの甲高い歌声は煤煙が漂う冷たい空気を貫き、ハリエットの耳に入ってきた。だが、彼女はその歌を一度もまともに聞いたことがなく、当然、かれらがどんな生活をしているのか想像したこともなかった。

老女は低い声で語りつづけた。「イジーの歌を聴いて、その紳士がわたしたちにこういったの。自分は歌を教えている音楽教師だが、この子には週一回、無料でレッスンをしてあげたい。最初わたしは、こいつ、小さな女の子が異常に好きな紳士のひとりじゃないかと疑ったのね。どういう意味かわかるでしょ？　でもしばらく話をしているうち、ものすごく真面目で、そっちの気《け》なんか全然ないことがわかってきた。そこでわたしたちは、週一回彼の家を訪問し、彼がイジーを教えるあいだ、わたしは部屋の隅で待つことになったわけ。まあ実際は、わたしもすごく勉強させてもらったけどね。彼は、いろいろなオペラの話だけでなく、音楽業界の裏話もたくさん聞かせてくれた。そして新しい曲が手に入れば、すぐイジーに歌わせた。彼自身が、イジーの歌を心から愉しんでたのよ」

イザベラが顔をあげた。その睫毛《まつげ》は繊細で長かったし、容貌も体つきも、裏町で育ったとは絶対に思えないほど優美だった。「神々と英雄たちが出てくるオペラの物語に、わたしは夢中になりました。あの先生の話し方が、また素晴らしく上手でね」

モーガンがうなずいた。「ある週のレッスンで、わたし、たまたま彼の料金表を見てしまったのね。まあ驚いたのなんの。通常は、歌のレッスンだけで一時間あたり二シリングもとってたのよ。なのにイジーだけは、完全に無料《ただ》。彼はわたしにこういったわ。『いいかいモーガン、わたしはね、日がな一日、この街で最も愚かな娘たちに歌を教えているんだ。真の天才と呼べる子を指導できるだけで、充分に幸せなんだよ』」ハリエットを見ながら、モーガンが指を振った。「真の天才と呼べる子、それがイジーに対する彼の評価だったわけね。週一回だったレッスンは、すぐに二回となり、三回になった。そしてオペラ・シーズンがはじまると、イジーは毎日彼の家へ通いはじめた。もちろん歌のほうは、どんどん上達していったわ」

ここでイザベラが口を開いた。「ある日先生は、わたしとモーガンのために、ヒズ・マジェスティーズ劇場の桟敷席の切符を買ってくれました。あれは最高の夜でしたね。あの舞台で歌えたらどんなにいいだろうと、本気で願いました。女性たちも衣装もすごく美しくて、すべてが素晴らしかった。あそこに立つ自分の姿を想像するだけで、心臓が破裂しそうになったわ」遠い目で回想していた彼女が、急に力なく笑った。「こういう話を人に聞かせたことは、今まで一度もありません。なのに話しはじめたら、なんだかすごく気分がよくなってきて――これって、少し変じゃないですか？　自分の過去なんか、死ぬまで黙っているつもりだったんです。それが、むかし覚えた歌と同じで、ごく自然にすらすらと話せてしまう」

クラウザーは長い指を膝の上で組み、ひとり黙考した。暗い過去を背負ったすべての人間が、その過去を語ることで解放感を得られたら、どんなにいいだろう。しかし、彼がみずから過去を告白することはなかったし、かつて告白を無理強いされたときは、イザベラのような解放感を味わうどころではなかった。彼の過去は、郷愁や懐かしさとはまったく無縁だった。彼は事実だけを淡々と語り、そんな彼を、人びとは化け物を見るような目で見た。

モーガンがイザベラの話を引き取った。「だけどその次のレッスンが、先生の顔を見た最後になってしまったのよ。それまでもあの先生、ときどき妙に塞ぎこんでしまい、家にこもったまま一週間くらい外出しないことがあったんだけど、あのときもそんな感じだったな。とりあえず、レッスンはいつもどおりやってくれたわ。でもそのあと、ハープシコードの蓋を閉めてこういったの。『イザベラ、わたしが君に教えられることは、もうなにひとつ残っていない。わたしは君を一人前の歌手に育てあげたが、真に偉大な歌手となるためには、わたし以上の教師が必要だ。パリにルクレールという先生がいる。大陸の最も優れた歌手たちのなかで、彼の教えを受けなかった者はひとりもいない。だから君も、彼の門をたたけ』。これを聞いて、わたしとイジーは思わず笑っちゃってね。だってそうでしょ、ロンドンの街角で歌い、小銭を稼いでいるわたしたちに向かって、フランスへ行けなんていうんだもの。だけど彼は、『これは冗談ではない、わたしは真剣だ』というのね。そしてわたしに、ルクレール宛の手紙を渡してくれたの。手紙だけじゃないわ。やたらスタンプが押されているお役所の書類と、小さな袋も一緒にくれたんだけど、その袋のなかには、見たこともないくらいたくさんの金貨が入ってたのよ。なんと彼は、イジーのため、一年以上もまえから準備をはじめていたんですって」

「わたしは十三歳でした」イザベラがいった。「ロンドンを出たことさえなかったから、怖くて怖くて、頭がぽろりと落ちてしまうかと思ったわ」

その譬えがあまりに可愛かったので、ハリエットはつい声をあげて笑ってしまった。イザベラは嘲笑《ちょうしょう》されたのかと思いむっとしたのだが、ハリエットの緑の瞳に悪意のかけらもないことを知ると、昨日の舞台稽古で見せたのと同じ明るい笑みを浮かべた。

「で、わたしたちは出発したわけ」小さな足首をちょこんと組み、モーガンがつづけた。「イジーは、四年間ルクレール先生の指導を受けたわ。そのあいだも、わたしたちは路上でせっせと歌い、稼がせてもらった。この子、あっという間にフランス語を覚えてしまってね。ふと気がつくと、フランスで生まれた娘みたいにぺらぺらしゃべってた。こうして四年がたったとき、ルクレール先生は、いよいよイジーを小さな会場でデビューさせることにしたの。でもそのためには、名前を変えなきゃいけないというのよ。ベイカーなんていう平凡なイギリスの名前じゃ――これがテスの苗字だったんだけど――オペラ歌手として大成できないんですって。そこでわたしたちは、マランという名を選んだわけ。イザベラ・マランは、着実に評判をあげていったわ。そしてパリの通人たちでさえ、彼女をフランス人に違いないと勘違いしてくれた。もちろんわたしたちは、わざわざ訂正しなかったけどね」

「パリのオペラ・ハウスに初めて出演したのは、七七年でした。もともとは小さな役だったんだけど、プリマが病気で倒れてしまい、急遽わたしが代役を務めたんです。たぶんミスター・ハーウッドは、あのときのわたしを観たんでしょう」

「彼がいってましたよ。その一回だけで、あなたの歌に惚れこんだと」クラウザーにこういわれ、イザベラは黙ってうなずいた。

「で、次にわたしたちはミラノへ行き、あの街が気に入ったので、しばらく滞在することに決めたの」モーガンがつづけた。「誰もが、パリの女性歌手は最高に素晴らしいと思いこんでいたから、イジーがフランス人に間違われたのは好都合だったな。お金のやりくりとか、彼女の予定の調整は、全部わたしが引き受けた。そしてミラノからあとは、順風満帆。各地のオペラ・ハウスや宮廷に招かれ、歌ったわ。大陸に王様や司教さまがあれほどたくさんいたなんて、信じられなかった。でもロンドンだけは、行く機会がなかったのよ。今回、この話がくるまではね」

「フィッツレイヴンからの最初の手紙を受け取ったのは、二度めのミラノ公演をやっている今年の春でした」イザベフがいった。「パリのある新聞が、わたしの肖像画を掲載したんですが、その新聞がロンドンでも売られたんです。どうやらこっちでも、わたしは話題になっていたみたいですね。その絵を見て、モーガンは震えあがりました。わたしの死んだ母に、生き写しなんですって。フィッツレイヴンも同じ新聞を見たから、わたしの出演先を調べ、ミラノのオペラ・ハウス気付で手紙を送ってきたんです」

クラウザーは、フィッツレイヴンの切り抜き帳に記入されていた日付と下線を思い出した。あの肖像画を見たとき、彼はこれぞ天佑と思ったに違いない。

「モーガンは、返事を書く必要はない、自分は彼の娘だなんて絶対に認めるな、といってくれました。もちろんわたしだって、彼が母にどんな仕打ちをしたか、よく憶えていました。それでも、返事を書かずにはいられなかったんです。だって彼の手紙には、自分もオペラ・ハウスで働いていると書いてあったんですもの。やっぱり血は争えないな、と思いました。わたしの楽才は、親ゆずりだったんだと。しかも彼は、ヒズ・マジェスティーズ劇場で歌わないかとわたしを誘っていました。それを読んで、急に思い出したんです。わたしが生まれて初めてオペラを観たのは、あの劇場だったということを」

イザベラは、ハリエットとクラウザーに向きなおった。暗くなりはじめた部屋のなかで、その顔が輝いて見えたのは、炎のいたずらではなさそうだった。きっと彼女自身が、光を発していたのだろう。「わたしにとって、昨夜の舞台がどんな意味を持っていたか、想像できますか？　子どものころの夢が完璧にかなう瞬間を経験できる人間なんて、この世にどれくらいいると思います？　背筋がぞっとするほど興奮しました。だって、夢に思い描いていたとおりだったんですもの。そしてあの歌。オペラ全体は、まずまずの出来だったけど、『黄色い薔薇の歌』は本当に素晴らしくて……」彼女は視線を暖炉に戻した。「初めてあの歌を聴いたときは、自分の体のなかから黄金が掘り出され、輝きはじめたような気がしたものです。この感じ、わかってもらえるかしら？」つまり、わたしのために書かれた歌だ、と直感したんです」

どう相づちを打てばいいのか、ってついていけるのだが、音楽だけは例外だった。「そうね、あなたの歌は素晴らしかったし、とても美しい歌だと思ったわ」かろうじてこれだけいうと、イザベラも満足してくれたようだった。

「ましてや、デュエットの相手がマンゼロッティなんですもの。わたしのこれまでの苦労も、音楽のために彼が払った大きな犠牲も、あのデュエットですべて報われたような気がします。そしてわたしは、ああいう一瞬を再び夢見ながら、これからの人生を生きるのかもしれません。だけど、わたしは至高の時間を経験してしまった……あの経験を、一回だけで終わらせたくないですね。何度でも味わってみたいわ」

「いずれにしろフィッツレイヴンは、はるばるミラノまでやって来て、あなたがヒズ・マジェスティーズ劇場に出演する話をまとめたわけね。おふたりは、彼のことが好きになれたのかしら？」ハリエットが質問した。「わたしたちが知る限り、彼の評判は……」

イザベラが顔を曇らせたので、またしてもモーガンが助け船を出した。

「なれるわけないでしょ。イジーは、好きになろうと努力してたけどね。あれだけいろいろあったのに、この子、父親という存在にまだ憧れを抱いていたのよ。小遣いまで渡すんだもの」

老女は顔をしかめた。「ミスター・ハーウッドは真っ当な商売人だから、交渉するのは楽だったわ。ところがフィッツレイヴンのやつ、わたしたちの弱みにつけこもうとしたの。考えてもみてよ。パリの美しき歌姫イザベラ・マランが、本当はサザークのイジー・ベイカーだったと新聞にすっぱ抜かれたら、わたしたち一発で笑いものになってしまうでしょ？　幸い彼も、そこまではやらなかったわ。この秘密を守ってほしければ……と仄《ほの》めかしただけでね。そういう男なのよ。あいつが死んでくれて、ほんとせいせいしたわ。きっとおおぜいの人が、わたしと同じ気持ちなんでしょうね」モーガンは、探るような目つきでハリエットたちを見た。

だがハリエットの眼は、イザベラに向けられていた。彼女はドレスのひだを指でいじっていたが、とても柔らかく仕立てられているものだから、布は液体のように指のあいだをさらさらと流れた。

「ミス・マラン、あなたも同じことを感じたの？」ハリエットは彼女に訊ねた。

「悔やしいけど、そうだったと思います。わたしは彼を好きになりたかったし、わたしが彼の娘であることを認めさせ、彼のせいで母がどれだけ苦しんだか、わかってもらいたかったんです。そして一緒に共同墓地へ行き、母の墓に花を供え、過去を謝罪してほしかった。ところがあの男、母のことなんか屁とも思っていなかったんですね。母だけじゃありません。音楽さえ、特に好きではなかったんです。その点は、彼がオペラの話をはじめたとたん、すぐにわかりました。彼にとって、オペラは単なる飯の種であり、オペラ・ハウスは噂話を愉しむ場だったんです。だから、彼が死んだとモーガンから聞かされたときも、悲しい気持ちには全然なれませんでした」

「モーガンから聞いた?」自分の指先を見つめていたクラウザーが顔をあげた。「終演後の楽屋で、ミスター・ハーウッドから聞いたんじゃなかったんですか?」

モーガンが短い両腕を組み、鼻をふんと鳴らした。「一昨日の朝早く、わたしはたまたま、劇場の近くを散歩してたの。テームズから引きあげられる男の水死体なんて、ちっともオペラ的じゃないけど、見世物としてはけっこう面白いのよ」

クラウザーがにやっと笑った。「ブラック・ライオン階段で彼の名をつぶやいた野次馬というのは、あなたでしたか」

「ごろんと転がった死体の顔を見た瞬間、名前が口をついて出てしまったの。げっぷみたいなものね。すぐイジーに教えたわ。だって、イジーの秘密をばらす恐れのあるやつが、とうとう消えてくれたんですもの」

ハリエットは、モーガンとイザベラの顔を交互に見た。「だけど、ミス・マランの出自を知る人は、フィッツレイヴンだけじゃないでしょう？　ロンドンの歌の先生は？　いろいろお世話になったんだから、フランスからさぞやたくさん手紙を出したんだろうし、こっちに帰ってきてからも、一回くらいは会いに行ったんじゃない？」

ふたりの女性はしばし沈黙した。「先生は行方不明なんです」小さな声で答えたのは、イザベラだった。「手紙は欠かさず送ってたんですが、先生からの返事はだんだん少なくなっていきました。何カ月も音沙汰がないと思ったら、急に便箋二十枚もびっしり書いてきたり……だけどその内容は、真面目な話と冗談がめちゃめちゃに入り交じっていて……」彼女はうつむいた。「そして遂には、まったく返事がこなくなりました。わたし、ぜひもう一度先生のまえで歌って、先生のおかげでこうなれたことをご覧に入れたかったんです。だって、あんな生活からわたしを救い出してくれたのは、あの先生なんですもの。ロンドンに着いてすぐ、モーガンが先生の大家さんに会いに行ってくれました。だけど大家さんによると、先生は一年以上もまえに、ご家族の手で癲狂院に入られたんですって。それ以上のことは、なにもわかりませんでした。だからわたし、いろいろ考えて……ミスター・バイウォーターにお願いしてみたんです。わたしのために、先生を探してくださいと」あの若き作曲家の名を口にしたとき、イザベラの頬がわずかに赤らんだのを、クラウザーは見逃さなかった。「もちろん、フィッツレイヴンに頼む気は全然ありませんでした。だけど、ミスター・バイウォーターも先生を見つけることができず、そうこうするうち、公演の初日が迫ってきてしまい……」

ハリエットは咳払いをした。ひとつの提案を思いついたからだが、いざ語りはじめると、顔がかっと熱くなった。「ミス・マラン、わたしの夫は、指揮をしていた軍艦の上で事故に遭いましてね。ちょっとした傷を負ったんです。幸い、体の怪我はもうすっかり治りました。だけど脳に問題が残ってしまい、普通の生活ができないので、今はロンドン郊外の療養所にいます。こんな話をしたのは、もしあなたの先生が重い心の病気にかかっているのであれば、彼もそういう施設にいる可能性が高いと思ったからです。そしてもしそうなら、夫の主治医のトレヴェリヤン先生が、きっと力になってくれると思うのね。あなたさえよければ、わたしからトレヴェリヤン先生に相談してみますが」

イザベラが優しい声で答えた。「ミセス・ウェスターマン、そのようにお願いできると、本当に助かります。ご主人の病気、早くよくなるといいですね」

ハリエットは、なんとか笑みを浮かべることができた。「では、あなたの先生のお名前を教えてください。すぐに問い合わせてみるから」

「リークロフトです。ミスター・セオフィリアス・リークロフト」

5

グレート・スワロー通りから引きあげるまえに、ハリエットとクラウザーはほかの下宿人たちの部屋を訪ね、在宅していた数名から話を聞くことができた。しかし、薄い壁を隔てて小さな部屋が並んでいるだけの建物なのに、木曜の午後、なんらかの異変に気づいた者はひとりもいなかった。階段を上り下りする足音であれば、何人かが耳にしていたけれど、格闘の気配を感じた住人はひとりもおらず、丸めたラグを重そうに背負った見知らぬ人物が、日没後に建物から出てゆくのを目撃した者も皆無だった。この結果に、だがクラウザーはまったく驚かなかった。ミセス・ガードルがなにも気づいていないのに、住人が気づくはずないからだ。

残念ながら、かれらが最も話を聞きたかった下宿人は不在だった。その人の部屋は二階のいちばん奥に位置しており、フィッツレイヴンの部屋の真下だった。ミセス・ガードルに訊くと、部屋の主《あるじ》は若い男で、今はちょっと外出しているが、木曜の午後は間違いなく部屋にいたという。両親からの仕送りだけで暮らしているその青年は、彼女の下宿に滞在しながら、ロンドンで適当な仕事を探している真っ最中だった。名前はトビアス・トムキンズ。ハリエットは、トムキンズ宛に簡単な手紙を書き、夜になってもかまわないから、バークレー・スクエアの屋敷にいる自分を訪問するよう依頼した。この高級住宅地に住むレディからの招待とあらば、求職中の若者は必ず応じるだろうと計算してのことだった。

　ところが、クラウザーはグレイヴズの家にまっすぐ帰ろうとしなかった。ソーンリー家の紋章を帯びた四輪馬車に乗りこみ、彼が馭者《ぎょしゃ》に命じた行き先は、バークレー・スクエアではなくサマセット・ハウスだった（市内各所に散在していた政府関連機関をロンドン中心部に集約するため、テームズ河畔に一七七五年から建設が開始されたオフィスビル）。自分の席に腰を落ち着けたクラウザーは、ハリエットが首を傾けていることに気づいた。

「いえね、あの建物に入っている王立協会の図書室で、今日わたしの知人が調べ物をしているんですよ。その人は、歯科学の権威なんです」彼はコートのポケットから小さな絹製の袋を取り出し、口紐をゆるめた。彼の手の上にぽろりと落ちたのは、フィッツレイヴンの入れ歯だった。

「クラウザー！　あなた、そんなものをずっと持ち歩いてたの？」

　怪訝《けげん》そうな顔で、彼が問い返した。「そうですけど、それがなにか？」

　ハリエットは揺れる馬車のなかで両腕を組み、渋面《じゅうめん》をつくった。「なんでもないわ。知らなくてよかった、と思っただけよ。ミス・マランの父親の歯が、あなたのポケットのなかに隠されていることをもし知っていたなら、彼女の哀れな身の上話を落ち着いて聞いていられなかったもの」

　クラウザーは、表情をまったく変えずに入れ歯を眼の高さまで持ちあげ、指で軽くはじいた。

「たしかにあれは、感動的な話でした」

　ハリエットの眉が吊りあがった。「あの話は嘘だといいたいわけ？」

「いいえ。そういう意味ではありません」やや躊躇したのち、クラウザーは説明した。「わたしは、なぜミス・マランがあれほどフィッツレイヴンとの再会に執着したか、腑に落ちないだけです。もちろん、その理由は説明してもらいましたよ。しかし、彼女があの男と会う真の目的は、復讐だったかもしれないでしょう？　なんといっても、フィッツレイヴンは彼女の母親をとことん苦しめた男ですからね。おまけにあの男は、彼女の経歴詐称を熟知している。もし彼が新聞にすべてをばらせば、歌手としてのイザベラ・マランは終わりです」

「ミス・マランが悪人だなんて、わたしにはまったく思えないけど」

「実をいうと、その点はわたしも同感なんです。しかし、それが彼女の潔白の証明にはなりません。フィッツレイヴンの出納帳を見ると、最近ロンドンに到着した誰かが、彼に大金を渡していた形跡がうかがわれます。となると、マランがその誰かである可能性は決して低くない。ひょっとすると彼は、パーマーが考えているよりはるかに情けない理由で、殺されたのかもしれませんよ」

「どう推理しようとあなたの自由だけど、わたしには、大の男を絞め殺し川に捨てるなんていう荒っぽい芸当が、あのイザベラにできるとは思えないわ。そんなことより、早くその入れ歯を片づけてくれないかしら」

　クラウザーは、磁器製の義歯を絹の袋のなかに戻した。「その点も同感ですね。女性が人を殺す手段としては、毒殺のほうがずっと一般的です。そして、女の殺人犯が殺害の現場を片づけていくことは、滅多にありません」

ハリエットは座席に背中をあずけ、窓の外を眺めた。馬車が大通りを外れてブルック通りに入ると、狭い道の片側を一台の荷馬車がふさいでおり、そのまわりに人だかりができていた。馬車の荷台には、若い男と年輩の女性が座っていた。男はすすり泣いており、その震える肩を女が片腕で抱いていた。ハリエットは、かれらに見覚えがあった。なにやら剣呑な雰囲気で、さっきグレート・スワロー通りを歩いていた三人のうちのふたりだ。

ハリエットたちを乗せた四輪馬車が、問題の荷馬車にのろのろと近づいていった。ハリエットは荷台をもっとよく見ようとして、窓から首を突き出した。三人組の最後のひとり、金髪の若妻が、夫の膝の上に頭をのせ横たわっていた。夫は泣きながら妻を揺さぶったが、妻の腕はだらんとたれ下がったままだった。ハリエットの頭上で、馭者が道を空けろと野次馬たちに命じた。すぐそばの床屋から汚いコートを着た町医者が現われ、荷馬車の上によいしょと上がった。医者は、金髪の若妻の脈をとった。

荷馬車の横をなんとか通過し、ハリエットたちの馬車は再び順調に走りはじめた。首をうしろにねじ曲げた彼女の眼に、頭を振った医者が泣いている夫の肩を何度か叩き、荷馬車の馭者が十字を切ったのが見えた。そこまで見たところで、彼女の馬車は角を曲がり次の道に入った。

ハリエットは頭を反転させ、馭者台に向かって大声で訊いた。「スレイター！　いったいなにがあったの？」

馭者は大きなため息をついたあと、前方の路上から眼を離さず上体だけうしろにのけぞらせ、こう怒鳴り返した。

「事故だそうです！　あの若い女が、タイバーン小路《レーン》の先にある煉瓦を焼く窯の上から落ちたんですって！　どうやら頭が割れたらしい」

ここまで聞いて、ハリエットはようやく自分の席に戻った。クラウザーが質問した。

「なんでした？」

「事故だったわ。よくある転落事故」

6

ジョカスタがブルック通りに入ったとたん、不死鳥《フェニックス》とドラゴンの紋章を扉につけた四輪馬車が後方から迫ってきて、彼女を追い越していった。馬車は道の片側ぎりぎりを通過したため、車輪がジョカスタのスカートを巻きこみそうになった。とっさに立ちどまって避けたものの、夢で見た二輪戦車《チャリオット》を思い出し、かすかに眩暈《めまい》を感じた。その馬車が走り去ると、劇場で舞台の幕がさっと開いたかのように、道の反対側に停まっている荷馬車が見えた。その荷台には、ぐったりしたケイト・ミッチェルの体を抱く彼女の夫と、彼の母親が腰かけていた。

ジョカスタの顔から血の気が引いた。倒れまいとして、彼女は目のまえにあった小間物屋の壁にしっかりと片手をついた。ケイトの顔は泥で汚れ、夫のズボンには血がついていた。

荷馬車を取り囲む野次馬たちのひそひそ話が聞こえるところまで、彼女はよろめきながら進んでいった。

「煉瓦の窯に上がっていて、足を滑らせたんだってさ……」

「あんなに若くて可愛い奥さんなのに……」

「旦那が助け起こしたときは、もう死んでいたそうだ……」

「治安判事の調べはさっき終わったよ。一緒にいるのは義理の母親で、あの婆さんが一部始終を見てたらしい……」

「旦那のほうは、完全にまいってるな……」

わずかに崩れた人垣の隙間から、姑がケイトのショールからあの小さなブローチを外し、自分のポケットに入れるのが見えた。

ジョカスタは大声でわめきながら人ごみをかき分け、のしのしと前進していった。

―

「ご冗談でしょう、ミスター・クラウザー。それほどの義歯が、ミラノあたりで手に入るわけがない」

このミスター・ジョージ・ギリスという男に、ハリエットはこれっぽっちも好感がもてなかった。高慢そうな顔はレーズン・プディングみたいにぶよぶよしており、両眼は腐りかけの牡蠣《かき》にそっくりだった。そこまでは我慢できるとしても、鼻にかかったしゃべり方は恐ろしく耳ざわりで、ハリエットは眉間のあたりに錐をもみ込まれているような気がした。

ギリスは、図書閲覧室の椅子にふんぞり返り、紫のリボンでウエストコートに結びつけた柄付眼鏡《ロルネット》をもてあそんでいた。ハリエットとクラウザーが入ってきたときから、彼の声には軽侮の色が感じられた。ギリスは、かの有名なミスター・クラウザーに助言を求められるなんて、身にあまる光栄だと何度もくり返した。そのくせ、クラウザーの質問には曖昧な返事しかせず、自分の専門分野に関する質問なのに、興味らしい興味すら示していなかった。彼の指がロルネットをくるりとまわすたび、反射した光がハリエットの眼に入った。クラウザーは口を固く閉ざし、冷たい眼でギリスを注視しつづけた。

ハリエットは周囲を見まわした。王立協会が所有するこの図書閲覧室を含め、サマセット・ハウスの北翼棟《ウイング》は、つい最近竣工したばかりだった。天井が高く、快適な肘掛け椅子があちこちに数脚ずつまとめて置かれ、適度に明るい読書用デスクが並ぶこの広い閲覧室は、知性と格調で満たされた美しい空間だった。それぞれの学問に全身全霊で打ちこむ学者の集団が、自分たちの研究のため作りあげた部屋であり、かれらはこのなかで宇宙の謎をひとつずつ解明していた。だがひとくちに学者といっても、クラウザーとギリスでは雲泥の差があった。ギリスのような鼻持ちならない俗物が、世のため人のためになる知識を有しているなんて、ハリエットにはとうてい思えなかった。なのにクラウザーは、皮肉抜きでギリスを専門家と呼んだし、今も無言で立ったまま、彼からの答を待っていた。

ギリスが大げさにため息をついた。「そういえば数週間まえ、大陸に住む友人から届いた手紙に、そのようなことが書いてあったかもしれません……」

ギリスは、そこでまた黙りこんだ。クラウザーの片方の眉が、ゆっくりとあがっていった。ハリエットは腹立ちを抑えるため、両手をマフのなかに突っこんで握りしめた。

ギリスは組んでいた両脚を床につけると、ポケットに手を突っこんで一冊の手帳を取り出し、のろのろとページをめくりはじめた。わざとやっているのだ、とハリエットは直感した。あたかも、ひとつのページに書かれたすべての文字を読まなければ、次のページに進めないかのようだった。しかも読んでいるあいだじゅう、彼の顔には、見栄っぱりな愚か者に特有の薄笑いが浮かんでいた。

ギリスはあるページを数分間じっと見つめたあと、小さくうなずき、そのページを人差し指で叩いた。

「そう、これこれ。やっと見つけました。わたしの友人のひとりが、いま大陸を旅行していましてね。アレクシス・ド・シャトーという薬屋と親しくなったのです。そのド・シャトーが、象牙や硬木ではなく、磁器による義歯製作の実験を行なっているんですな。商売になるのはまだずっと先ですが、すでに試作品はいくつか完成しており、それを使った実地試験がはじまっているそうです。おそらく、名だたる貴族や各界の名士に無償で提供し、使ってもらっているのでしょう。短期間で世間の評判を得るには、それがいちばん手っとりばやい方法ですからな」顔をあげたギリスは、ふたりを見ながらゆっくりまばたきをした。

急《せ》かすような語調で、クラウザーが訊ねた。「そのミスター・ド・シャトーの店は、どこにあるんです？　イタリアですか？」

またしてもギリスは、派手にため息をついた。「だから、イタリアじゃないといってるでしょう。今現在、入れ歯の最先進国はフランスです。こういう特殊な義歯がほしいと思ったら、パリのすぐ西にあるサン＝ジェルマン＝アン＝レーまで行かねばならない。ほかの場所では、絶対に手に入らないからです」

7

海軍本部の自室に座って壁を睨んでいるよりも、散歩に出かけてしまったほうがずっといい考えが浮かぶことを、パーマーは経験上よく知っていた。官庁街《ホワイトホール》とその周辺は熟知していたから、今日も彼は周囲に気をとられることなく歩きつづけ、今後の戦略を練りなおしたり、祖国に仇《あだ》するフランスの密偵はどこに潜んでいるのか考えつづけた。

海軍本部の正面まで戻ってきたときの彼は、次回ミセス・ウェスターマンたちと内密に会うためどんな口実を設けるべきか、思案しはじめたところだった。正面玄関下の石段に、顔色の悪い小さな男の子がぼんやりと立ち、威圧的な建物を見あげていた。ところが、パーマーはその子にまったく気づかず、もう少しでぶつかりそうになった。

「坊や、海軍本部に、なにか用事でもあるのか?」

急に背後から声をかけられ、少年は飛びあがらんばかりに驚いた。

「俺、海軍本部委員会ってところの首席事務官さんに会いたいんです」少年はウエストバンドのなかから一枚の紙を出した。「この手紙を、その人に渡せといわれたので」二つ折りにされていた紙片を、少年は自分の痩せた胸の上に押し広げ、両手で伸ばしはじめた。そんなことをすればもっと皺くちゃになるだけだと思い、パーマーは少年から手紙を取りあげた。

「首席事務官はミスター・ジェイコブズだ。この手紙は、わたしから彼に届けておこう」パーマーはさっそく手紙を開き、一読した。書いたのはミッチェルという名の事務員で、妻が急死したから、明日の午前中は葬儀のため休ませてほしいという内容だった。「これはまたお気の毒に。坊や、この休暇願いは受理されたと、ミスター・ミッチェルに伝えてくれないか」パーマーは財布から一シリング貨を出し、少年の小さな掌に落とした。その硬貨を見たとたん、少年は急いでうしろを向き、脱兎の勢いで走りはじめた。パーマーは眉をあげた。

「おい、ちょっと待て！」少年はぴたりと足を止め、すごすごとパーマーのほうに戻ってきた。彼の正面で立ちどまった彼は握っていた片手を開き、硬貨を差し出した。

「やっぱり間違いだよね。一シリングなんて、多すぎると思ったんだ」あまりに無念そうな顔をしているものだから、パーマーはつい口角を上げてしまった。

「いや、そういうことじゃないんだ。この一シリングは君がとっておいていい。わたしはただ、ミッチェルの奥さんがなぜ死んだのか、理由を知りたかっただけだよ。お産で死んだのかな？」

「頭の骨を折ったんですって」少年が沈んだ声で答えた。「ミスター・ミッチェルは、そういってました」

フィッツレイヴンの件で頭がいっぱいだったパーマーは、それ以上なにも疑問に思わなかった。「そうか。ではミッチェルに、海軍本部からの弔意も伝えておいてくれ」少年は眉をひそめながら、首をかしげた。「いや、だから、この建物で働く全員が、お悔やみを述べていたといえばいいよ」
少年の表情がぱっと明るくなり、彼は通りを一目散に走り去っていった。

8

その後バークレー・スクエアへ帰る馬車のなかで、ハリエットはやけに塞ぎこんでいたし、子どもたちを交えての昼食が終わったあとも、頭痛を訴えてすぐに自室へ引きあげてしまった。クラウザーもまた図書室に閉じこもり、不機嫌そうな顔で自分の仕事に取りかかりながら、彼女はまたしても夫の病状を心配しているのだろうかと訝《いぶか》った。

ハリエットが体調不良に陥ることなど、それまでほとんどなかったのだが、提督が帰国して以来、しばしば頭痛に悩まされていた。意見を交換したい今のようなとき、彼女が自室から出てこないと、クラウザーはもどかしい思いをさせられた。しかし、提督が快癒して彼女も元気になることを祈る以外、彼にできることはなにもなかった。

実のところ、クラウザーの不機嫌の原因は、ハリエットの不在だけではなかった。フィッツレイヴンの死因が溺死ではなく絞殺だったことに、いささか失望していたのだ。彼が期待したのは、溺死体に残される各種の特徴について、より詳細な観察結果が得られることだった。たとえば、何回か実施した動物実験では気道内に薄紅色の泡が充満していたのだが、そんな特徴は、普通の絞殺体では望むべくもなかった。かてて加えて、人に依頼され変死体を調べるという作業そのものが、すべてをひとりで処理してゆく彼の流儀に反していた。関係者が何人もいるうえに、他人との共同作業が、クラウザーは昔から苦手だった。

しかし彼は、捜査に協力するとパーマーに約束してしまった。彼は自分の気道内を唸り声で充満させつつ、疑問点をひとつひとつ手紙に認《したた》めはじめた。そして、それぞれの手紙を然るべき関係者に送付し、各人からの返答が到着するのを、この快適な図書室で待つことに決めた。そうすれば、お茶と歓談のお誘いから数時間は逃げていられるし、まさに一石二鳥だった。いうまでもなく、手紙を配達させられるグレイヴズの使用人たちにとっては、迷惑千万な話だった。でもそんなこと、クラウザーは一顧だにしなかった。使用人の都合をまったく斟酌しないのは、男爵家の次男だった少年時代に叩きこまれた貴族の悪癖が尾を引いているからであり、今のように機嫌が悪いときは、なおさら無神経になってしまうのだ。

当然のことながら、この家の日常業務は大いに支障をきたした。この日たまたま半休をもらっていて、午後から職場に戻ってきた家政婦長のミセス・マーティンは、あまりの混乱ぶりにわが目を疑った。

「ミセス・マーティン、わたしに文句をいうのは、お門違いですからね」子どもたちのためのティーを準備していた料理人が、手もとから眼を離すことなく彼女に釘を刺した。料理人のまわりには、まだ洗っていない調理器具や食器が山と積まれていた。「昼食が終わってテーブルを片づけたとたん、ミスター・クラウザーがメイドたちに手紙を届けろと命じはじめたんです。あの子たちがどんなに喜んだか、想像がつくでしょう？　みんな、『人殺しをつかまえるお手伝いができる！』と興奮しちゃって、アリスとセシリーなんか、殺人犯に果たし状を届けるわけでもないのに、ぶるぶる震えはじめました。だからわたし、ふたりにいってやったんです。そんなに怖いなら、フィリップかグレゴリーに頼みなさいって。そしたらふたりとも、すごい目でわたしを睨んでね。大急ぎでマントを羽織ると、ボタンも締めずに飛び出していきましたよ」

料理人は食品棚に残っていたパンの塊を作業台の上にのせ、パンを切るには鋭利すぎる刃物でその塊に挑みかかった。料理人としての腕はたしかなのだが、今の彼女のナイフさばきを見たら、クラウザーは顔をしかめたに違いない。

「そのフィッツレイヴンとかいう人、殺されたのは可哀想だけど、どうせ死ぬならひとりで川に落ちればよかったんですよ。そう、普通の酔っぱらいみたいにね。おかげでこっちは、お子さんたちの食事の支度も満足にできやしない。もしこのうえ、ミスター・グレイヴズとミセス・サーヴィスが、お客さまに夜食をご馳走するといい出したら、わたしが大急ぎで肉屋に走らなきゃいけません。しかも、この家にある鍋や皿はすべて汚れたままだし、竈《かまど》の番をするはずだったメアリーまで出かけてしまったから、もう火が落ちてるんです」

ミセス・マーティンは、ひとことも発さず自分のエプロンをつけると、汚れた皿をごしごし洗いはじめた。その姿は、現在の彼女の立場を雄弁に物語っていた。バークレー・スクエアの立派な家で家政婦長として働けることを、ミセス・マーティンは心の底から感謝していた。これだけの規模の屋敷であれば、家事を仕切るのは普通もっと年輩の女性であり、まだ若い彼女は貫禄に欠け、どこか頼りなくみえた。だがグレイヴズは彼女を気に入り、ミセス・サーヴィスも彼女の出自と経歴に満足して、かなりの高給で雇ってくれた。おかげで彼女は、ひとり息子を念願の寄宿学校へ入れることができたのである。

しかし最近、この屋敷は大きく変わってしまった。ウェスターマン家の四人が加わったことで住人の数は倍増し、近所の人たちは、ミセス・ウェスターマンとミスター・クラウザーの話ばかり聞きたがった。唇を噛みしめ、ミセス・マーティンは別の皿を手にとった。たいへん美しい皿だったが、その雅びやかな絵柄も、今は肉汁をこびりつかせるための邪魔物にしか見えなかった。

幸い子どもたちは、急場しのぎのティーに大喜びしてくれた。ソーンリー卿と彼の姉、そしてふたりの親友であるスティーヴン・ウェスターマンは、これほど分厚く切ったパンにバターをたっぷり塗ってもらえるなんて、今日の自分たちはどんなよいことをしたのかと首をひねった。

グレイヴズの使用人たちは、子どもたちだけでなくクラウザーも大いに満足させた。全員が、持参した手紙に対する先方からの返事を、文書または伝言というかたちで持ち帰ってくれたのだ。クラウザーは、ひとりひとりに心から礼をいい、かれらは気をよくしてそれぞれの持ち場に戻っていった。使用人たちがやけに機嫌よく働いているものだから、ミセス・サーヴィスは驚いてしまい、クラウザーがなにをやったのか訊こうと思って図書室のドアをそっと開けた。しかし、彼女を見たクラウザーが逆にびっくりしたような顔をしたので、結局なにも質問せずにドアを閉め、いつもの優しい微笑を浮かべつつ、自分の仕事と子どもたちの世話に戻った。

ハリエットが図書室に入ってきたのは、日が落ちて蠟燭に火が灯されたころだった。クラウザーは机に向かい、眉間に皺を寄せて机上の紙片を睨みつけていた。

「いい忘れていたことがひとつあってね」彼女が話しかけた。「昨日、ダニエル・クロードから手紙がきたの。わたしたちがいなくても、サセックスではすべてが順調みたいよ。ソーンリー・ホールの追加の図面を送ってきたから、そっちはグレイヴズに渡したし、カヴェリー・パークの収穫後の決算書は、わたしが目を通して承認したわ。あと、マイクルズがよろしくですって」

クラウザーは、うなずいただけで返事をしなかった。ハリエットは机に歩みよって正面から彼の手もとをのぞき込み、縦に長い彼の特徴的な文字を逆さまから読もうとした。

「ねえクラウザー、昼食が終わってからずっと、あなたなにをやってたの？　ずいぶんインクを使ったみたいだけど、なんのため？」

彼女の声には苛立ちが感じられたものの、クラウザーはあえて速答せず、すべての書類をきちんとそろえて机の隅に置いてから、悠然と語りはじめた。

「たしかに大量のインクを使いましたが、無駄にならずにすんだようです。まず明日の朝いちばんで、ミスター・マンゼロッティと会う約束がとれました。彼の滞在先がカーマイクル卿の屋敷であることも判明したので、わたしたちはそちらへ向かうことになります」

「カーマイクル卿の屋敷？　ずいぶん妙なところに泊まってるのね。なぜそんなことになったのかしら」

クラウザーは物憂げにいった。「カーマイクル卿は大陸をあちこち旅行しているし、最近は音楽愛好家としても名を売ってるんですよ。向こうでマンゼロッティと知り合いになっても、驚くにはあたらないのでしょう。そういえば、フィッツレイヴンがカーマイクルを紹介してもらったのも、大陸に出張したときでしたね。誰が紹介したのかは、わかりませんけど」ハリエットがなにか質問しかけたのだが、クラウザーはかまわずつづけた。「そして午後は、わたしひとりでミスター・バイウォーターと会ってきます。場所は大英博物館」

ハリエットは首をひねった。「大英博物館？」

「彼は、あそこの入場許可証を持っているらしいんです。そして大昔の壺や甕を見せれば、わたしが喜ぶと思っている」

呆れたようにため息をつくと、ハリエットは暖炉のまえの肘掛け椅子にどさっと体を落とした。「あの青年が、そんないい方をしたとは思えないけど」

「もちろんしてませんよ。しかし、修飾過多の彼の文章を日常的な言葉に翻訳すると、そういう意味になる」

「じゃあ、あなたが古い壺を賛美しているあいだ、わたしはなにをすればいいの？　祈りでも捧げてる？」

彼女に顔を向けることなく、クラウザーは答えた。「明日のカーマイクル卿は、夕食をとるため自邸へ戻るまでの午後の時間を、ファウンドリング養育院（一七四一年に創設された捨て子や孤児のための養護施設）で過ごす予定になっています。ですから、もしあなたがあそこに出向いて彼に面会を申しこめば、喜んで会ってくれるでしょう。もちろん、あなたの体調が許せばの話ですけどね」ハリエットは無言だったが、彼女の鋭い視線が自分に注がれていることをクラウザーは強く意識した。

「クラウザー、もしかしてあなた、彼と会うのが怖いの？」

「いや、別に怖がってるわけじゃありません」声に不快感がにじんでしまった。ハリエットは腕組みをして、サテンのドレスの袖を指で叩いた。クラウザーの耳に、その音は帆布に落ちる雨だれのように聞こえた。

「もしかしてカーマイクル卿は、あなたのお父さまの死に、なにか関係があるのかしら？」長い沈黙のあと、彼女が質問した。

単刀直入に訊かれたことで、クラウザーはむしろ救われた気分になった。そして、こんなに早くこの推論に達してくれるほど、彼女が自分をよく知っていることに感謝した。だが、それ以上に痛感させられたのは、三十年が経過してなお、事あるごとに戻ってきては彼の咽喉を締めつける暗い過去の執拗さだった。

「兄は、金の問題がこじれたため、父を殺すことになりました。放埒な生活をつづけたせいで自分の年金を使い果たし、莫大な借金を背負ったのです。そして父は、そのような状況を許せる人ではなかった」

ハリエットは相づちすら打たなかった。明らかに彼女は、いっさい口を挟まず、クラウザーに好きなだけ語らせるつもりでいた。遠い記憶が呼び覚ました苦々しい感情を噛みしめながら、このような態度をとられて喜ぶべきか恥じるべきか、彼は判断しかねた。

「カーマイクル卿は、兄の友人でした——というか、兄のほうは友人だと思っていました」クラウザーはつづけた。「当時まだ貧乏だったカーマイクルは、兄を遊び仲間に誘いこみ、兄の金で放蕩《ほうとう》の限りを尽くしたあげく、兄を破滅へと導きました。わが家が断絶した元凶はなにかと訊かれたら、わたしは真っ先にあの男の名を挙げますね。その後カーマイクルは、素封家の娘と結婚しました。そして奥さんの持参金を元手に、現在の富を築きあげたのです。その奥さんも、何年かまえに死にました」

きれいにそろえて机の上に置いた書類を、彼は改めてまっすぐに整えた。「結婚するまえのカーマイクルは、わたしの妹の気も惹こうとしていましたよ。だけど、もし彼と結婚するなら金は一ペニーも渡さないと父が妹に言明したため、さっさと撤退したんです」

ハリエットがびっくりして背筋を伸ばすと、椅子の革張りにドレスの布がこすれ、かすかな音をたてた。

「あなたには妹さんもいたの？　その妹さん、今どうしてらっしゃる？」

彼はハリエットに向きなおった。彼女の口は、驚きのあまり半開きになっていた。

「元気でやってます。父が死んだあとオーストリアの紳士と結婚し、以来ずっと外国暮らしですがね」

「クラウザー」ハリエットは大きく吐息をもらした。「あなたには驚かされっぱなしだわ。そりゃあなたは、わたしの家の事情を隅々まで知っているでしょうよ。なのに自分のことについては、妹さんがいることさえ今までずっと黙っていて、それを聞いてわたしがびっくりすると、逆に意外そうな顔をするんだもの」クラウザーをじろっと見た彼女の暗赤色の髪に、蠟燭の炎が映えた。「とはいえ、妹さんがいると聞いてなぜ驚いたのか、自分でもよくわからないんだけどね。そういえば、あなたのお兄さまの名前も、わたしはまだ聞いたことがなかったわ」

クラウザーは机の上に視線を戻した。「アデアです。正しくはルシアス・アデアですが、母はいつもアディと呼んでいました。妹には息子がひとりいます。しかし夫とは、かなりまえから別居中です。わたしはずっと独身だし、もちろん子どももいません。これくらいの自己紹介で、ご満足いただけるでしょうか？」

「アデアというのは、アイルランドの名前じゃない？」

「ええ。母がアイルランド人だったもので」

ハリエットは再び口をつぐんだ。機嫌を損ねたかと思い、クラウザーは彼女の横顔を盗み見た。どうやら、なにか考えているらしい。

「たしかにそういう事情があるなら、カーマイクルと会うのは、わたしひとりのほうが望ましいかもしれないわね。だけど、午前中にわたしたちがマンゼロッティと会うとき、カーマイクルも同席するんじゃないの？　なんといっても、彼の屋敷なんだから」

「閣下は毎晩、徹夜でカードをなさるんです。そしてファウンドリング養育院へ出発する昼すぎまで、お目覚めにならない」

ハリエットは改めて椅子に背中をどさっとあずけ、ことさら明るい声でいった。「要するに、明日のわたしの予定は、もうすべて決まっているわけだ。お手数をおかけして、申しわけありませんでした。ほかになにか収穫はあった？」

クラウザーは、首まわりの筋肉がゆるんでゆくのを感じた。頭のなかに、イザベラ・マランの軽やかな声が蘇ってきた。

「いくつかあります」ずっと楽な気分で、彼は語りはじめた。「まず、ヒズ・マジェスティーズ劇場でフィッツレイヴンが最後にやった仕事は、すでにわたしたちが確認したとおり、あの二重唱曲のパート譜を楽団用に作成することでした。それが水曜の午後のことです。木曜の午前中も、彼は間違いなく劇場にいました。しかし、木曜の午後以降のフィッツレイヴンの行動は、ミセス・ガードルがお姉さんに会うためクラパム（ロンドン市街から南東に下った郊外）まで出かけていたこともあって、下宿に帰った時刻を含めまったく不明です」

「ほかには？」

クラウザーは咳払いをした。「ウエストミンスターのあの渡し守から、テームズ川の潮汐についていろいろ教えてもらいました。金曜の午前二時から四時ごろにかけてが、ちょうど満潮だったので、死体が投げこまれたのはその時間だろうとのことです」

ハリエットは上体を折り曲げ、両手で顎を支えた。「ちょっと整理させて。ここに、ナサニエル・フィッツレイヴンという品性下劣な男がいる。売国奴の疑いをかけられている彼は、遠い昔に捨てた娘が金の卵だとわかったとたん、尻尾を振って彼女に接近してゆく。彼は、勤めていたオペラ・ハウスでもみんなから嫌われていたのに、なぜか馘《くび》にならず働きつづけ、やがてカーマイクル卿という悪名高い貴族に取り入ることに成功する」彼女はクラウザーをちらっと見たあと、苦笑しながら暖炉の炎に視線を移した。「カーマイクル卿の名が出るたび、あなたは顔をしかめるのね。あなたらしくないわよ。それはさておき、ミラノに滞在していたはずのフィッツレイヴンが、実は密かにパリを訪れていたことも、ほぼ確証が得られている。彼はパリで入れ歯を手に入れたけど、ほかになにを入手したのかは、まだまったくわかっていない。なにしろ、音楽を愛してもいない彼がなぜオペラ・ハウスの仕事をつづけたのか、その真の理由さえまだ不明なんだもの。逆にはっきりしているのは、今季ヒズ・マジェスティーズ劇場に出演する一座がロンドンに到着した直後から、彼の懐が急に暖かくなったこと。だけどミス・マランによれば、彼に大金を恵んだのは彼女ではない。そして結局、彼は何者かに絞め殺されてしまった。わたしが把握しているのはこんなところだけど、なにか抜けているかしら？」

クラウザーは椅子の背もたれに体をあずけた。「いいえ。それでほぼ完璧でしょう。でも実をいうと、つけ加えるべき事実とそれに関連した新たな可能性が、あとひとつずつあるんです」

「それならそうと、早くいってくれればいいのに」

「正歌劇《オペラ・セリア》とやらに出演する歌手たちがロンドンに到着したのは、たしかに三週間まえでした。しかし、喜歌劇《コミック・オペラ》のほうの出演者とバレーの振付師がロンドン入りしたのは、今週のはじめなんです。当然、あとからロンドン入りした一団のなかに、フィッツレイヴンに金を渡した者がいるとは考えにくいでしょう。でもかれらでさえ、殺害する動機を持っているなら、実行する時間は充分にあった……」

ハリエットはうなずいた。「それで、あなたの推理は？」

「フィッツレイヴンの寝室に残されていた書類を、改めて思い出してください。イザベラからの手紙は、巧妙に隠されていました。もしあなたが気まぐれを起こし、あのヴァイオリンを手にとってくれなかったから、わたしもケースを調べようなんて気にはならなかったでしょう。しかし、見つかった手紙は娘からのものだけでした。彼は、ほかの人間とも間違いなく手紙をやり取りしていたはずなので、これはあまりに不自然です。収入の明細についても同じことがいえます。あれほど細かく支出を記録する男が、入金を記録するための帳簿をつくっていないわけがない」

ハリエットは顔をしかめた。「つまり、誰かがフィッツレイヴンの手紙と帳簿を盗んだ……」

「ということになるでしょうね。そこでわたしが知りたいのは、わたしたちより先にフィッツレイヴンの部屋を捜索したのは何者か、そしてその人物が持ち去った手紙や帳簿に、なにが書かれていたかです」

ハリエットがさっと立ちあがった。それを見て、クラウザーはふと思った。この人は、ひとつの椅子に三十分と落ち着いて座っていられないのだろうか。

「たしかにそう考えれば、フィッツレイヴンの新しい金主《きんしゅ》を仄《ほの》めかす書類がまったくなかったことの説明はつくわね。そして、イザベラは悪人ではないと思ったわたしの直感が、正しかったことも証明される。だってそうでしょう、もし彼女が帳簿類を盗んだ犯人なら、自分が書いた手紙もそのとき回収したはずだし、あの部屋にのこのこ戻ってくる必要は全然なかったはずだもの。となると、木曜日の午後フィッツレイヴンの部屋にどんな動きがあったか、あの真下に住むトムキンズという青年から、詳しく聞いてみる必要があるわね」

ハリエットがにやりと笑った。ずいぶん血色がよくなった、とクラウザーは思った。

「さて、そろそろ子どもたちの様子を見にいかなければ。今日は朝から壮絶な戦争ごっこをしていたそうだし、アンが新しい言葉――『ケーキちょうだい』――をしゃべったんですって。ほんと、わたしの子は天才ぞろいだわ」

そのまま退出するのかと思ったら、ハリエットはドアのまえでふり返り、いつもの彼女らしからぬ遠慮がちな表情でクラウザーを見た。彼は手にしていた書類を机の上に置き、ハリエットの言葉を待った。

「トレヴェリヤン先生が、次回ジェイムズの面会にくるときは、子どもたちも連れてこいとおっしゃるの。でも、なんだか怖くて」

彼は両手の指を顔のまえで組んだ。「ああ見えてスティーヴンは、とても思慮深い子です。なんの問題もありませんよ」

「だけどもしジェイムズが……」ハリエットは言葉に詰まった。「……もしジェイムズが回復しなかったら、今の状態の彼を、スティーヴンは父親の姿として記憶することになるんじゃないかしら？」

じっくり考えたのち、クラウザーは口を開いた。「トレヴェリヤン先生は優秀な医師です。彼の指示に従うべきでしょうね。そしてスティーヴンは、カヴェリー・パークに飾られている提督の勇ましい肖像を見ながら成長していくし、あなたを含むあの家の全員から、お父さんがどれほど素晴らしい人だったか教えこまれるはずです。大きくなった彼が、病んでいる父親の姿しか憶えていなくても、まったく心配はいりません」

ハリエットは彼に礼をいうと、眉間に皺を刻んだまま図書室から出ていった。ひとりになったクラウザーは、この部屋でトムキンズを待ちながら、なにか軽食をとることにした。彼の脳裏に、ハーツウッドの村に立つ自邸と、自分の研究室が浮かんできた。ここの使用人に比べたら、うちのメイドたちのほうがよっぽど肝が据わっているし、サセックスの空気はロンドンよりはるかに清浄だ。そう考えると、急に腹が立ってきた。海軍本部と国王、そしてとりわけナサニエル・フィッツレイヴンを、彼は呪いたくなった。

†

留置場の扉が開くやいなや、物陰に隠れていたサムが飛び出してきて、獲物を発見したポインター犬のように身を低くして前方を睨んだ。扉の奥から、ボイオを腕に抱いだジョカスタが、足を引きずるように歩み出てきた。彼女を先導した教区警吏《コンスタブル》は、なかに残された人たちと短く言葉を交わし、乱暴に扉を閉めた。ジョカスタが彼になにかを手渡した。硬貨に違いない、とサムは思った。ポケットからパイプを出そうとして、教区警吏が背を向けたすきに、サムはジョカスタのわきに忍びよった。

「ミセス・ブライ、大丈夫だった？」

いきなり足もとから声が聞こえてきたので、ジョカスタは飛びあがりそうになった。

「サム！　わたしを待っていてくれたの？　ええ、わたしは大丈夫よ」彼女はボイオを地面におろすと、よぼよぼの老婆みたいに腰を伸ばした。

「てことは、治安判事のところへは送られずにすんだんだ？」

「まあね。あの教区警吏をまるめこむのが、ちょっと面倒だったけど」吐き捨てるようにこういうと、ジョカスタは早足で歩きはじめた。少年は急いであとを追った。

「ブルック通りでミセス・ブライが怒鳴ったこと、全部本当なの？」

「本当よ」

「本当にあの鬼婆と気の弱そうな旦那が、あのきれいな奥さんを殺したわけ？」

「わたし、そういわなかった？」

「ふたりとも、かんかんに怒ってたよね」

ジョカスタは、返事をする気にもなれなかった。サムが改めて訊いた。

「ねえ、これからどうするの？　ミセス・ブライのいったこと、誰も信じていなかっただろ？　ていうか、聞こうともしなかった」

ジョカスタは背筋を伸ばし、いっそう足を速めた。今やサムは、ほとんど小走りになっていた。

「たしかにあなたのいうとおりね。どいつもこいつも、わたしの占いは嘘っぱちだと思っている。なのに、わたしの手もとにある証拠らしい証拠は、〈ケイトにばれたらしい〉と書かれたあの紙だけ」

「だけど、このまま放っておくつもりはないんでしょ？」

「もちろん。こういう厭な話を放っておくと、あとでもっと厭な思いをすることになるもの。それはわたし自身が、遠い昔に身をもって学んでるわ」

サムはちょこちょこと彼女の横を走りながら、早口で訊ねた。「ねえミセス・ブライ、今夜も俺を泊めてくれないかな？　外はすごく寒いんだ」

ジョカスタはぴたっと足を止め、少年を見おろした。

「泊まり賃はこれでどうだろう？」サムは顔を赤らめながら、片手を突き出した。その掌には、一シリング硬貨がのっていた。

ジョカスタの眼が鋭くなった。「こんな金、どこで手に入れた？」

「ちゃんと働いて稼いだのさ！」サムはあわてて弁明した。「ミセス・ブライが教区警吏に連れていかれたあと、俺、奥さんの死体を家まで運ぶ鬼婆たちのあとをつけてみたんだ。そしたらあの旦那につかまっちゃって、一枚の紙切れを渡され、勤め先まで届けろと命令された。だから届けに行くと、海軍本部のまえで紙を受け取ってくれた紳士が、お駄賃に一シリングくれたんだよ」

「あなた、海軍本部がどこにあるか知ってるの？」

少年があまりに力強くうなずくものだから、ジョカスタは眩暈《めまい》を起こさないかと心配になった。

「なるほどね。そういうことであれば、一緒に帰りましょう。考えることは山ほどあるけど、そのまえになにか食べて、ゆっくり休まなきゃいけない」

「だけど、そのあとなにをする？　俺たちのいうことなんか、誰も信じちゃくれないよ」

「こっちには、実際に見聞きした事実だけでなく、紙に書かれた文字という動かぬ証拠があるのよ。信じてくれる人は必ずいるわ。そういう人たちを、わたしたちは見つけなきゃいけない。そしてかれらに、話を聞いてもらうの」

†

子ども部屋のドアを開けたとたん、ハリエットは熱狂的な歓迎を受けた。まだ二歳にもなっていない娘のアンは、ほかの子どもたちが名前で指定した品物を指さしたり、あるいは実際に持ってくるという難題を、スーザンに手伝ってもらいながら楽々とこなしていた。男の子たちにうるさく命令されても、アンはまったく苦にならないようで、ボールやおもちゃの兵隊、輪投げの輪などを誇り高いよちよち歩きで運んできては喝采を浴び、自分もきゃっきゃと笑いながら手を叩いた。

　対照的に息子のスティーヴンは、母親の顔を見た興奮が収まるにつれ少しずつ口数が減り、やがてすっかりおとなしくなってしまった。おりよくスーザンが、『リトル・グッディ・トゥー・シューズ』（一七六五年に出版された子ども向け物語。内容は『シンデレラ』によく似ている）の本を開き、ジョナサンとウスタシュ、そしてアンを自分のまわりに集め読み聞かせはじめたので、ハリエットはスティーヴンを膝の上に座らせ、今日はなにか厭なことでもあったのかと訊いてみた。

「ううん、なにもなかった」母親の暗赤色の巻き毛を左手でもてあそびながら、少年は小さな声で答えた。そして母の指から成婚指輪《プロミス・リング》を抜くと、指輪のオパールに暖炉の火が煌《きら》めくのを見つめた。彼の金髪と青い瞳は、父親譲りだった。突然、夫と息子を愛おしく想う気持ちでハリエットの胸がいっぱいになり、彼女はスティーヴンをうしろから強く抱きしめた。自分でも抑えられなかった。だが、強すぎる愛情はすべてを壊しかねない。しばらく我慢していたスティーヴンも、苦しさに耐えきれず体をくねらせた。ハリエットは唇を噛み、両腕の力をゆるめた。息子は改めて母親に背中をあずけ、指輪をゆっくり回転させては乳白色の宝石に反射する光を眺めた。そのままの姿勢で、彼は母親に質問した。

「ねえお母さま、ハートリーが怪我をしたときのこと、憶えてる？　ぼくがうんと小さかったころの話だけど」

少し考えてから、ハリエットはうなずいた。息子がいうハートリーとは、カヴェリー・パークの敷地内に住む家政婦長が飼っていた猫の一匹だった。ある日、怖いものなしの牡猫だったハートリーは、三階の窓から屋根に上がろうとして濡れたスレートで足を滑らせ、まっすぐ庭へ落下した。地面に横たわるハートリーを最初に見つけたのは、乳母に連れられ庭を散歩していたスティーヴンだった。猫は重傷を負っており、まだ息はあったものの、ひどく苦しんでいた。なでてあげようとしてスティーヴンが小さな手を伸ばすと、ハートリーはその手に噛みつこうとした。しかたなくハリエットは、従僕のデイヴィットを呼び、首を折って安楽死させてやってくれと頼んだ。

彼女は息子の髪をなでた。「もちろん憶えてるわ。あれはわたしもすごく悲しかった。だけど、なぜ今ごろそんなことを思い出したの？」

スティーヴンはもぞもぞと尻を動かした。「なんとなく思い出したんだ」顎を胸に引き寄せ、少年がつぶやいた。「表の広場で、ハートリーによく似た猫を見たものだから」そして再び黙りこんだ。

ハリエットは深く息を吸いこんでから、息子にこう質問した。「スティーヴン、お父さまが重い病気にかかっていることは、あなたもよくわかっているわよね？」

「うん。ぼくたちが今ここに住んでいるのは、それが理由だもの。ロンドンには、ミスター・クラウザーと同じくらい物識りなお医者さんがいっぱいいるし、そういうお医者さんたちが、お父さまを診てくれるからだよ」

「そう、そのとおりよ」彼女はひと呼吸おいてから、静かに語り聞かせた。「じゃあお父さまが、わたしたちみんなを心から愛していることも、よくわかってるでしょ？　そしてもちろん、わたしたちもお父さまを愛してる。だけど今のお父さまは、わたしたちに愛しているといえないの。ハートリーもあなたのことが大好きで、朝になるとよくあなたのベッドに遊びにきていたわよね？　でもあのとき、大怪我をしたハートリーは、どれだけあなたを愛しているか、あなたに伝えることができなかった」

少年は沈黙した。ハリエットは息子の顎を上向かせ、その眼をのぞき込んだ。父親に生き写しだったが、ときとしてスティーヴンの眼には、父と母にはない穏やかな優しさが宿った。ハリエットはそれを、海風の優しさだろうと考えていた。波に揺れる軍艦の上で、お腹を蹴る赤ちゃんの足を感じつつ海風に吹かれるのが、彼女は大好きだった。きっとあの風が、この子の心にまで吹きこんだに違いない。

「お父さまは、あなたをものすごく愛してる」彼女はいった。「トレヴェリヤン先生のことは、あなたも好きでしょ？　あの先生が、必ずお父さまを治してくれるわ」

スティーヴンは母を見あげた。「そしたらみんな一緒に、サセックスへ帰れるんだね？」

ハリエットはきっぱり答えた。「そうよ。お父さまが治ったら、みんな一緒にあの家へ帰るの」

子ども部屋のドアがそっとノックされ、家政婦長が顔をのぞかせた。「すみません奥さま、若い紳士がひとり、奥さまとミスター・クラウザーを訪ねてらっしゃいました。お約束だとおっしゃってます。ご心配なく、お子さんたちは、わたしが寝かしつけておきますので。あと、軽いお食事の支度もできてます」

「ありがとう、ミセス・マーティン」ハリエットは息子の頭にキスし、膝からおろした。

廊下にある姿見のまえで、ハリエットは髪を整えるため立ちどまった。鏡のなかの自分に活力を感じたのは、この八月以来初めてのことだった。

それから彼女は、トビアス・トムキンズと会うため階段を駆けおりた。

9

「ねえサム」簡単な食事をすませたあと、ジョカスタがサムに話しかけた。ボイオは暖炉のまえに寝そべり、夢のなかで兎を追いかけていた。「あなた、友だちは何人くらいいる？　あなたが小遣い稼ぎの話をもっていけば、すぐにのってくれる友だち、という意味だけど」

床に座っていたサムが、両腕で膝を抱えた。「二、三人ってとこかな」

「じゃあ、夜が明けたら大急ぎでその子たちを呼んできてくれない？」

サムはうなずき、ジョカスタが長椅子に掛けているベッドカバーの端をつまんだ。「これ、すごくきれいだね」彼はベッドカバーをなでた。「こういうつぎはぎ、ミセス・ブライが全部ひとりでやるの？」

「そうよ」

「そのスカートも？」

「このスカートも」

「いろんな色があって、ほんとにきれいだ」サムはベッドカバーから手を離すと、床の上で仰向けに寝そべり、両手を頭のうしろに入れた。ジョカスタは少年を見た。家のなかで誰かがジョカスタを待っていたことなど、これまで一度もなかった。懸命に生きてきた長い年月のあいだ、彼女はただの一度も、ともに生活してくれる他人を探し求めたことがなかった。ふんと鼻を鳴らし、ジョカスタは語った。

「こういうのをパッチワークと呼ぶのよ。ストランドの布地屋で働く女の子たちの運勢を、わたしはいつも占ってやってるから、みんなわたしの好みをよく知っていてね。目の醒めるような色が使ってあったり、模様の面白い端切《はぎ》れがあると、どんなに小さなものでも必ずとっておいてくれるの。そして次回、好きになった男が自分をどう思っているか訊きにくるとき、持ってきてくれるわけ。仕立屋で働く娘とか、大きなお屋敷のメイドたちもそう。ほかにも、行くところへ行けば、お金持ちのレディが手放した舞踏会用のドレスをほどき、傷んでない部分だけを切り取って安く売ってるわ」

語りながらジョカスタは、サムの大きく見開かれた眼が、ベッドカバーを彩る華やかな端切れをじっと見つめていることに気づいた。シルクの端切れに反射した暖炉の火の淡い光が、かすかに揺れながらウールとコットンを照らしていた。

「そういう端切れを眺めていると」ジョカスタはつぶやいた。「ときどき考えてしまうの。この布はもともと、どこの家のどんな服だったんだろうって。数十着の仲間と一緒に、大きな屋敷の広い衣装部屋に吊るされ、舞踏会のときだけ着られる服だったのか。それとも、赤ら顔を気難しそうにゆがめながら賄賂を受け取り、床によだれをたらす老いぼれ裁判官の背中に張りついていた服なのか」サムの眼が、おもむろに閉じられていった。「そんなときは、自分が昔話のドラゴンになったような気がするわ。金銀財宝とそれにまつわる物語をたっぷり抱えながら、巣のなかでうずくまるドラゴンに……」

サムが寝息をたてはじめた。ジョカスタは、長椅子の端にたたんでおいた普通の毛布を広げ、少年の上にかけてやった。それから、暖炉の火が消えてしまうのもかまわず椅子に戻り、もうしばらく考えつづけた。

あの小生意気な若妻が頭と顔を血だらけにし、両眼を閉じて荷馬車に寝かされているのを見た瞬間、ジョカスタは全世界の人間が自分の敵となり、大声で自分を罵《ののし》っているような感覚に襲われた。そして、子どものころの哀しい記憶が蘇ってきた。ひとりの貴族が殺され、殺した男が死体から歩み去ってゆくところを、彼女はしっかりと目撃した。だが、そのことを大人たちに教えても、作り話をするんじゃないと叱られるだけだった。ジョカスタは嘘ではないと懸命に言い張ったのだが、懸命さが足りなかったらしい。以後、あの谷間の人びとは彼女を嘘つきと決めつけ、大人も子どもも、彼女のいうことは一切信じてくれなくなった。

ジョカスタの眼には、森のなかへ消えてゆく緑のコートを着た殺人者の姿が、今もはっきりと焼きついていた。男がいなくなったあと、動顚《どうてん》した彼女は丘のてっぺんまで駆けあがり、茂みのなかで一時間くらいぶるぶる震えていたのだが、結局それが仇《あだ》になった。ようやく丘を下り、養ってもらっていたおばの家へ帰ったとき、男爵が殺されたことはすでに村じゅうの人が知っていた。ジョカスタが犯人を見たといっても、村人たちはそんなに注目を集めたいのかと渋面《じゅうめん》をつくるだけで、相手にしてくれなかった。どれだけ泣いて訴えようと、かれらは聞く耳を持たなかったし、今日ジョカスタのまわりにいた人びとも、まったく同じだった。彼女は、大声を出せば世界が変わると信じ、非難の嵐に向かって泣き叫んだ昔の自分に戻ったような気がした。だがもちろん、今の彼女は、あのときの子どもではなかった

必要とされる端切れを探し集め、ひとつに継ぎ合わせることは、絶対に可能なはずだ。縫い目を頑丈にすれば立派な縄ができるだろうし、その縄をケイト・ミッチェルの夫と姑の首にまわして、この手で力いっぱい引いてやる。そして姑が息絶えたら、死体からあのブローチをむしり取り、ケイトの墓に埋めてあげよう。

第四部

1

一七八一年十一月十九日（月曜日）

その夜、ハリエットは夫の夢を見た。ジェイムズが指揮する艦は、海上で〈マルキ・ド・ラファイエット〉と大砲を撃ちあっていた。敵艦の甲板上にはマンゼロッティとマランが立ち、『黄色い薔薇の歌』を歌っていた。重苦しい気分で目を覚まし、なぜこんな夢を見たのかと自問しているうち、暗い闘志がむくむくと湧いてきた。彼女は、いつもの自分を取り戻したような気がした。

残念なことに、先週の木曜の午後という重大な時間を、トビアス・トムキンズは本を読みながら居眠りすることで浪費していた。当然、昨夜の彼との会見は、なんの成果もあげられずに終わった。にもかかわらず、今朝の彼女は新たな勇気が血のなかに流れるのを感じ、前向きな気分になっていた。

すでに朝食を終えていたクラウザーは、新聞から眼をあげ、ハリエットが食堂に入ってくるのを見た。その足取りは力強く、クラウザーは安心すると同時にため息をつきたくなった。彼は朝食の席での雑談が苦手だったし、その点をわかっているグレイヴズは、彼に話しかけようとしなかった。ところが気分がいいときのハリエットは、そんな彼の希望など歯牙にもかけなかった。そして実際、今朝の彼女はまだ自分のコーヒーすら出てきていないのに、カストラートとはなにか説明せよ、とクラウザーたちに迫った。

即座にミセス・サーヴィスは、イタリア語の予習をはじめる時間だといってスーザンを追い立てた。レイチェルは意味ありげな視線を姉に送ったものの、あっさり無視された。しかたなく彼女は、このあいだ注文した火傷用の軟膏が届いているかミセス・マーティンに訊いてくると言い残し、食堂を出ていった。

もちろん、ハリエットの目的がマンゼロッティとの会見に備えた情報収集にあることは、クラウザーにも容易に理解できた。問題は、彼の頭脳がまだ半分眠っているこの早朝であっても、健康なときのハリエットは、おかまいなしに暴走できることだった。もしここがカヴェリー・パークであったなら、食堂で彼女につかまるのを避けるため、ぶらりと庭の散歩に出るという手が使えたのに。彼はそう願わずにいられなかった。

ハリエットは、カストラートに対し世間の人びとが抱いている偏見のすべてを、自分も共有していると率直に告白した。そしてクラウザーたちに、自分の蒙を啓いてくれと頼んだ。そこでまずグレイヴズが、少年期のカストラートがどのような驚くべき音楽的訓練を受けるか、ざっと説明した。

「この訓練によって、かれらは唯一無二の強力な声を獲得するのです。そもそもかれらは、聖堂内で女が歌うと神の怒りを買うと考えられていた時代に、女性の代用として育成されたんですね。それがそのまま、イタリア・オペラの精華となっていったわけです」

だがハリエットは、彼の説明に納得しなかったらしく、手にしたトーストを真っぷたつに折ると、かけらをテーブルの上に散らした。

「だけどもしそうなら、なぜ神は、人間の子どもが故意に肉体を傷つけられることには怒ろうとしないの？」彼女は食いさがった。「小さな男の子にあんな手術を施すなんて、是認できる人はいないと思うわ。だってそうでしょ、たとえ歌手として成功しても、その子は人生の大事な一部を奪われるんだもの。あなたはかれらの声を称賛するけど、そんなあなただって、かれらを羨んではいないはずよ。あの手術のせいで、かれらはものすごく……ものすごく奇怪な人間になってしまうわけだし」

手術という言葉を聞いて、グレイヴズは居心地悪そうに座りなおした。

「ミセス・ウェスターマン、こんな話を聞いたことはありませんか？」コートの裾を引っぱりながら、グレイヴズが訊いた。「ああいう男の子たちは、病気や事故のせいで――なんていうか――下腹部を傷つけてしまい、だから手術を受けねばならなかった……」

ぐるりと目玉をまわしたハリエットが、この愚説を粉砕すべく身がまえるのを見て、クラウザーもとうとう新聞をテーブルに置いた。

「思春期前の男児から睾丸を切除することが、その子にどのような影響を与えるかは、医学的にたいへん興味深い問題です」彼はいった。「ただし、それが道義的に許される行為であるとは、わたしも考えていません」ハリエットは彼をじっと見つめ、グレイヴズは気まずそうに顔をしかめた。にやりと笑いそうになるのを抑え、クラウザーはつづけた。「いずれにしろ、去勢された男児も成長すれば変声期を通過するのですが、幼少時の声に含まれていた高域はそのまま維持されます」

「わたし、カストラートが普通にしゃべるのを一度も聞いたことないわ。どんな感じなのか説明してくれない？」こういうとハリエットは、トーストをひとくちかじった。

彼女の顎の筋肉が正常に動くのを確かめながら、クラウザーが答えた。「ふだんのカストラートの話し声は、聞いていてなかなか心地いいですよ。ちょっと奇妙ですが、女性の声より丸みがあるので、やかましく響かないんです。すぐそこの広場に集まってくる鳩の声と、似ていないこともありません」

答としてはこれで充分だろうとクラウザーは思ったのだが、ハリエットは満足していないようだった。どうやら、彼が知っているカストラートに関する情報を、すべて吐き出させるつもりらしい。まるで、ひとたび獲物の首に嚙みついたら、その獲物が死ぬまで振りまわしつづける猟犬のようだった。ナプキンで軽く口を押さえたハリエットは、ひとくちコーヒーを飲んだあと、彼に向かって小さく手を振った。

「クラウザー、もっと詳しく教えて。わたしは自分の偏見を消し去りたいから、あなたに教えを求めているの。教師が生徒を拒むことは許されないわ」

ほかのことに気をとられ、夫の病状をしばし忘れるというのは、ハリエットの健康のためにも望ましいことだったし、実のところ彼女は、ずいぶん元気を回復していた。しかしながら、朝からこの話題につきあってやるには、少なからぬ寛大さが必要とされた。

クラウザーは両手の指を組み、しばらくのあいだ無言で考えこんだ。「去勢手術が子どもの肉体に与える影響については、未解明の部分が数多く残されています」彼は語りはじめた。「もちろん、声帯は大きな影響を受けます。しかし、成長を阻害されたり変化をこうむる部位は、声帯だけではありません」クラウザーはいったん言葉を止め、小さく咳払いした。「実は数年まえ、ある有名なカストラートの遺体がミラノで解剖されましてね。その解剖に、わたしも参加させてもらったのです。だから今は、そのとき得た知見に基づいて話をしています」

ハリエットが口を挟んだ。「なぜそんな人の死体を、あなたたちのような墓泥棒が――失礼、科学の使徒が手に入れられたの？　有名なカストラートともなれば、鉛で補強された高価な棺桶のなかで静かに腐っていくあいだ、自分の墓が暴かれないよう専属の墓守を雇うくらいの金を貯めていたでしょうに」

彼女の軽口に応じられるほど、クラウザーの頭はまだ働いていなかった。彼は要点だけ簡潔に答えた。「たしかにそのカストラートは、大金を貯めこんでいました。しかし彼の親友のひとりが、ミラノの大学で解剖学を教えている教授だったのです。彼はその教授に、自分が死んだらこの体をじっくり調べてくれと生前から頼んでおり、いよいよ死期が迫ったときも、数名の証人がいるまえで同じ希望をくり返しました。彼は医学に身を捧げることで、人びとの役に立ちたいと願ったのです」

ハリエットは鼻に皺を寄せた。「すごくいい話だわ。でもわたしは、同じ目的で自分の死体を提供したいなんて少しも思わないでしょうね。たとえミスター・クラウザーから、ぜひにと懇望されても」

「お気づかいは無用ですよ、ミセス・ウェスターマン。あなたから医学的に重要な発見が得られるとは、わたしも考えておりませんので」こういわれてハリエットは、なぜかむっとした。クラウザーはつづけた。「カストラートの多くは、並外れた長身に成長していきます。その理由は未だわかっていません。しかし、われわれが解剖した被検体は非常に健康な骨を持っていたので、背の高さが骨を劣化させることはないようでした。もちろん甲状軟骨は、正常な男性ほど成長していませんでしたが――」彼はハリエットが首をかしげたことに気づいた。「カストラートの喉仏は、みな小さいという意味です」ハリエットは先をつづけろと再び手振りで示し、ミセス・マーティンが作ったジャムの壺に襲いかかった。

「よく知られているとおり、かれらの皮膚は普通の男性に比べたいへん柔らかく、女性的です。わたしが解剖した紳士も、胸と臀部に女性のような肉がついていました。それが手術の影響かどうかは、むろん断言できません。たとえばマンゼロッティは、わたしたちが実際に見たとおり、かなりの痩せ形ですからね。いずれにせよ、去勢手術が多くの異常な影響を残すことはたしかです。ある貴族のパーティーで、着飾った人びとのなかにカストラートがひとりいたのをよく憶えてますよ。六フィート（約百八十三センチメートル）を超える長身なのに、美しい服の下の体はふっくらしていて、フルートのような声でぺらぺらとしゃべっていました。ひとことで評するなら……」彼は言葉を探し、天井に刻まれた派手な薔薇を見あげた。「……とても不気味でした」

クラウザーが語った情景を、ハリエットは想像してみた。「ああいう人たちは、性格に問題があるという話を聞いたことがあるわ」

自分の爪を見つめながら、クラウザーが静かに反論した。「成長期の少年の性格に、去勢手術がどのような悪影響を与えるか確言したがる人物は、ただの愚か者だと思いますね。わたしたちの性格を決定づける因子は、ほかにも無数にあるんですから。しかし、あの乱暴な手術の後遺症がかなり複雑なかたちをとることは、充分に考えられるでしょう」

ここでグレイヴズが席を立ち、ティッチフィールド通りの楽譜店へ向かう支度をするため、自分の書斎から大量の楽譜を運んできた。

「音楽評論を書いていたころは」グレイヴズがいった。「ぼくもけっこうな数のカストラートと会いましたよ。だけど、いろんな性格の人がいたという意味では、普通の男性の集団とまったく変わらなかったですね。優しくて気前のいい人がいれば、わがままで子どもみたいな人もいました。そういう人は傲慢で、自分勝手で、とてもつきあいきれなかった」彼は小さく肩をすくめた。「しかし、それが幼いころの手術のせいなのか、それとも、才能と名声がかれらを甘やかした結果なのかは……」

あいかわらず自分の爪を睨みながら、クラウザーがあとを受けた。「たぶんかれらは、一種の幼児性を保ったまま大人になるのでしょう。男性としての正常な発育を阻害されるから、かれらは子どもをつくれず、家長としての責任を負うこともない。それでいて、性的に親密な関係を愉しむことはできる。だからわたしたちは、ときどきかれらを子どもっぽく感じてしまうのです」

ハリエットが身震いした。「なんにせよ、気味が悪いわ」

グレイヴズが楽譜を整理しはじめた。あいかわらず手際が悪いため、数枚が床に落ちた。彼は片膝をついて拾おうとしたのだが、そのままの姿勢でじっとなにかを考えたあと、顔をあげてハリエットを見た。

「おっしゃることは、もっともだと思います。しかしミセス・ウェスターマン、かれらの声を思い出してください。最高のカストラートの声には、幼い男の子と成長した男性、そして成長した女性のすべての要素が含まれている。かれら以前に、あのような声が地上に存在したとは思えません。土曜の夜マンゼロッティが歌うのを聞いたとき、ぼくは確信しましたね。これこそは、天使の声に違いないと」

あの歌声を反芻《はんすう》しながら恍惚としているグレイヴズを、ハリエットは不信の目でじろじろ見た。彼の若々しい顔に、神をやたら賛美する狂信者とよく似た表情が感じられたからだ。

「あれを天使の声になぞらえるとは、恐れいったわね。あのオペラ・ハウスのなかで、わたしが天使を連想したのは、大道具部屋で茶色い服の不思議な紳士を見たときだけよ」

ようやく楽譜を拾い終え、グレイヴズが立ちあがった。「それってヨハネスのことですか？

彼は彼で、舞台美術の世界に革命を起こした大天才ですよ。ヨハネスがいたからこそ、あの黄色い薔薇は開花し、噴水の水は金色に変わり、復讐の女神たちは宙を舞ったんです。ご存知のとおり、彼もカストラートなんですが、今ではマンゼロッティの舞台には欠かせない重要な裏方となっています。ふたりはいつも一緒に旅をしてますよ。マンゼロッティがプリモ・ウォーモを務める舞台は、必ずヨハネスが美術を担当しますから」

ハリエットの右手が、トーストを持ったまま空中に停止していた。「だけどあの人、まったく歌わないんじゃないの？」

グレイヴズは肩をすくめた。「手術を受けた少年の全員が、マンゼロッティのような美声に恵まれるわけじゃありません。聞くに堪えない声になってしまう子だって、なかにはいます。残酷な話ですよね。みずから望んだにせよ強制されたにせよ、大きな犠牲を払ったことが無駄になってしまうんですから」冷や汗をぬぐうように、彼は自分の顎をなでた。「そういう子は、なにかの楽器に転向することが多いようです。しかしヨハネスは、舞台美術の道を選びました。結果的には、それで大正解だったみたいです。だけど、彼のほうから口をきくことは滅多にありません。そして話をするときも、囁くような小声でしか話さない。自分の悪声を、よっぽど人に聞かれたくないんでしょう」

集めた楽譜を整理し終えたグレイヴズが、今度は手袋を探しはじめた。あまりに落ち着きがないものだから、せっかくそろえた楽譜をまた落としてしまうのではないかとハリエットは心配になった。ふと見ると、サイドテーブルの上に問題の手袋が置き忘れられていたので、彼女はわざわざ立ちあがってその手袋をつかみ、グレイヴズに渡してやった。

「恐縮です」グレイヴズが礼をいった。「しかし、時代は変わってますからね。最近は、カストラートを使うことに反対する人たちもいるんですよ。かれらにいわせると、伝説の神々や英雄は、やはり本物の男が堂々と演じるべきなんですって。もしかすると、いちばん賢い選択をしたのはヨハネスかもしれません」

2

音楽家と面会するには、約束の時間が少し早すぎたようだった。カーマイクル卿の客間に通されたハリエットとクラウザーは、マンゼロッティの登場を三十分も待たされることになった。グレイヴズが子どもたちのために買った家を、クラウザーは華美にすぎると嘆じていたのだが、カーマイクル卿のこの屋敷に比べたら、バークレー・スクエアのあの家でさえ非常に質素で上品に思えた。

屋敷全体が、客を愉しませるだけでなく圧倒するよう意図されていた。棚やテーブルなど、あらゆる平面には立派な陶磁器が置かれ、すべての壁龕《へきがん》には時代物の彫刻、または古代の石像の破片が収まっていた。なにも飾られていない壁は、全面に紋様が刻まれていた。各ドアの上には石膏製の果樹が金色の実をつけ、神々や怪物が描かれた油絵を支えていた。おかげですべての部屋は、なかに人間がいようといまいと、異教の神や有名な化け物が常に歯をむき出し、いがみあう空間となった。ハリエットは座ったまま上体を前傾させ、正面に置かれている大理石の小さな像を熟視した。若い女の頭像で、かすかに唇を開いたその女は、カーマイクル卿にとらえられてからの長い年月、この客間に座ったすべての人から恥ずかしそうに顔をそむけていた。

「この家の主人は、美術品の蒐集家なのね」背中をまっすぐに戻しながら、ハリエットがいった。「もしかすると、マンゼロッティに宿を提供したのも、彼を自分のコレクションに加えるつもりだったから？」

「そんなところでしょう」クラウザーが答えた。彼は部屋の中央にまっすぐ立ち、自分の手とステッキを見おろしていた。ハリエットは思った。カーマイクル卿の高価な蒐集品など、目を向けるのも穢《けが》らわしいということか。

彼女は、できるだけ公平な視点でこの室内を観察してみた。調度品はどれも高級で、なかには非常に美しいものもあった。室内装飾にもそれなりの調和と一貫性が感じられたけれど、全体的な印象は落ち着きを欠いていた。ハリエットは個別の美術品を吟味した。

手に盾を持ったまま、死して横たわるスパルタ人の小さな像があった。ドアの上には、三人の女神のなかから最も美しいと思うひとりを選び、その女神に林檎を渡そうとしているパリスの絵が飾られていた（ギリシア神話『パリスの審判』より）。ハリエットの正面、唇を開いた女の頭像と対になる位置に刻まれた壁龕のなかには、ひとりの女性を腕に抱く若い男神を象《かたど》ったやや大きな像があった。女性は涙を流しており、両手の指先が枝葉《えだは》へと変化しつつあった。暖炉の反対側の壁に目を転じると、古代遺跡らしきものを背景に、右往左往する群衆を描いた大きな油絵が掛かっていた。しかし、最初は凡庸に感じたその絵をじっくり見て、ハリエットは一驚した。描かれているのは、『サビニの娘たちの掠奪』ではないか（建国まもないローマが、女性不足の問題を解消するため、近隣のサビニ人の未婚女性を大量に誘拐した伝説的事件）。思わず身震いした。壁際にずらっと並んだ壺の表面にも、きれいな細密画が描かれているようだったが、もはや見てゆく気は失せていた。

ドアの外の廊下から、人の気配が伝わってきた。もしあれがマンゼロッティであれば、勢いよくドアを開けて軽く片手をあげ、堂々と胸を張って入ってくるのだろうとハリエットは予想した。だが意外にも、マンゼロッティはていねいにドアを開くとその場に直立し、ふたりの客に向かって深々と礼をした。お辞儀を返しながら、ハリエットは上目づかいで彼を見た。なるほど、図抜けて美しい男だった。ヒズ・マジェスティーズ劇場でも美しかったけれど、あの舞台にはイザベラ・マランもいたし、照明や大道具の効果でこんなに美しく見えるのだろうと彼女は思っていた。しかし、こうして間近にみるマンゼロッティの美しさは、彼女の想像をはるかに超えていた。

まるで究極の人間美が、服を着て立っているかのようだった。神の粗悪な模倣品にすぎない不細工な俗人たちとはまったく違う、まさに理想的人間像だった。顔の肌はヨハネスと同じくらいつるつるで、透きとおるように白く、ゆるやかな曲線を描いていた。真っ赤な唇は大きかったものの、あの奇跡のような声が世界に向けて発せられる口は意外なほど小さく、薔薇園に射しこんだ旭光のなかで輝く薔薇の蕾《つぼみ》を思わせた。大きな眼のなかには、ほとんど黒に近い褐色の瞳があった。磨きあげられた黒大理石のようなその眼は、部屋のなかの光をすべて吸収し、封じこめてしまいそうだった。

ハリエットは、移動遊園地の珍奇な動物を眺めるような眼で彼を注視しないよう、懸命に努力しなければならなかった。彼がそばにいるだけで、そわそわと落ち着かない気分になった。

この客間に立つ彼は、美しい異国の花のように場違いだったけれど、それは世界中どこへ行っても同じであろう。あたかも、サセックスの自領を散歩しているとき、芝生の端やオークの木の下で咲き乱れる花々のなかに、西インド諸島の蘭を見出したかのようだった。それくらいマンゼロッティの容姿は、高熱にうなされながら見る夢にも似て、非現実的だった。

「お待たせして申しわけありませんでした。われわれ音楽家は、早起きが苦手でしてね。でもわたしがお待たせしているあいだに、カーマイクル卿ご自慢の美術品を、ゆっくりお愉しみになれたのではありませんか？」

不思議な声だった。ほとんど裏声に近いのだが、子どものような甲高さがないため、耳ざわりはたいへんよかった。そして彼の英語も、母語であるイタリア語の香りを感じさせるにせよ、ほぼ完璧だった。

ハリエットが答えた。「たしかに素晴らしい美術品ばかりですが、どれもみな、内容的には暗い主題をもっているようですね」

マンゼロッティはにっこり笑った。「ミセス・ウェスターマン、すべての優れた芸術作品は、悲劇から想を得ているのですよ。わたしが歌う歌も同じです。美しいと評される歌のすべてが、別離の悲しみを描いている。おそらく、喜びが人間に与える感動なんて、すぐに消えてしまうのでしょう」

「それはまた、ずいぶん厭世的に聞こえますけど」

マンゼロッティがハリエットをじっと見つめた。小揺るぎもしないその瞳は、毛皮にされた黒貂《くろてん》の目玉を思わせた。

「もちろんわたしは、人生には喜びがないと主張しているわけではありません。しかし、人間の一生を完成させるのが死であるのと同様に、わたしたちは失って初めて、愛が存在したことを確認できるのです。だからこそ、偉大な芸術作品の多くが、苦悩と喪失を主題としているんですね」

ここでやっと、クラウザーが口を開いた。「改めてお詫びしますが、こんなに朝早くお邪魔して、誠に申しわけありませんでした。しかし、早急に確かめたいことがあったもので」

ふたりに礼儀正しく椅子を勧めたマンゼロッティは、自分も腰をおろすと急に事務的な口調で語りはじめた。

「お知りになりたいのは、わたしとフィッツレイヴンの関係でしたね？　実に単純明快です。彼はわたしに、ロンドン公演の話をもってきてくれました。そりゃ嬉しかったですよ。わたしの歌がこちらでも評判になっていることなら、すでに知っていたし、海を越えイギリスまで伝わった噂が本当であることを、ぜひ実証したかったからです。もうひとつ、ロンドンで成功を収めれば、歌手としての評価がいっそう上がりますからね」

彼の眼を正面から見すえ、ハリエットが質問した。「それを実現するための費用だといって、フィッツレイヴンはあなたに現金を要求しませんでしたか？」

またしてもマンゼロッティは、彼女を見つめながらにっこり笑った。ハリエットは、彼の馬車のまえに身を投げて死んだ娘の話を思い出した。

「ええ、要求されたので、支払いました。そんな必要が全然なかったことは、こっちにきて初めて知りましたけどね。ミスター・ハーウッドが教えてくれましたよ。彼がフィッツレイヴンに命じたのは、適正な条件をわたしとヨハネスに提示し、もし可能なら契約をとってくることだけでした」

自分の袖口に眼を落としながら、クラウザーがいった。「それを聞いて、あなたはさぞ憤慨されたでしょう」

「はい。しかし、彼を殺したくなるほどではありませんでした。ミスター・クラウザー、あなたが訊きたいのは、そういうことですよね？」

ふたりの男は、無言でたがいの顔を見つめあった。ドアの左側の壁に、奴隷市場を描いた小さな絵が掛かっていた。その絵を見ながら、ハリエットが沈黙を破った。

「オペラの世界では、賄賂や裏金が習慣化しているようですね」

マンゼロッティが椅子から立ちあがった。そして部屋を横切ると暖炉のまえに立ち、炎の上に手をかざした。

「ロンドンで歌えるのは嬉しいんですが、こう寒いとミラノが恋しくなりますよ」どんなに小さな筋肉の動きであっても、彼の場合はすべてが優美にみえた。「ミセス・ウェスターマン、裏金については、あなたが想像している以上かもしれません。オペラは、お金持ちや政治家に後援されなければ成り立たない芸術ですからね。王族はもちろん、音楽に理解がある有力者の奥方のまえで歌う機会を得るだけでも、推薦状や紹介状が必要になります。そうやって仕事を得ていかなければ、われわれ哀れな音楽のしもべは、不安定な生活を維持できないのです。当然、仲介人として立ちまわり、口銭をとろうとする輩《やから》は無数にいます。かくいうわたしも、客がひとり増えると確信できたなら、この家の門番にだって祝儀をはずむでしょう」マンゼロッティは暖炉の火に視線を戻した。「自分自身を売り込むため、今でもわたしは紹介者を探すことがあるし、ときには袖の下を使う必要も生じてくるのです」

普通にしゃべるときでさえ、マンゼロッティは声の高低と調子を微妙に変化させるものだから、彼の話はおのずと音楽的な響きを帯びた。その声を聞いているうち、ハリエットは、油だらけの海で波に揺られているような気がしてきた。

顔をあげたクラウザーが、ゆっくりとまばたきした。「しかしミスター・マンゼロッティ、あなたほどの才能があれば、そんなことをする必要はないように思うのですが？」

マンゼロッティは謝意を示すかのように、軽く頭を下げた。だが、クラウザーの質問に込められた遠回しの皮肉に気づいたのであろう、彼の唇の端はわずかにゆがんでいた。

「ありがとうございます、ミスター・クラウザー。しかしこの世界は、才能だけで生きていけるほど甘くないのです。仕事をもらうためには、常に売れっ子でなければいけない。音楽だけに全身全霊を捧げる純粋な芸術家を気取るのは、とても簡単です。だけどそれをやったら無一文になるし、歌ってる本人しか聞き手がいない音楽なんて、音楽として意味を成しません。練習し、舞台で歌い、後援者《パトロン》に媚びへつらう——それがわたしの仕事なのです。商売という意味では、痛風の特効薬を売るいかがわしい医者とまったく同じですよ。彼は自分の商品を売るため、《ロンドン・アドヴァタイザー》紙に小さな広告を出す。わたしは自分の芸を売るため、有力者とお近づきになり、かれらの見識の高さを褒め称える」

「たとえば、カーマイクル卿のような有力者と」クラウザーがいった。

「そのとおり。こちらの閣下と初めてお目にかかったのは、何年かまえのミラノでした。たいへん親切な方で、今回も、シーズンが終わるまでこの屋敷に滞在するようお招きくださいました。条件はただひとつ、閣下に求められたときは必ず、一曲お聞かせすること。早い話が、わたしも閣下のコレクションのひとつなのです。ほかの美術品と違うのは——なんていいましたっけ——そう、期間限定という点ですね。カーマイクル卿は明日の晩、この屋敷に市の高官たちを集めて音楽の夕べを開催されますよ。ミス・マランも歌う予定になっています。もしよかったら、あなたがたもいかがです?」

「フィッツレイヴンも、ここのコレクションの一部だったんでしょうか?」相手の誘いを無視して、クラウザーが訊いた。「もちろん、彼とあなたでは比べものになりませんけど、イタリアから帰ってきたあとの彼が、この屋敷の主《あるじ》は自分の友人だと吹聴《ふいちょう》していたことを、わたしたちは確認しているんですよ」

マンゼロッティが優雅に肩をすくめた。「さあ、どうでしょう。あの男は、ミラノでたくさんの人に顔を売ってましたからね。しかし彼をカーマイクル卿に紹介したのは、わたしではありません。彼がこの家を訪ねたことがあったとしても、わたしは一度も顔を合わせませんでした」再び彼が肩をすくめると、シルクのコートの背中に細波《さざなみ》のような皺が走った。「きっと閣下は、あの男を道化として面白がっていたのでしょう」ひときわ明るい声で、彼はつづけた。「こんな話、あまりお役に立ちませんよね。別の話をお聞かせします。実をいうとわたしも、初めてフィッツレイヴンに会ってロンドン公演の話を聞かされたときは、願ってもない人物と知り合いになれたと喜びました。ところが、ロンドンに到着してオペラ・ハウスで詳細を確かめていくうち、彼に対する好意は消え失せ、わたしは彼を相手にしなくなりました。にもかかわらず、そのあと少なくとも三回、彼はわたしを尾行しています。わたしだけではありません。一座のほかの人間のなかにも、つけ回された者がいるみたいです」

「本当に？」ハリエットは穏やかに驚いてみせた。特に動揺することもなく、ごく自然に声が出せたことを、彼女は嬉しく思った。「いったいなぜ、彼はそんなことをしたんでしょう？」

左の袖口についていた小さな糸くずをつまみながら、マンゼロッティが答えた。「昔から彼は、紹介された有名人につきまとうことを、一種の仕事にしていたようです。あの劇場での稽古中にも、わたしに近づいてきては『もうあの店で食事をしたか、あの仕立屋の仕事で満足したか』としつこく訊きましたよ。『なんなら自分が、もっといい店や仕立屋を紹介してやるぞ』というわけです。あれこれとよけいな世話を焼くことで、わたしに取り入るつもりだったのでしょう」

クラウザーが大きな両手を膝の上にのせた。暖炉の熱を皺ばんだ手の甲に感じながら、彼はいった。「しかしその作戦は、失敗に終わった」

「そのとおり。そしてもし彼の目的が、しつこくつきまとうことでわたしの弱みを握り、それをネタにわたしを強請《ゆす》ることにあったとしたら、そちらも失敗しました。ロンドンでのわたしは――」彼は両手を開き、そのまま上にあげた。「品行方正そのものですから」

「要するにあなたは、フィッツレイヴンなど最初から必要としなかったんですね？」ハリエットが訊いた。

またしてもマンゼロッティは、彼女の眼を見すえた。「ミセス・ウェスターマン、それではまるで、わたしがただの冷血漢みたいじゃないですか」ハリエットは詫びの言葉を述べようとしたのだが、マンゼロッティは語りつづけた。「いいですか、わたしには、彼と縁を切る立派な理由があったのです。もし彼がわたしに対し誠実であれば、彼はわたしの友人になれたでしょう。しかし金を騙しとったのだから、話になりません」

「ところでミスター・マンゼロッティ、最近あなたは、お仕事でパリに行かれましたか？」自分の指の爪を見つめながら、クラウザーが退屈そうな声で訊いた。

マンゼロッティは顔をしかめた。完璧な形を保っていた彼の眉が大きく曲がり、それを見たハリエットは、手袋をした指でその眉をまっすぐに直してやりたい衝動に駆られた。

「いいえ。最近パリへは行っていません。なぜそんなことを訊くんです？」

クラウザーは袖口をいじりながら答えた。「いえね、特に理由はないんですが、今の自分の生活とは正反対の華やかな世界の話を、もう少し聞かせていただきたいと思いまして。すみません、忘れてください。話をもとに戻しましょう。フィッツレイヴンは、あなたのほか誰につきまとっていましたか？」

マンゼロッティは、疑わしそうな眼でクラウザーをじろじろ見た。「バイウォーターと一緒にいるところを、見かけたことがあります。ふたり連れだって、レストランや仕立屋よりもっと面白いところに出かけていたみたいですよ」

「ミスター・バイウォーターに、あなたはなにか疑念を感じているのでしょうか?」マンゼロッティの美声に比べると、クラウザーの声は砂利道を進む車輪のようだった。

「そういうわけではありません。でも彼は、マドモアゼル・マランにご執心ですからね。それにあの二重唱曲ときたら……」

「あの曲がなにか?」いきなり聖遺物を見せられたかのように、息を呑みながらハリエットが訊いた。声がかすれてしまったことを、彼女は恨めしく思った。この男がいると、すべての空間が劇場か教会と化してしまうらしい。

またしてもマンゼロッティは肩をすくめ、笑顔を見せた。「あまりに素晴らしすぎる、といいたかったのです。バイウォーターは、どこにでもいる二流の作曲家です。ところがあの曲だけは、天才の手になる大傑作と呼んでもおかしくない」

3

ケイト・ミッチェルの葬儀に、ジョカスタは足を運ばなかった。のこのこ行ってケイトの夫や姑に見つかろうものなら、棺桶が埋められるまえに治安判事の家へ引っぱっていかれ、あの教区警吏《コンスタブル》に渡した賄賂よりはるかに高い〈罰金〉を、ふんだくられるに決まっているからだ。代わりに彼女は、サムと彼が連れてきたふたりの少年を墓地へ走らせ、葬儀の様子を見張らせた。もちろんサムには、硬貨を何枚か渡したうえで注意すべき点を伝え、ついでにボイオも連れてゆくよう頼んだ。ボイオはサムによくなついているし、午前中ずっと家に閉じこめておくと、ひどく機嫌が悪くなるからだ。

数人の客を占う合間に、ジョカスタは、男爵の殺害にはじまり自分が故郷を捨てるまでの出来事を、じっくり回顧してみた。男爵の死は地元で大きな騒動を巻き起こしたものの、真相が追究されることはなく、これには子どもだったジョカスタさえ納得がいかなかった。しかし、彼女がなにを訴えようと無視されるだけであり、その悔やしさと怒りは、彼女の心から故郷に対する愛情を奪っていった。そこで彼女は、まだ若いうちにさっさと結婚し、故郷の村から逃げ出すことにした。にもかかわらず、結婚して住み着いたのはちょっと南に離れただけのケンダル（イングランド北西部カンブリア地方にある街。湖水地方の入口にあたる）で、もっと遠い世界へ逃げたかった彼女は、夫と離婚しひとりロンドンに向かい旅立った。ロンドンまでの道は、ひたすら歩きとおした。四週間後、やっとチャリング・クロスに荷物をおろした彼女は、ふたつの決心をした。まず、故郷の村には二度と帰らないこと。そしてふたつめは、絶対に再婚しないこと。ジョカスタにとっての結婚は、毎日嘘をつかねばならない相手との同居を意味していた。

ずいぶん時間がたったころ、サムが両手にパイを持ち駆け足で帰ってきた。

「あのふたり、俺に全然気がつかなかったよ」パイのひとつをジョカスタに手渡しながら、少年がいった。「あの情けない旦那、俺を二回も呼びとめて紙切れと小銭を渡し、使い走りをやらせたんだ。つまり、俺の顔をまったく憶えられないんだな。あいつ、読み書きはできるかもしれないけど、やっぱり馬鹿だと思う」

「サム、あの男はね、あなたのような子どもにはなんの関心もないの。彼の眼には、どの子も同じ顔に見えるのよ」

サムは肩をすくめた。「とにかく、墓場に行ったのはあの親子と牧師さまの三人だけで、棺桶はあっという間に埋められてしまったよ。だけど俺、いわれたとおりにしてきたからね。旦那の見張りはクレイトンにやらせてるし、フィンには鬼婆のあとをつけるよう頼んだ。で、ミセス・ブライと俺は、これからどうするの?」

ジョカスタは少年をしげしげと見た。「サム、あなた歳はいくつ?」

少年は、パイの最後のひとくちをボイオに分けてやったあと、頭をなでた。パイをぺろりと平らげた犬は、少年の手に頭を押しつけた。

「それがよくわからないんだ。サザークの救貧院に入ったのは、おふくろが病気で死んでから二回めの冬だったから、俺はたぶん八つだったと思う。てことは、いま十歳かな」

「自分の誕生日は知ってる？」

サムは頭を振った。「知らない。たった一度だけ、ジンでべろんべろんになった親父が俺の頭をぶん殴って、これが誕生日のプレゼントだといったことがあった。でも憶えているのは、それが春だったことだけさ」

パイを食べ終わったふたりは、しばらく無言で座っていた。突然ジョカスタが鼻をふんと鳴らし、立ちあがった。リムも急いで椅子からおりた。

「どこ行くの？　あの可哀想な奥さんのお墓？」

ジョカスタは顔をしかめた。「そんなとこ行ってなんになるのよ。ケイトが墓から出てきて、なにがあったか教えてくれるとでも思ってるの？」言葉がすぎたことに気づき、彼女はいくらか優しい声でこうつづけた。「お墓はあとで行けばいいわ。まずはタイバーン小路《レーン》に行ってみましょう。ケイトが落ちたという煉瓦窯を、見ておきたいの」

†

カーマイクル卿の屋敷を出たハリエットとクラウザーは、ちょうど通り道でもあるし、グレイヴズの楽譜店をのぞいてみることにした。正面の窓ガラスに一枚の紙が貼り出されており、オペラ『ジュリアス・レックス』の挿入歌『黄色い薔薇の歌』の楽譜は完売したが、明日の朝には再入荷する、と告げていた。笑みを浮かべながら、ハリエットはドアを開けた。狭い店内にはグレイヴズと助手のジェーンだけでなく、彼女の妹のレイチェルとレディ・スーザンもいた。スーザンの愛器であるハープシコードが、わざわざ店の中央に動かされており、少女がその楽器を演奏するまわりで、ジェーンとレイチェルが椅子などを片づけていた。カウンターの上には小型の金庫が置かれ、グレイヴズが不器用な手つきで金を数えていた。

「なによ、この散らかりようは？」店内を見わたしながら、ハリエットが大きな声で質問した。「ロンドンの音楽愛好家たちが、暴動でも起こしたの？」

スーザンが鍵盤から顔をあげ、にっこり笑った。「いらっしゃいませ、ミセス・ウェスターマン。やっぱり驚きますよね。ものすごい数のお客さんが押し寄せてきたものだから、グレイヴズは家に人を走らせ、アリスとセシリーを手伝いによこすようお願いしたんです。そしたらレイチェルが、みんな一緒に行く許可をミセス・サーヴィスからとってくれて、わたし、店にいるお客さんのため演奏をはじめました。しばらく弾いていると、信じられないことにミス・マラン本人が、そのドアから入ってきたんです！　彼女、わたしたちと一緒に歌ってくれたんですよ。みんなすっかり舞いあがってしまってね」

「あなたはハープシコードも歌も上手だから、さぞ素晴らしかったでしょうね」ハリエットはいった。

レイチェルが派手にため息をついた。「素晴らしいなんてものじゃなかったわ。ミス・マランはね、ラングリーの歌集からも何曲か歌ってくれたの。おかげでこの店にあまっていたあの歌集は、一冊残らず売れたはずよ」レイチェルは、クラウザーに向かって優雅にお辞儀をした。「それはもうたいへんな騒ぎだったんです。もし人殺しを追いかけていなければ、わたしの姉も喜び勇んで参加したことでしょう。もちろんミスター・クラウザーは、お気に召さなかったと思いますが」

クラウザーは思わず肩をすくめた。

「マドモアゼル・マランが偶然通りかかったなんて、本当に幸運だったわね」妹の嫌味《いやみ》を無視して、ハリエットはカウンターに歩みより、わずかに売れ残った楽譜や歌集を眺めた。

いったん唇を引き結んでから、グレイヴズがいった。「いいえ、ぼくは偶然だったとは思いません。ミス・マランのあの行動は、明らかに最初から計画されていました。でなければ、ぼくのよく知ってる《ロンドン・アドヴァタイザー》紙の記者が、客に混じっていたわけがない。彼は、楽譜を買うそぶりすら見せませんでしたよ。今朝のこの店の騒ぎは、間違いなく明日の新聞に報じられます。そしてその記事には、『ジュリアス・レックス』の宣伝に加え、店内でスーザンが演奏したことも書かれるでしょう。ぼくは彼女に、演奏させるべきではなかったんです」

スーザンが楽器から離れ、大人たちの輪に加わった。ハリエットは少女の肩をそっと抱いた。「それは違うわ。勝手に弾きはじめたわたしが悪いの」落ち着いた声で、スーザンがいった。「それにわたしを止めたくても、あのときのグレイヴズは忙しすぎたし」彼女の後見人は、しかしまだ暗い表情をしていた。「どうせまた新聞は、わたしのことを〈悲劇の令嬢レディ・スーザン〉とか書くんでしょうね。そしてこの店でお父さんがどんなふうに死んだか、もう一度最初から説明する」スーザンの眼が、床の上の一点に向けられた。そこは、失血死してゆく父親の頭を抱き、彼女が座っていた場所だった。表情は悲しげだったものの、恐怖の影はまったくなかった。ハリエットは、夫の部下だったある士官候補生を思い出した。その少年は戦闘で片腕をなくしたのだが、一カ月もしないうちに残った腕一本でマストをよじ登り、彼女をはらはらさせた。いつものことながら、子どもの回復力の強さには驚かされる。ハリエットは上体を少し傾け、なにもいわずスーザンの頭頂部にキスした。少女はハリエットを見あげた。「だけどわたし自身も、もう一度ここで演奏したかったんです。お父さんとわたしは、この店のなかでたくさんの素敵な時間を過ごしたんですもの。近所の人やお友だちを集めて演奏会を開いたのも、ここだったし」愉しかった日々を想起し、スーザンは瞳を輝かせた。

もたもたと現金を数えながら、グレイヴズがいった。「しかし、君が店内で楽器を弾くのは、ちょっと考えものだな」

「冗談でしょ。お父さんは、わたしにいくらでも演奏させてくれたわ。お客さんのためにね」

「それはあのころの君が、まだレディ・スーザンではなかったからだよ」グレイヴズが指摘した。

「またまた冗談でしょ！　わたしは生まれたときからずっとレディ・スーザンだったはずよ。お父さん以外に、それを知ってる人がいなかっただけで」少女は大げさにため息をついた。「今のひとことを、ミス・チェイスにも聞いてもらいたかったわ」

とたんにグレイヴズの手から、硬貨が何枚か落ちた。

「スーザン、その『冗談でしょ！』というのはやめなさい」語気も荒く彼はいった。「自分の地位にふさわしい行動ができないのであれば、せめてレディらしい言葉づかいを心がけてもらいたいね」

こういうと彼はスーザンに背を向け、金勘定に戻った。少女は当惑したような顔でハリエットを見あげた。ハリエットが目を丸くし、小さく肩をすくめてみせると、スーザンは恥ずかしそうに下を向いた。

この店は、プロ用の総譜《スコア》から素人向けの歌集まで、さまざまな楽譜を販売していたが、そのほとんどが裏庭の大半を占める作業場で銅版印刷されたものだった。この作業場で、当代のソーンリー卿とレディ・スーザンの父親は、鉄筆《ニードル》や三角刀《スクレイパー》を駆使して楽譜の原版を彫り、みずからの手で一枚ずつ印刷した。爵位継承権と財産をなげうった彼が選んだのは、ロンドンの劇場で奏でられる音楽をていねいに記録し、印刷物として多くの人に販売する仕事だった。

しかし今、同じ作業場で日がな一日同じ作業に従事しているのは、オクスフォード・クラムリーという妻も子もない初老の無口な職人だった。楽譜製作に習熟した彫版工を求めたグレイヴズの求人広告に応募し、採用されたクラムリーは、作業場の設備に満足するとすぐさま店の二階に引っ越してきた。見習いの少年をひとり、グレイヴズは彼の助手として雇い入れてやった。クラムリーの仕事ぶりは非常に真面目で、その技量はグレイヴズの期待を大きく超えていた。クラムリーは若い雇用主にも然るべき敬意と親愛の情を示し、ふたりは良好な関係を築いていたのだが、いかんせん口数が少ないため、クラムリーの詳しい経歴などは未だによくわからなかった。

ハリエットは、ロンドンへ来てすぐオクスフォード・クラムリーに紹介され、クラウザーとの共通点が多いことに驚かされた。「だって彼もあなたも、やっていることはほとんど同じじゃない。奇妙な金属製の道具が並ぶ部屋に一日中閉じこもり、自分の仕事に没頭しているんだもの。そしてふたりとも、たとえ家が火事になろうと、部屋のなかが炎に包まれるまでまったく気づかない。だけど彼の仕事には、あなたの仕事にはない利点がひとつだけあると思うわ。インクだらけになるほうが、血まみれになるよりいくらかましでしょ?」

あのとき、クラウザーは彼女の質問を無視して、新聞を読みつづけた。

†

作業場を出たクラムリーが食堂を抜け、ふらりと店のなかに入ってきた。ハリエットとクラウザーに黙礼した彼は、カウンターにいるグレイヴズに歩みより、無言のまま一枚の譜面を差し出した。それをひとめ見たグレイヴズの顔に、満面の笑みが浮かんだ。

「みなさん、ちょっとこれを見てください」グレイヴズがその譜面を高く掲げると、スーザンが手を打って驚きの声をあげた。実際、クラムリーの仕事は彼女の称賛に値するものだった。『黄色い薔薇の歌』の楽譜なのだが、午前中に売り切れた音符を並べただけの一枚物ではなく、二つ折りで立派な表紙がついていた。その表紙には、貴族の紋章のように咲き誇る薔薇の花を、両側から見つめるイザベラとマンゼロッティの横顔が描かれていた。見事な出来栄えだった。女性陣だけでなくクラウザーも感心しているのを見て、クラムリーの口もとがほころんだ。

「実をいうと、昨夜から取りかかっていたんですが、さっきようやく完成したんです。ミスター・グレイヴズ、これ、店で売れるでしょうか?」

片手に持った楽譜から眼を離さないまま、グレイヴズはもう一方の手で老職人の肩をつかんだ。

「もちろんですとも! 今朝あれほどたくさん売ってしまったから、今ごろは同業者たちが複製品の印刷に取りかかっているだろうし、これ以上は売れないんじゃないかと心配していたんです。だけど、この表紙があれば客を奪われることは絶対にありません。ミス・マランの横顔なんか、本人と見まがうほどですね。彼女の顔を、昔から知っていたんですか? 彼女だけじゃない。マンゼロッティの顔も実によく似てます」

クラムリーが肩をすくめた。「どちらの顔も、わたしはまったく知りませんでした。だけど、見習いの小僧が土曜にオペラ・ハウスの桟敷席でじっくり見てきたので、やつからふたりの顔の特徴を詳しく聞き、描きあげたんです」クラムリーは親指で自分の背後を指さした。助手の少年が、インクで汚れた顔をドアの陰から恥ずかしそうにのぞかせていた。彼を見つけたスーザンが、笑顔で手を振った。少年は耳まで真っ赤になり、奥へ引っこんだ。「目隠しをして馬に乗るようなものですが、質問すべき要点さえわかっていれば、けっこうそっくりに描けるんですよ。でも正直なところ、この店に来たミス・マランの顔を盗み見たときは、われながらうまくできていたので胸をなでおろしましたがね」

グレイヴズから受け取った楽譜の表紙をしげしげと眺め、ハリエットが苦笑した。「このマンゼロッティ、ほんとにそっくりだわ」

この店に入ってきて初めて、クラウザーが口を開いた。「残念ですが、わたしはこれ以上、ミスター・クラムリーの素晴らしい仕事を観賞している時間がありません。大英博物館で人と会う約束がありましてね」

楽譜をグレイヴズに返しながら、ハリエットがいった。「そうだった。わたしもファウンドリング養育院に行き、フィッツレイヴンの最後の金づるになった男性と会わなければいけないの。せめてこの人くらいは、彼のことを褒めてくれればいいんだけどね。死してなお知り合いの全員からこき下ろされては、故人も浮かばれないもの」

楽譜をカウンターに置き、グレイヴズがいった。「同感ですね。だけどミセス・ウェスターマン、あまり期待しないほうがいいですよ」

4

「ミセス・ブライ、いったいなぜ、カードの絵を見るだけで未来がわかるのさ？」

ジョカスタとサムは、タイバーン小路《レーン》からもう一本入った裏道を、せかせかと歩いていた。その裏道をふたりに教えてくれたのは、小路の入口に立つ大きな屋敷のまえを掃除していた若いメイドで、彼女は無料で占ってあげるからとジョカスタにいわれたとたん、自分の見たことを詳しく語りはじめた。まず、かなり歳をとった女が、大声で助けを求めながらこの裏道から走り出てきた。それを聞いたビーティー爺さんが荷馬車を停めると、若い男が血だらけの若い女を両腕に抱き、同じ裏道から姿を現わした。かれら三人が裏道に入ってゆくところも、このメイドは掃除をしながらちゃんと見ていた。掃除の進み具合から逆算するに、彼女のまえを愉しそうな顔で通りすぎたケイトが変わり果てた姿で戻ってくるまで、せいぜい三十分しかたっていなかった。

細い裏道はひどくぬかるんでおり、すぐ近くにハイドパークがあることを考えれば、人気《ひとけ》のない場所を求めたのならともかく、日曜の散歩にわざわざこの道を選ぶのは理不尽だった。ロンドンは、狭い胎内で成長する子どもが新たな空間を求め手足を伸ばすかのように、西へ向かって際限なく拡がろうとしていた。今ジョカスタたちが歩いている道は、その西の端に近かった。片側には贅を凝らした家々の高い煉瓦塀がつづいていたが、反対側は低木の生垣となっていて、生垣の向こうは広々とした野原だった。

いくつかの屋敷の裏を通りすぎたところで、ジョカスタは空気の匂いを嗅いでみた。薪が燃える匂いのなかに、冬の寒さに縮こまっている木々の香りが混じっていた。少し気持ちが落ち着いた。このまま進めば、最近は金持ちの墓が急増しているというメリルボン墓地に突きあたるのだが、わずか三十分でケイトたちがあそこまで行って戻ってくるのは、まず不可能だった。そこまで考えたとき、ようやく、さっきサムからカードについて質問されたことを思い出した。

「ひとことでは説明できないわ」遅まきながら答えてやった。

「だけど、カードがなにかを語りかけてくるんだろ？」

「そんな感じかな。とにかく、それぞれの絵が違った意味をもっているの。そして並べられることによって、ひとつの物語が生まれる。わたしに占いを教えてくれたフランス人は、あのカードをタロットと呼んでいたわ」

サムは道ばたに落ちていた木の枝を拾い、歩きながらその枝で泥道に線を引いていった。枝の反対側にボイオが噛みつき、犬と少年は引っぱりっこをはじめた。ジョカスタは洟をすすりあげ、眼の下をぽりぽりと掻いた。サムを見ていて、弟のことを思い出したからだ。ブラムストン橋の先にある死骸の道《コープス・ロード》という道を一緒に歩くとき、弟もよくこんなことをやって遊んでいた。もうすぐ四十になるはずだから、結婚して子どもが何人かいても不思議はない。しかし、弟が生きているのか死んでいるのか、今のジョカスタには知る術《すべ》もなかった。

サムが立ちどまり、ジョカスタの顔を見あげた。「ミセス・ブファイがカードを並べるところは、昨日ゆっくり見せてもらったよ。さっきあのメイドを占ったときも、もちろん横から見ていた。すごくきれいだと思ったな。どのカードも、本当にきれいだ」お遊びが終わったことを察して、ボイオは口から枝を離し、生垣のなかに鼻を突っこんだ。

「もし興味があるなら」ジョカスタが静かにいった。「そのうちカードの読み方を教えてあげる」

サムは顔をぱっと輝かせ、跳ねるように道を走りはじめた。子どもは、厭なことをすぐに忘れられる。彼女には望むべくもないことだが、少なくとも今、サムの表情は底抜けに明るかった。今の彼は、自分が哀れな孤児であることを忘れ、頭を砕かれて死んだ若妻のこともきれいに忘れていた。昨日は腹一杯になるまで食い、のんびり眠れたから、今日は全身に力がみなぎっていた。それを実感できることが、今のサムにとってはなによりも重要だった。

なにを探しているのか自分でもわからないまま、ジョカスタは左右の枯れ草を見ながら道を進んでいった。細道のずっと先から、サムの足にまとわりつくボイオの声が聞こえてきた。荷馬車に寝かされていたケイトの姿が、またしても頭のなかに蘇った。彼女の小さな顔には傷ひとつなく、その表情はとても子どもっぽく見えた。しかし髪はぼさぼさで、首に引っかかったリボンから婦人帽《ボンネット》がぶら下がっていた。生意気そうなその顔は、あまりに小さいものだから、ジョカスタの片手だけで簡単に隠せそうだった。ジョカスタは、自分の両手でケイトの顔を包み、離すと同時にケイトが生き返る場面を想像してみた——あたかも、きれいに忘れてしまった魔法を思い出そうとするかのように。もちろんケイトは生き返らず、フレディは目に涙を浮かべ、真っ青な顔で妻の死体を凝視しつづけていた。

昔ジョカスタの村に、ダーウェント湖（イギリス湖水地方の湖のひとつ。すぐ北にケズウィックの町がある）を囲む森に罠を仕掛け、兎をつかまえるのがなにより好きな少年がいた。ある日、ジョカスタが井戸端でポンプを押していると、その少年が暗い顔をして森から帰ってきた。どうしたのかと彼女が訊くと、罠にかかってまだ生きている兎がいたから、それ以上苦しまないよう首をへし折ってやった、と答えた。瀕死の重傷を負っていたその兎は、針で刺された赤ん坊みたいにすさまじい声で鳴いていたという。しかし当然というべきか、回数を重ねるにつれ彼も兎をひねり殺すことに慣れてゆき、それからわずか半年後には、〈黒犬〉亭という酒場の裏で開催される穴熊いじめ（生け捕りにした穴熊を桶や箱などのなかに入れ、犬をけしかけて闘わせる）の下働きを務めるようになった。にもかかわらずジョカスタは、初めて自分の手で兎を殺した日の少年の顔が忘れられなかったし、今あの顔が、妻の死体をのぞき込むフレディの顔と重なった。フレディの背後には、彼の母親が不吉な鴉のようにのっそり立っていた。

ジョカスタは眼をあげた。問題の煉瓦窯が、彼女のすぐ横にそびえ立っていた。周囲の木々よりも高い煙突から、煙が吐き出されていた。巨大な漏斗《じょうご》を逆さにしたような窯のなかでは、拡張をつづけるロンドンに新築される家のため、大量の煉瓦が絶え間なく焼かれていた。視線を正面に戻すと、この細道は登り坂になっており、生垣を突っ切って灌木の茂みを抜け、次の野原へとつづいていた。生垣の手前で、ボイオがなにかを前脚でつついていた。すぐわきにサムが立ち、ぼんやりと犬を見おろしていた。突然ボイオが吠えはじめた。ジョカスタは、ゆるやかな坂道を早足で登っていった。

†

かの名高きファウンドリング養育院の門をくぐった馬車が、敷地内を走りはじめたとたん、ハリエットは一ペニーの寄附もせずにここを出るのが許されないことを悟った。芝生が張られた広大な庭の奥に、厳めしい本館がでんと立っており、その本館へ近づくにつれ子どもたちの姿が見えてきた。女の子は茶のスカートの上に白いエプロンをつけ、純白のキャップをかぶっていた。男の子はみな、赤いフランネルのウエストコートだ。全員が幼児と呼べる年齢ではなく、しかし明らかにスーザンよりも年下だった。子どもたちは、数人ずつ固まってあちこちに散っていたのだが、ハリエットの馬車が近づいてゆくと一斉に頭を動かして彼女を見た。

　こんなにおおぜい収容されていても、かれらは、望まれずに生を享《う》けた不幸な子どものごく一部にすぎないのだ。大きくて重厚な建物は、住み心地がいいようには見えなかったけれど、市内の不潔極まりない貧民窟に比べたら、文字どおり楽園なのだろう。実際ロンドンの篤志家たちは、子どもたちのために地上の楽園を創造するべく、それぞれの金や才能を惜しみなくここに投入してきた。ミスター・トーマス・コーラム（一六六八―一七五一。植民地アメリカでの造船業で身代を築き、晩年は慈善事業に専心した）が設立したこの施設に、ミスター・ウィリアム・ホガース（一六九七―一七六四。風刺画で有名な彼は、この養育院の最初の理事のひとりだった）はたくさんの壁画を描いてやったし、ミスター・ジョージ・フレデリック・ヘンデルは院内を音楽で満たした。ハリエットは考えずにいられなかった。自分のこの両手も、殺された男の秘密をほじくるだけでなく、もっとよい使い途があるのではないか。

優しそうな顔をしたかなり老齢の女性院長が、ハリエットを出迎えた。院長は、理事たちの部屋と書類の保管庫がある棟へと彼女を案内しながら、この施設についていろいろと語ってくれた。院長の説明を聞けば聞くほど、ハリエットは自分の財布から金貨が勝手に飛び出し、この養育院の寄附金箱に落ちてゆくような気がした。

「わたしがここに来て、もう四十年になります。その間、たくさんの子どもたちがここで命びろいをし、元気に育っていきました。全員が、もしここに来なければ救貧院で餓死したか、実の母親に絞め殺されていたかもしれない子どもたちです。もちろん、来るのが遅すぎたり病気が重すぎて、死んでしまう子もいました。正直な話、昔は収容した子どもの半数以上が、六歳の誕生日を迎えられなかったのです。生まれたばかりの赤ちゃんを預かる場合は、まず地方に住む協力者の家庭へ里子に出し、乳離れしてから改めて引き取ります。そしてある程度の年齢に達したら、徒弟や使用人として社会に送り出します」

ハリエットは庭の美しさに驚いたことを伝え、これだけ遊び場が広ければ子どもたちもさぞ嬉しいだろうと感想を述べた。

「ありがとうございます。庭の手入れは、男の子たちの仕事です。みんな非常によく訓練されていますよ。実をいうと、今のハンプトン・コート宮殿の主任庭師はここの出身でしてね。子どものころは、いつもお腹を空かせたチビちゃんだったのに、今ではどんな貴族にも負けないほど立派な体格をしています。もちろん、船乗りになる男の子も少なくありません」

〈スプレンダー〉に乗り組んでいた少年たちを思い出し、ハリエットの足取りがやや重くなった。そういわれてみれば、あのうちの何人かは、養育院で育ったと聞いた憶えがある。彼女は話題を変えた。

「カーマイクル卿も、この養育院のためかなり尽力されているんでしょうか？」

一瞬、院長が身を固くしたような気がした。

「あの方は、音楽会などを企画なさってくださいます。日曜の礼拝にも、ちょくちょくいらっしゃいますしね。一度なんか、彼が出席した礼拝の献金受け皿に、なんと百ポンドがのっていました。でもわたし個人としては、あの百ポンドを寄附したのがカーマイクル卿であるとは、まったく思っていません」

「つまり彼は、そこまで気前がよくないと？」

「まあそういうことです。ミスター・ホガースは、子どもたちの制服をデザインしてくださったし、ミスター・ヘンデルはここで何度も演奏会を開き、とうとう礼拝堂を建ててくださいました」院長は小さく鼻を鳴らした。「真に慈悲深い紳士とは、あのおふたりのような方をいうのです」

「もしかすると院長先生は、カーマイクル卿があまりお好きではないのですか？」

「好きとか嫌いとかの問題ではありません。わたしがみたところ、カーマイクル卿がここに来るのは、ここに集まってくるほかの貴族のみなさんに、ご自分の権勢を見せびらかしたいからです。なにしろ、国王陛下もわたしたちを後援してくださっているし、子どもたちが合唱を聴かせる日曜日なんか、礼拝堂は貴族院と見まがうほど高貴な人たちでいっぱいになるんですもの。わたしは、カーマイクル卿に対し偏見を抱いているのかもしれません。でも以前、彼はある女の子に目をつけ、彼女を友人の家のメイドにしようと画策したことがあったのです。わたしはその友人が信用できなかったので、理事会に訴え彼の企《たくら》みを阻止しました。そしたら驚いたことに、あの男、わたしをここから追い出す運動をはじめました」

「彼の運動が失敗したことを、わたしも嬉しく思いますよ」

老いた院長は、腹の上で両手を軽く握った。「わたしは、この養育院にしっかりと根をおろしています。だけど、さすがにあのときは少し不安でした」

「その女の子はどうなりましたか？」

「ホルボーンの肉屋さんの家で、住み込みで働くことになりました。そして去年、そこの息子さんと結婚しました。わたし、教会にお花を持っていってあげましたよ。さて、こちらが談話室になります。お座りになってお待ちください。カーマイクル卿に、ミセス・ウェスターマンがいらしたことを伝えてきますから」

ハリエットは院長を引きとめ、些少だがこの部屋の壁紙を新しいものに交換してくれといいながら、数枚の金貨を手渡した。

†

カーマイクル卿はハリエットを待たせなかった。院長が去ってすぐ、背後の階段に足音が聞こえ、ふたりの紳士が談話室に入ってきた。年長のほうがカーマイクルだろうとハリエットは推測したのだが、こんなに背筋がまっすぐ伸びた男を、彼女は今まで見たことがなかった。クラウザーの話から、小柄でイタチのような顔をし、いかにも狡猾《こうかつ》そうな老人を想像していたのだ。しかし、目のまえの男はまったく違っていた。髪粉のかかった鬘《かつら》をきちんとかぶり、一分の隙もない服装をしているものだから、ハリエットは自分の服装が乱れていないか不安になってきた。体型も素晴らしく均整がとれていて、これには経験を積んだ仕立屋さえ感嘆するであろう。面長で鉤鼻《かぎばな》なものだから、ハリエットに顔を向け微笑んだときは、まるでシーザーの胸像が動き出したかのように思えた。

ウエストコートには、金糸をふんだんに使った複雑な刺繍が施されており、腹の上に豪華な唐草模様を描いていた。着ている服のひとつひとつが、あたかもミケランジェロを信奉する芸術家が彼のため特製したかのごとく、完璧に体に合っていた。クラウザーより長身だが、顔の皺はずっと少なかった。ハリエットはふと思った。もしかしてこの男、自分自身もコレクションの一部になるつもりで、これほど手の込んだ格好をしているのではなかろうか。もしそうなら、あの客間のほかの美術品は間違いなく霞むだろうし、マンゼロッティさえ貧弱にみえてしまうかもしれない。

カーマイクル卿の連れは、彼よりもずっと若い男性で、自前の髪を長く伸ばし後頭部で結わえていた。目鼻立ちは整っていたものの、飛び抜けてハンサムというほどでもなく、むしろハリエットが気になったのは、そのひどく深刻そうな雰囲気だった。眼は赤いし、体の正面であまりに強く帽子を握っているものだから、両手が真っ白になりかけている。

「ミセス・ウェスターマン」一歩まえに出て深くお辞儀をしたカーマイクルは、ハリエットの全身をじろじろ眺めながら自己紹介した。「お近づきになれて、たいへん嬉しく思います。わたしがカーマイクルで、こちらはわたしの義理の息子、ジュリアン・ロングリーです。実は、誠に申しあげにくいのですが、この息子のせいで、あなたとお話しする時間がとれなくなってしまいました」

「そうなんですか？　それは困りました。わたしの用件は、ちょっと急ぎなんですけど」

完璧な形に整えられた眉毛を吊りあげ、カーマイクルは彼女を見おろした。自分の服装に乱れがないことを、ハリエットは改めて願った。

「急ぎの用件？　あなたがどれほど急いだところで、ミスター・フィッツレイヴンが生き返るとは思えませんがね。いずれにせよわたしは、息子が馬鹿な失敗をしてくれたおかげで、あなたとの約束を守れなくなりました。失敗の具体的な内容については、今から本人がご説明いたします」

ジュリアン・ロングリーはごくりと息を呑み、唇をなめた。ハリエットは片手をまえに出し、ロングリーを黙らせた。「いえ、なにもおっしゃらなくてけっこう。あなたの個人的な問題を、わたしに説明する必要はありません」

カーマイクルは、ふたりを見てにっこり笑った。「そうはいかないのですよ。わたしは死んだ妻のためにも、この子にちゃんとした礼儀作法を仕込んでやる義務があるのです。だからなおのこと、このような事態を招いてしまった失敗とはなにか、本人の口から説明させねばならない」

ロングリーは今にも泣き出しそうだった。ハリエットはカーマイクルに向きなおり、やや険しい口調でこういった。「わたしが、説明してもらいたくないといっているのです。ミスター・カーマイクル、息子さんを無理やりしゃべらせるのは、あなたのご自由です。でも彼の話を、無理やりわたしに聞かせることはできませんよ。よくわかりました。今日はこれで失礼し、後日また出なおしてまいります」

「いえ――どうかお帰りにならないでください」片手を力なくハリエットのほうに伸ばしながら、ロングリーが哀願した。「もしあなたが、このまま帰ってしまわれたら、ぼくはもっときつく父から叱られるでしょう」

ハリエットはためらったものの、結局ロングリーの顔を見てうなずいた。

ロングリーが深く頭《こうべ》をたれた。まだ十八にもなっていない、とハリエットは思った。カーマイクルは、やけに愉しそうな表情で義理の息子を見つめていた。

「ぼくは愚かな遊びにのめり込み、そのあげく、博奕で負けた金を払えなくなりました。ホワイトチャペル(ロンドン東部の猥雑な一地区)の怪しげなユダヤ人たちも、ぼくにはもう金を貸してくれません。しかし父は、国外へ逃げたりせず、なんらかの方法で借金を返せといってます。だからぼくにできるのは、ハリッジ(ロンドンの北東に位置する港町)へ行き、船に乗ることだけなんです」

「ジュリアン、大事なことを忘れてはいけないよ」猫なで声でこういったカーマイクルの眼は、しかしハリエットに向けられていた。

「借りた金の返済期限は、今日なんです。父はこれから、ぼくに金を貸している男と会い、話をつけてくれるんです」

「おまえがやったことは、それだけかな？」

「ぼくはカーマイクル家の家名を汚し、自分自身の名誉を汚しました。ごめんなさい、お父さま」

「ジュリアン、今おまえが話をしている相手は、わたしではないだろう？」

少年は、驚きと怒りで唖然としているハリエットの顔を見あげた。「ぼくは自分の名誉を汚しました。ぼくはカーマイクル家の面汚《つらよご》しです」

ハリエットはカーマイクルを無視して少年に近づき、その腕を優しく握った。

「ミスター・ロングリー、わたしはあなたのことを、そんな人間だとは思っていませんよ」少年の咽喉が小さく鳴った。「どんな人間も、失敗を犯します。失敗することで、わたしたちは学んでいくのです。まだ若いのに、自分を価値のない人間だなんて考えたらだめ。失敗を償って名誉を回復する時間なら、いくらだってありますからね」

「ミセス・ウェスターマン、あなたも、ご自分の失敗から学んでらっしゃるんですか？」カーマイクルのこの質問を、ハリエットは無視した。

ロングリーが彼女を見つめていた。唇が震え、眼には涙が浮かんでいた。ハリエットには、その眼がずいぶん遠くにあるように思えた。甲板から海に落ち、なすすべもなく自分の船が遠ざかってゆくのを見送る男が、たぶんこんな眼をしているのだろう。

父親にぐいと腕をつかまれ、ロングリーはよろけながらハリエットから離れた。カーマイクルが彼女に一礼した。「ではこれで失礼しますよ。お聞きになったとおり、この子に金を貸した連中と会わねばならないのでね。フィッツレイヴンの件は、明日の晩、わたしの自宅でお話しするということでいかがでしょう？」

返事をする気にもなれず、ハリエットは黙ってうなずいた。しかし、カーマイクルに引っ立てられてゆく少年を見ているうち、声をかけずにいられなくなった。「ミスター・ロングリー、きっとうまくいきますよ」

カーマイクルに肘をつかまれながらも、少年はなんとかうしろを向き、ハリエットに笑顔を見せた。砂利敷きの前庭では、かれらを乗せてゆく馬車が待っていた。

†

大英博物館の職員たちは、今もまだサー・ウィリアムから入手した古代ギリシアの陶器コレクションを自慢にしているらしく、予約を入れていた見学者たちが到着すると、待ちかねていたかのようにさっと展示室の扉を開いた（イタリア駐在の外交官だったサー・ウィリアム・ハミルトンは、古代遺物の蒐集家としても有名で、自身のコレクションを英国議会に売却し、それが大英博物館に収蔵された）。その職員たちが、リチャード・バイウォーターに気づいたとたん軽く頭を下げたため、予想どおり彼がここの常連だったことを、クラウザーは確認することができた。

数名の見学者に混じったバイウォーターは、展示ケースのまえを移動しながら、古ぼけた陶器の破片に関する蘊蓄《うんちく》を、愛情に満ちた穏やかな口調でクラウザーに向かい語りつづけた。

なにが面白いのか、クラウザーにはさっぱりわからなかった。なるほど古代ギリシア人は、科学の知識をもちあわせていたようだし、これらの壺には骨董的な価値があるのかもしれない。しかし特筆すべき点となると、なにひとつ感じられなかった。とどのつまり、時間さえたってしまえば、すべてのものは骨董品になるのである。そう考えたクラウザーは、展示物ではなく、それを見ているバイウォーターのほうを観察することにした。

オペラ・ハウスであれだけの地位を得ているにしては、あまりに若すぎるような気がした。もちろん、本人の努力の結果かもしれないし、そうでなければ、歌手や演奏者に支払う高額の報酬を捻出するため、ハーウッドが二流の作曲家を安く雇っているだけかもしれない。地味でぱっとしない顔なのだが、熱心に壺の話をしているときのバイウォーターは、けっこう魅力的にみえた。しかし、その挙措はいかにも神経質そうで、クラウザーに向かって話しかけながらも、眼が合うのを怖れているかのように視線は揺れつづけた。彼の眼の下には黒い隈があり、袖口はインクの染みで汚れていた。

「ミスター・バイウォーター、ひょっとしてあなた、夜中に仕事をなさっていませんか？」クラウザーは質問した。

「ええ、してますよ。シーズン中は、やめておくつもりですがね。昼間の仕事が山積みだから、体力を温存しなければいけない」ここで初めて、彼はびっくりしたような表情を見せた。「ぼくが深夜に仕事をすると、なぜわかったんです？」

「それはもう、あなたの顔にそう書いてありますから」

一緒に見学していた人たちが先へ進んでいったので、クラウザーはこの機会をとらえ、若い作曲家に正面から探りを入れてみた。「ミスター・バイウォーター、フィッツレイヴンを殺したのは、あなたではないのですか？　あなたが彼につけ回されていたという情報を、わたしたちはつかんでいます。彼のしつこさに腹を立て、つい殺してしまったとしても、別に不思議はない」

正面の展示ケースを見おろしたまま、それまでの雑談と少しも変わらぬ語調でクラウザーはいった。

眼をあげると、バイウォーターが真っ青になって立ちすくんでいた。だがその顔面は、口が何回か開け閉めされるうち、みるみる紅潮していった。

「なにを馬鹿な……ぼくが人を殺すなんて……なぜそう思われるのか、まったく理解できません」

「本当に殺してませんか？　今この段階で犯人をつかまえ、ピサー判事に引き渡すことができれば、わたしとミセス・ウェスターマンの株は一段とあがるんですがね」

ごくりと息を呑み、バイウォーターがいった。「誰があんな男を殺すものですか。おふたりの評判を損ねるつもりはありませんが、これは厳然たる事実です。ミスター・フィッツレイヴンをテームズに投げこんだのは、ぼくではありません」

「しかし、彼があなたを尾行していたことには、気づいていたんでしょう？」

「いいえ全然。あの男、本当にそんなことをしていたんですか？」

バイウォーターの当惑ぶりに、嘘はなさそうだった。いささか失望したクラウザーは目をそらし、ケースのなかの壺を見おろした。

「奇妙ですね。フィッツレイヴンのような自己顕示欲の強い人間につけ回されて、気づかないはずはないんですが」

「ぼくは三年間、フィッツレイヴンと一緒に仕事をしてきました。彼はいつだって、いかにも情報通のような顔をしていましたが、個別の噂話について詳しく語ることは、ほとんどなかったのです。ハーウッドには語ったのかもしれません。だけど、作曲家や楽団員にはなにも教えてくれなかった。そもそも、彼を川に投げこむ理由が、ぼくにあったと思いますか？　まったく理にかなっていませんよ」無理に笑おうとして、彼は口をひきつらせた。

「たいていの殺人は、理にかなっていないものです。そしてその動機も、不可解である場合のほうが多い。ひとりの人間にとって限りなく貴重なものが、別の人間にはゴミ同然だったりしますからね」

「ぼくにいわせれば、芸術より貴重なものなど存在しません」

バイウォーターは、部屋の反対側にある展示ケースのまえまで歩いてゆき、上面のガラスを指で軽く叩いた。クラウザーも彼のあとにつづいた。となりの展示室にはレディが三人いて、各種の副葬品を収めた展示ケースを見ていた。三人のうちふたりは、レディ・スーザンより二歳ほど年上の少女だった。彼女たちは、うつろな眼で天井を眺めまわしたあと、展示ケースのガラスに視線を戻したが、どうやらガラスに反射する自分たちの姿を見ているようだった。残るひとりのレディは、ふたりを引率する家庭教師らしく、展示品についてぶつぶつと説明をつづけていた。クラウザーが見る限り、子どもたちが関心をもってくれることなど、明らかに最初から期待していなかった。膨張をつづけるこの帝国は、上流階級の子女をこのように教育するのだ。クラウザーは思った。彼女たちに学べるのは、知的で上品な外面の装い方だけであろう。とはいうものの、あのふたりの場合、それこそがここに来た目的であるらしい。まともな教養を身につける能力がない者は、まともな教育を受けたような顔ができればそれで充分なのである。よけいなことは考えず、推奨されたものだけをせっせと消費し、帝国の経済発展に寄与すればよろしい。

バイウォーターが、壺のひとつを指さしていた。「ミスター・クラウザー、ここになんて書いてあるか、おわかりになりますか？」

クラウザーはガラスに鼻先を近づけ、壺に刻まれたギリシア語を読んだ。

「〈アンドロキディアスが我を作りぬ〉」

「考えてもみてください。この壺は数百年まえに作られ、今もなお生命を保っています。そしてこれを作った男も、みずからの才能と優れた技術によって、不滅の生命を得ている」

クラウザーの口もとに、皮肉な笑みが浮かんだ。「才能と技術だけではなく、運にも恵まれたんでしょうね。もっと形のいい壺や、もっと美しく彩色された壺は、いくらでもあったはずです。しかしそのすべてが、古代ギリシアの不注意な奥さん連中に踏みつぶされてしまった」

バイウォーターは眉をひそめた。「それは違います。この美しさをよくご覧ください。これほどの水準に達した偉大な芸術作品は、生き残って当然なのです。そして生き残ることにより、作者の名前を後代にまで伝えていく」

「では、この壺の美しさはこの形状にあるのでしょうか、それとも、表面に描かれた紋様にあるのでしょうか？　壺をこねあげた人間と絵を描いた人間は、同一人物ですか？　別人であれば、ここに刻まれたのはどっちの人の名前です？　もしかしたら、職人たちを雇っていた壺屋の親方の名前かもしれませんよ」

クラウザーのこの質問は、彼が思っていた以上の効果をあげた。若き芸術家の逆上《のぼ》せた頭を、ちょっと冷ましてやるくらいのつもりだったのだが、完全に打ちのめしてしまったのである。バイウォーターはがっくりと肩を落とし、涙を見せまいとするかのようにぷいと横を向いた。もしクラウザーが、二十代の若者の力で彼のみぞおちを殴ったとしても、これほどのダメージは与えられなかっただろう。自分よりはるかに年下の青年を、クラウザーは驚きの眼で見つめた。それに気づき、バイウォーターもなんとか背筋をまっすぐ伸ばした。

「ぼくは、ここに刻まれているのは作者の名前に違いないと信じこんでいました。そしてこの壺の美しさゆえに、彼の名前も不滅であると」しゃがれた声で、バイウォーターがいった。

「あなたがなにを信じようと、それはあなたの自由です。否定するつもりなど、わたしには毛頭ありません」クラウザーはうつむき、手にしたステッキの銀のグリップをなでた。「ひとつお聞かせください。あなたご自身も、あの二重唱曲で不朽の名声が得られることを、期待したのでしょうか？」

バイウォーターは、虫を追い払うかのように片手を振った。「とんでもない。そんなこと、まったく考えていませんでした。あの曲があそこまで大受けするなんて、ぼくのほうが驚きましたよ。あれより美しい曲を、ぼくはたくさん書いてますし、これからも書いていくつもりです。しかし将来のことを考えれば、あの曲が当たったのはたしかに好都合でした」

「好都合とは、どういう意味で？」

「あの曲のおかげで、もっと優れた曲を書きつづけるための足場が確保できる、という意味です」突然バイウォーターの語気が荒くなり、声がわずかに上ずった。「要するにぼくは、後援者《パトロン》を必要としているのです。『黄色い薔薇の歌』を聴いたどこかの大富豪が、ぼくに興味をもち金を出してくれたら、あの曲は真の成功を収めたことになる」興奮しすぎたことに気づき、彼は声を落とした。「実をいうと、三年まえから書きつづけているミサ曲がありましてね。ミスター・クラウザー、もしあなたが興味をもってくだされば、その曲をあなたに捧げることも可能ですよ。献詞を書き加えるだけで、いつでも上演できます」

「音楽のよしあしなど、わたしには判断できません」バイウォーターの売り込みを、クラウザーはあっさり無視した。「壺のほうが、まだわかりやすいくらいだ。しかし、音楽の専門家と呼ばれる人たちが『黄色い薔薇』を絶賛していることなら、よく知っています。みなさん口をそろえ、今までのあなたの作品とは比べものにならない名曲である、と褒めていました」

若者は両手を握りしめ、低く唸った。「かれらは、なにもわかってないのです」

クラウザーは呆れたように吐息をもらすと、パトロンの件がむし返されるのを避けるためにも、話題を変えることにした。「そういえばあなたは、ミスター・セオフィリアス・リークロフトを探していたんですよね。見つかりましたか？」

またしても若者は驚愕した。彼のか細い体を、たてつづけに打ちすえてしまったような気がして、クラウザーは居心地が悪くなった。

「マドモアゼル・マランから聞いたんですか？　いや、愚問でした。そうに決まってますよね。リークロフトは、パリで彼女に歌を教えていた先生の古い友人だそうです。彼女はその先生に頼まれ、リークロフトを探しはじめました。しかし、それとフィッツレイヴンの死に、どのような関係があるんです？」この質問には、クラウザーも答えようがなかった。「やっぱり教えてくださいませんか。いいでしょう。ミスター・リークロフトは、未だ見つかっていません。何通も問い合わせの手紙を書いたし、彼が最後に住んでいた家の近所で開業している医者たちも訪ねてみたんですが、無駄でした」ここでバイウォーターは、はっとして顔をあげた。「まさか、ぼくがもたもたしていることに、マドモアゼル・マランがご立腹なんじゃないでしょうね？　この人物が、彼女にとってそれほど大切な人だなんて、考えてもいなかったんですが……」

クラウザーは、手にしていたステッキを眼の高さまで持ちあげ、純銀製のグリップから軽く埃を吹き払った。

「パリで歌を教わった先生の友人、とミス・マランはいったんですね？　なるほど。そういうことであれば、ミスター・リークロフトを探すのも、わたしとミセス・ウェスターマンの仕事かもしれない。殺人犯を探索するついでに、この発狂した元音楽教師も探してみましょう」クラウザーは展示室を出てゆくつもりで、バイウォーターに背を向けようとした。若者は、芸術家ならではの苦悩に苛《さいな》まれているらしく、蒼白な顔をしていた。そのような芸術的感覚が自分にないことを、クラウザーは嬉しく思った。毎回この調子では、とても体がもたない。

「いずれにしろ、あなたがこの壺を見せてくださったことには、たいへん感謝しています。たったひとりの芸術家が、一個の作品を作りあげるとは限らないことを、思い出させてくれたんですからね。わたしたちは、フィッツレイヴンを川に沈めた人物が彼を殺した犯人であると、決めつけていました。しかし、そうではなかったのかもしれない。あるいは、第三の人物が糸を引いていた可能性もあり得る」

　バイウォーターが目を伏せ、不機嫌な声でいった。「ミスター・クラウザー、あなたは科学者だと聞いていたんですが、なかなかどうして、たいへんな想像力をお持ちだ」

　ステッキのグリップをまわしながら、クラウザーが応じた。「自然科学の研究に必要とされるのは、細かく単調な作業だけではありませんからね。発想を飛躍させることも、非常に重要なのです。その点、音楽に似ていると思いますよ。ときとしてあなたも、マンゼロッティのような歌手のため、過去の名曲の有名な部分をつなぎ合わすといった退屈な仕事を、強いられることがあるかもしれない。その一方では、霊感に導かれ、早くも大評判になっているあの歌のような名曲を、さっと書いてしまう。もしも、その種の輝かしい瞬間をまったく体験できないのであれば、作曲という芸術的な仕事だって、つらいだけの単調な作業に堕すのではないでしょうか？」

バイウォーターは返事をしなかった。出口へ向かいながらクラウザーがふり返ると、若き作曲家は、作者名を刻んだあの壺が収まっている展示ケースに両手をついていた。あたかも、遠い昔に作られたその小さな壺から、霊感を得ようとしているかのようだった。そんなものに頼っても無駄だと、クラウザーはいってやりたくなったのだが、ふと下を見ると、彼自身の手が父の形見であるステッキをしっかりと握っていた。クラウザーは、苦笑せずにいられなかった。

†

クラウザーが大英博物館から帰ってくるのを待ちながら、ハリエットはトレヴェリヤン医師に宛て、セオフィリアス・リークロフトについて問い合わせる手紙を書いた。その手紙を書き終えた彼女は、夫のことをぼんやり考えつつ、夫の友人たちから送られてきた手紙に礼状を書きはじめた。大きな戦果をあげたウェスターマン提督が、その直後に不慮の事故で重傷を負ったという知らせは、すでに書面や口伝えで世界中の海軍関係者に知れわたっていた。そして広大な帝国の辺縁部はもとより、さらに遠く離れた海の果てからも、見舞状が続々と届いていた。まずカヴェリー・パークに配達され、つづいてロンドンへと転送されてきた手紙は、長旅のあいだに封筒の表面が汚れていたものの、潮風と木材の匂いをわずかに残していた。そんな見舞状の山を見ていると、彼女はこの寝室が急に狭くなったように感じるのだった。

寝室のドアをノックして、レイチェルが入ってきた。

「ちょっといい？」

ハリエットはうなずき、ベッドを指さした。レイチェルがベッドに座ったのを見て、彼女は書きかけていた礼状を急いで締めくくった。

「それで、用件はなに？」便箋に吸取器《ブロッター》を押しつけながら、なかば上の空で彼女は訊いた。

「さっき、ミス・チェイスが来たわ」

ハリエットは妹にさっと顔を向けた。「なんですって？　ヴェリティがここに来たの？　なぜわたしに知らせてくれなかったのよ？　ロンドンで暮らしはじめてから、ヴェリティとはまだ一度も会っていないのに」

「だって彼女、勝手口からそっと入ってきたんだもの。わたしたち、キッチンでお話ししたわ」

「やれやれ。そんなこと、ミスター・チェイスには絶対に教えちゃだめよ。あの人、自分の娘を王女さまみたいに大事にしているから、ヴェリティが勝手口からキッチンに通されたと知れば、窓ガラスが割れるくらい激怒するに決まってるもの」

「ハリー、やめて！」突然レイチェルの声が大きくなった。「なぜあなたは、人の話をいちいちまぜっかえすの？」ハリエットは仰天し、無言で妹を見つめた。レイチェルは膝の上で両手を強く握り、怒りで頬を赤く染めていた。「あなた今、自分のことしか考えていなかったでしょ？　たしかに変死した人間は、たくさんの謎を引きずっているかもしれない。だけど生きている人間も、それぞれの悩みを抱えているのよ」

胃のあたりにかすかな痛みを感じながら、ハリエットは質問した。「レイチェル、いったいなにがあったの？　まさかミスター・クロードが――」

「ほら、すぐそれだ。あなたはいつだって、一歩先を読もうとするのよ。この場合ミスター・クロードはなんの関係もないし、わたしは彼の名前なんか一度も口にしてないでしょ？　あなたのそういう早合点が、本当に困るの！」

「レイチェル、わたしはただ……」ハリエットは椅子の背もたれに上体をあずけ、片手を力なく下にたらした。

「ミス・チェイスはね、相談したいことがあってわたしに会いに来たの。彼女、グレイヴズが昔のように自分のことを想っていないんじゃないかと、心配しているのよ。あのふたり、将来を約束しているみたいね。だけど、いきなり金持ちになったグレイヴズが、今度はソーンリー卿のお金で生きるのを嫌がりはじめたものだから……わたし、あなたの意見も聞いてみたいと思って」

「ごめんなさい、そうとは知らず――」

「勝手な推理をしてくれたのよね！　ずいぶんじゃない！　もちろんわたしは、ミスター・クロードを尊敬しているわ。だけど、彼とわたしのあいだに、約束らしきものはまだ全然ないのよ！　考えてもごらんなさい。彼があなたの目を盗んで、わたしに近づいてくると思う？　ましてや、ジェイムズがああいう状態のときに」

「レイチェル……」

「とはいえ、今ごろはもう、わたしと絶交する気になってるかもしれない。ミスター・クロードのような田舎の弁護士にとっては、評判と信用がなによりも大事だわ。もしも彼に、デームズ川に沈んだ変死体を探すのが大好きで、近づいてくる人間をことごとく怒らせてしまう義理の姉がいたとしたら、彼の信用はどうなると思う？　おまけにその義理の姉は、夫が病気だというのに借り物の馬車を乗りまわし、うさんくさい噂話ばかり追いかけている！」

レイチェルが憤然とハンカチを取り出し、両眼をぬぐっているあいだに、ハリエットも落ち着きを取り戻した。彼女は書きあげた礼状を封筒に入れると、これ以上ないほどていねいに糊づけした。

「わたしの行動があなたを怒らせたのなら、謝罪するわ。必要とあらば、ミスター・クロードにもお詫びしましょう」冷静な声でハリエットはいった。「だけど今やりかけていることを、ここでやめるわけにはいかない」

興奮をなんとか抑えながら、レイチェルが応じた。「彼は怒ってなんかいないわ。だって、まだなにも教えてないんですもの。正直なところ、知ってもらいたくないしね。だけどハリー、あなたが本当に心配すべきなのは、わたしではなく自分の娘のことじゃない？　アンはまだ小さいけれど、将来あの子がどうなると思う？　今のジェイムズは、妻であるあなたをかばうことができないし、そうなると世間の人たちは、あなたについて好き勝手な噂を立てはじめるわ」

「たとえそうなっても、グレイヴズがわたしを弁護してくれるでしょうよ」

「そのグレイヴズだって、世間では半端者扱いされているじゃないの。サセックス伯爵家の資産管理を任されているから、大目に見てもらっているだけよ。しかも彼は、男だし」ハリエットは顔をしかめた。レイチェルは両眼を閉じ、しばらくのあいだ物思いに沈んだ。再び開かれたその眼のなかに、ハリエットは緑色の虹彩と、それを取りまく金色の環を見た。妹の瞳の美しさを、彼女はすっかり忘れていた。レイチェルは、今までに聞いたこともないくらい悲しげな声で、静かにこう質問した。「ひとつだけ教えて。いったいどんな男性が、かの悪名高きミセス・ウェスターマンの妹や娘を、嫁にもらってくれると思う?」

ハリエットの胸の奥から、ふつふつと怒りが湧いてきた。

「アンに求婚する男なんか、掃いて捨てるほどいるわよ。なにしろ彼女には、二千ポンドの財産が分与されているんだもの。クロードだって、あなたに与えられた千ポンドを失いたくないのであれば、わたしの行動を黙認するに決まってるわ。わたしたちが財産分与の手続きを終えたのは、ジェイムズがあんな状態になるまえだったから、あなたの取り分はどう転んでも安泰よ」

レイチェルの顔からさっと血の気が引き、呼吸が荒くなった。それを見てハリエットは、『黄色い薔薇』でマンゼロッティに哀願するマランの姿を思い出した。

「ハリー、あなたは尊敬に値する立派な男性と愛しあい、そして結婚した。なのに自分の娘を、金だけが目当ての不人情な男と結婚させたいの？　愛情のない打算だけの結婚をして、女が幸せになれると思う？　自分自身になにがあったか、よく思い出してみてよ！　去年の夏、あの悪人どもはあなたをサセックスから追放してやると脅したけれど、結局は自分たちが身を滅ぼした。なのに今、あなたは新たな殺人事件に首を突っこむことで、あなたの家族を社会から追放しようとしている！　たしかにジェイムズは、たった一代でかなりの財産を築いたでしょうよ。だけどわたしたちは、伯爵でもなければ男爵でもないの。貴族が金持ちなのはあたりまえだけど、そのあたりまえのことが、わたしたちにとっては仇《あだ》になってしまうの。わたしたちに対する誹謗中傷は、すでにあちこちで囁かれはじめているわ。自分の子どもが学校でいじめられるのを、あなたは放っておくつもり？」

「いじめられるですって？」ハリエットは片眉をあげ、妹の顔を熟視した。まだとても若く、肌理《きめ》細かな肌がまぶしかった。レイチェルは、唇を震わせ胸のまえでハンカチを握りしめていた。だが、いかにも女性らしいその悲しみの表現は、ひどく陳腐に見えた。ハリエットは机に向きなおると、再び羽根ペンをとった。「ご忠告ありがとう。今はそれだけ聞けば充分だわ。夕食の席でまた話しましょう」

レイチェルは立ちあがり、片手を差し出した。「ハリー、わたしがこんなことをいったのも、あなたを愛しているから――」

ハリエットもさっと片手をあげ、妹の言葉を遮った。彼女の眼は、机上に広げた新しい便箋を見つめたままだった。

「もうわかったわ。行きなさい」

サセックス伯の屋敷の廊下を、妹のスリッパの音が遠ざかっていった。つづいて彼女の部屋のドアが、大きな音とともに閉められた。ハリエットの手は、ペンを握ったまま長いこと動かなかった。

5

生垣に駆けよったジョカスタは、ボイオの首根っこをつかんで持ちあげ、そのままサムの両腕のなかに落とした。

「どうしたのさジョカスタ？　ボイオがなにか悪いことやったの？」

彼女は少年をじろりと睨んだ。「いいえ、ミセス・ブライ……」

ジョカスタは、いま登ってきた道をふり返った。高くそびえ立つ煉瓦窯から吐き出された無数の破片が、道の両側の草地に捨てられていた。あの窯が煉瓦を焼きはじめてから、もう五十年ほどたつはずだし、それくらいの歳月が経過しなければ、こんなに大量の破片は溜まらないのだろう。道の上に散らばった破片を、牛に犂《すき》を引かせて両端に寄せたのは、現在この土地を所有している男だった。下働きの少年が彼の先に立って歩き、犂の刃先が傷まないよう大きな瓦礫を道の両側の草むらに投げこんだ。当然の結果として、半分に割れた煉瓦や粉々になったスレート瓦が、道沿いの草地にごろごろ転がっていた。

ジョカスタは草のなかに入ってゆき、ボイオが臭いを嗅いでいた場所にしゃがみ込んだ。スレート瓦の破片がいくつか組み合わされ、小さな山をつくっていた。それぞれの破片は比較的大きく、瓦の形をよく保っていた。あたりに散らばっている破片のあいだからは枯れ草がひょろひょろ出ているのに、その小山はつい最近つくられたものらしく、下にある草を完全に押しつぶしていた。

ジョカスタは山のてっぺんに置かれた瓦を持ちあげ、その下の二、三個をわきにのけた。独特の苦味を伴ったあの臭いが、彼女の鼻腔を打った。

「ミセス・ブライ、なにか見つけたの？」サムが肩越しにのぞき込んだ。「うわ、なにその煉瓦？」少年は顔をしかめ、さっと身を引いた。

サムが見た煉瓦は半分に割れており、赤黒いジャムのようなものとひとつかみの毛髪が、べっとりついていた。髪の先端は汚れておらず、薄れゆく午後の光のなかで淡い金色に輝いていた。ジョカスタは、各破片をていねいにもとの位置へ戻し、ほかにもこのような山がないか周囲を確かめたあと、踏み越し段《スタイル》（生垣を越えてゆくための簡易階段）に腰をおろし道と煉瓦窯を見やった。

サムは、ボイオを生垣の反対側に押し出した。そうしておかないと、またあの煉瓦についた血の臭いを嗅ごうとするからだ。

「馬鹿な親子だわ」やっとジョカスタが口を開いた。「もしあのふたりが、あの煉瓦を道の真ん中に投げ捨てていれば、わたしが気づくこともなかったのに」彼女は座っている踏み越し段を軽く叩いた。「たぶんわたしは、ケイトはこのてっぺんに立って足を滑らせ、あの煉瓦で頭を打ったんだと思ったでしょうよ。そういう事故って、特に珍しくもないしね。そして、ただの事故をあれほど大げさに騒ぎたてたんだから、わたしの占いも焼きがまわったと、がっくりしていたに違いない。でも、正しいのはカードのほうだった。だってあのふたり、血と毛がついた煉瓦を、わざわざ隠していたんだもの。あれでは、自分たちが殺したと宣言しているのと同じよ」

首をかしげながら、サムが訊いた。「てことは、やっぱりあいつらがやったんだ？　それなら、治安判事に事情を詳しく説明するか、あの煉瓦を見せれば――」

「あのねサム、それだけでは不充分なのよ。ケイトが殺された理由と、どうやって殺されたのかわからない限り、治安判事は逆にわたしを犯人だと疑うかもしれないわ。だから、不用意に動いたらだめ。まずは、あの親子の尻尾をつかまないと。すべてはそれからね」

サムは道に落ちていた破片のひとつを蹴飛ばした。「ねえミセス・ブライ、どうして今日は、そんなにおとなしいの？　昨日はあのふたりが彼女を殺したと、大声で叫んでいたじゃないか。あいつらに面と向かって人殺しといったのを、俺、ちゃんと聞いていたよ」

ジョカスタは顔をあげ、赤紫色に染まった雲を眺めながらため息をついた。「たしかな証拠をつかんだからって、それで安心しちゃいけないのよ。わたしの経験では、なまじ証拠があると、かえってろくなことにならない」

†

まださほど時間がたっていないのに、再び寝室のドアがノックされたものだから、ハリエットはびくっとした。どうせレイチェルが戻ってきたのだろうと思いドアを開くと、レディ・スーザンが立っていた。

「レイチェルと喧嘩したんですよね？」なんの前置きもなくこう訊きながら、少女はすたすたと部屋に入ってきた。

「ええ、そのとおりよ。彼女から、なにかわたしへの伝言を頼まれたの？」

スーザンはハリエットのベッドの上にぴょんと腰をおろし、スカートの裾を軽くさばいた。

「冗談でしょ！　もちろん違いますよ。大きな声が聞こえたので廊下をのぞいたら、レイチェルが泣きながら飛び出してくるのが見えたんです。彼女、もっとレディらしくしなさいと、文句をいいに来たんじゃないですか？」

ハリエットは椅子に座ったまま体の向きを変え、クッションの山になかば埋もれているスーザンの青く澄んだ瞳を見た。「まあそんなところね。だけど、なぜわかったのかしら？」

「グレイヴズとミセス・サーヴィスがわたしを叱るときは、たいていそれが理由ですもの」

ハリエットは思わず笑みをもらした。「あのふたりは正しいわ。だからスーザン、わたしを見習ってはだめよ」

少女は顔を伏せ、大きくため息をついた。「だけど、もし去年の夏、ミセス・ウェスターマンがレディらしく淑《しと》やかにしていたら、わたし今ごろ死んでいたと思うんです。わたしだけじゃないわ。ジョナサンはもちろん、ひょっとするとグレイヴズまで。違いますか？」

同意したかったのだが、ハリエットは少し考えてからこう答えた。「そうかもしれない。いずれにしろ、さっきのレイチェルの本当の用件は、アンのことをもっとよく考えてやれと、わたしにお説教することだったの」

スーザンは、ぶらぶらしていた両方の足首を組み、体を横に傾けて脇腹を掻いた。この不安定な動きのせいでスリッパが脱げ落ち、靴下をはいた足がむき出しになった。

「アンはまだ赤ちゃんだけど、彼女が十九になるとき、わたしは……二十八だわ。その歳になれば、わたしも落ち着いているだろうし、きっと結婚もしているでしょうね。そしてたぶん、お金と称号をいやってはどもっている。だからアンには、わたしがいいお婿さんを見つけてあげますよ。たとえミセス・ウェスターマンが、殺人犯の追跡とか、去年のわたしみたいな人たちを助けることで大忙しであっても」

驚いたことに、これを聞いたとたん、ハリエットの眼に涙がこみ上げてきそうになった。

「ありがとう、スーザン」

少女はベッドから飛び降り、ハリエットの頰にキスした。「どういたしまして。さてと。もうすぐ夕食ですね。今日のキッチンは、いい牡蠣《かき》を仕入れるためたいへんな苦労をしたみたいで、みんなすごく機嫌が悪いんです。だから、牡蠣だけは必ず褒めてあげてください」こういうとスーザンはスリッパをはき、なにかいいかけたハリエットを無視して、部屋を飛び出していった。

6

夕食の席についたクラウザーは、今夜この家を訪問するようオペラ・ハウスのハーウッド支配人に頼んできたことを、ハリエットに伝えた。それから、彼を招いた理由について小声で説明しはじめたのだが、ハリエットは生返事をくり返すだけだった。レイチェルが食堂に入ってくると、彼女の表情はいっそうこわばった。

その夜の夕食は、どこか重苦しい雰囲気のままいつもより早く終わった。ハリエットは、牡蠣がいかに素晴らしかったか一席弁じたあと、できればレシピを早急にもらいたいと料理人に頼み、さっさと図書室へ引きあげてしまった。クラウザーもグレイヴズとのワインを遠慮し、ハリエットが席を立ってわずか数分後には、図書室へと向かっていた。

「ミセス・ウェスターマン、いったいどうしたというんですか？」

彼女は、暖炉の横の肘掛け椅子にぐったりと体を沈めていた。クラウザーはその様子を見て、どうやら平常心は取り戻しているらしいと推量した。

「なんのことかしら？」顔もあげず、彼女は怠そうに訊き返した。

「妹さんと口論したのは知っています。しかしだからといって、グレイヴズとミセス・サーヴィス、そしてわたしにまであのような態度で接するのは、八つ当たりというものでしょう。今夜はレディ・スーザンが大人の夕食に参加していなくて、本当によかったですよ」

ハリエットが腕組みをした。「ミスター・クラウザーに礼儀作法のことでお説教されるのは、ちょっと心外なんですけど」

「しかし、あなたもこの家のお客さんなんですからね」

ハリエットは口をつぐんだ。彼女は、さっきからずっと腹を立てていたのだが、それは自分のふがいなさに対する怒りだった。グレイヴズはハリエットの度胸のよさに心服しているから、彼に今夜の態度を非難される心配はまずなかった。しかし実をいうと、グレイヴズのそんな甘さを、ふだんの彼女は心の隅でじれったく感じていた。ミセス・リーヴィスは道理をわきまえた大人なので、誰に対しても常に優しかった。だがレイチェルは、まだいろいろな意味で子どもであり、牧師の娘らしく生真面目で、姉と違いお行儀がよかった。もちろん、それがレイチェルを嗤う理由にはならないのだが、ハリエットは夕食のあいだずっと、今クラウザーに指摘されたとおり、彼女に皮肉やあてこすりをいいつづけた。レイチェルはしょげ返り、グレイヴズはとまどった。ミセス・サーヴィスまで困ったような顔をしていたし、クラウザーは立腹した。ハリエットの気持ちは、ますます沈んでいった。

「グレイヴズとミセス・サーヴィスに、謝るべきだと思う？」

クラウザーは暖炉の反対側の椅子に腰をおろした。「わたし自身は、謝罪することが恥の上塗りになる場合、なにもしないことに決めています」ハリエットは声をあげて笑い、彼の顔をちらっと見た。今のクラウザーの口調に、もはや怒りは感じられなかった。肩の荷が少し軽くなったように感じた彼女は、おもむろに息を吸いこんでからこういった。

「貴重なご意見をどうも。わたしたちが喧嘩をしたことは、レイチェルから聞いたのね？」

「喧嘩をしたとはいってませんでした。彼女は、グレイヴズとヴェリティ・チェイスの結婚について、わたしの意見を求めにきたんです。まずあなたに相談したけれど、ろくな助言が得られなかったことは、すぐに見当がつきましたよ」

「実は、なにが問題なのか詳しく聞くまえに、口論をはじめてしまったのよ。あのふたり、今どうなってるの？」

「ミス・チェイスは、グレイヴズとの結婚を望んでいますが、その一方で、彼の悩みもよく理解しています。つまりグレイヴズは、サセックス伯爵家の財産から自分の生活費が出ていることを、恥ずかしく思っているのです。もちろん、今はわたしとあなたも、ソーンリー卿の食客という意味では彼と同じ立場ですけどね。とにかく、他人の資産管理をやっているだけでは、グレイヴズは自分の金を貯めることができません。だからこの状態のまま結婚し、妻子も伯爵家の世話になるなんて、彼のプライドが許さないのです。ミス・チェイスは、彼女の結婚持参金を使ってグレイヴズがあの楽譜店をソーンリー卿から買い取れば、自分たちの生活費ぐらい楽に稼げると考えています。そのくせ今になって、彼は自分と結婚する意思をなくしたのではないかと、不安になりはじめたのです。たぶん彼女は、この家の俗悪すぎる装飾に眩惑《げんわく》されたんでしょう。レイチェルは、心配することはないと請け合ったようですが、本当にグレイヴズが楽譜店を買う気になるかどうか、わたしの意見を求めに来たというわけです」

この話を妹から聞かされているあいだ、クラウザーがどんな顔をしていたのか、想像するだけでハリエットは愉しくなった。「それであなたは、なんて答えたの？」

「人間の胸のなかを探るのは難しくないが、わたしが自信をもって分析できるのは、具体的なものだけであると答えました。つまり、もしグレイヴズの心臓を瓶に入れて持ってきてくれれば、それがどれだけ健康か即座に判断してあげるけど、抽象的な感情にはついてはまったくわからないから、ミセス・サーヴィスに相談しなさい、と」

ハリエットは大きなため息をついた。「可哀想なレイチェル。あなたもわたしも、彼女の相談相手にはなってやれなかったのね。でもあの子、わたしと喧嘩したあと、なぜまっすぐミセス・サーヴィスのところに行かなかったのかしら？」

両手の指先を顔のまえでつき合わせながら、クラウザーが軽い調子でいった。「この件について、夕食後のどこかの時点でわたしたちが話しあうことを、予想したからでしょう。そして楽譜店を買う話が、わたしからあなたに伝わることを期待した。レイチェルは若いし、お姉さんに対する世評を気にしすぎるきらいがありますが、もともと非常に聡明な女性です。グレイヴズの心臓を見せろとわたしがいったときも、にやりと笑ってくれましたしね」

「だけど彼女を見てると、なぜか歯がゆくなってしまって……」

クラウザーはそれ以上なにもいわず、ハリエットの次の言葉を待った。

「そうそう、カーマイクルに会ってきたけれど、不愉快な男であることが確認できただけで、なんの成果もなかったわ。フィッツレイヴンについては、わたしたちが知っていることしか話してくれなかったし、義理の息子だという青年を、さんざん罵倒していた。バイウォーターのほうはどうだった？」

クラウザーは片手を顎にあてた。「なにかで心を痛めていることは、間違いありませんね」

「ミス・マランに岡惚れしている、という意味？」

「さっきもいったように、その種の問題はわたしの専門外です。色恋沙汰より、はるかに重大なことのようでした。でも、彼がフランスの密偵だとは思えません。なにしろ、フィッツレイヴンに尾行されていたことさえ、気づかない男ですからね。富よりも名声を求めているようだし、そんな若者が、金ほしさに祖国を売るとは考えにくい。たとえ誘惑に負けることがあったとしても、限られた人脈しか持たない一介の作曲家が、フランス軍がほしがるような国家機密を入手できるものでしょうか？」最後の質問は自問であろうと考え、ハリエットはあえて黙っていた。「そう、忘れるところでした。明日の朝も、わたしたちは人と会うことになりましたよ」

「相手はバイウォーター？」

「いいえ。海軍本部のミスター・パーマーです。今日の午後、わたしたち宛の伝言がここに届けられましてね。コンドゥイット通りのミセス・ホイーラーという女性が、彼女の家で旧友に会ってくれと依頼してきました。その旧友とは、パーマー以外に考えられません」

「ずいぶん用心深いのね」

「そうする理由があるのでしょう。パーマーの懸念が杞憂でないことは、フィッツレイヴンの行動がほぼ証明しています。なんといっても彼は、自分はミラノにいるとハーウッドに思いこませ、実際はフランスへ行っていたんですからね。となると、話は一気に深刻になる。国を裏切るというのは、たいへんな重罪です。殺人犯は絞首刑になって終わりですが、反逆者は四つ裂きの刑に処されてしまう」

クラウザーの言葉の意味をハリエットが熟考していると、ドアをノックしてミヤス・マーティンが図書室に入ってきた。

「お話し中すみません。ヒズ・マジェスティーズ劇場のミスター・ハーウッドが、お見えになりました」こういうと彼女は、一枚の紙をハリエットに差し出した。「そしてこちらが、今夜の牡蠣《かき》のレシピです」

クラウザーが小さく咳払いをした。しかしハリエットの耳には、笑いを噛み殺したように聞こえた。

†

ジョカスタとサムとボイオは、夕闇が迫るロンドンの中心部を抜けて歩きつづけ、ジョカスタの家にたどり着いたときは全員が疲れ果てていた。中庭に立つ梨の木の下の暗がりから、ごそごそと音が聞こえた。ふたりの少年が姿を現わし、サムとうなずきあった。

サムがふたりを紹介した。「ミセス・ブライ、こっちがクレイトンで、彼がフィンだよ」ふたりの少年は、寒そうに足踏みしながら片手を額の横に軽くあげ、ジョカスタに挨拶した。

ジョカスタが三人を自宅に招き入れると、ただちにサムが暖炉の火を起こしはじめた。クレイトンと紹介された背の小さなほうは、冷えきった両手を自分の尻の下に敷いて温めながら、妻の葬儀を終えソールズベリー通りに帰ってきたあと、フレディがなにをしたか語りはじめた。自宅でコートだけ着替え、そのまま海軍本部に出勤したという。海軍本部から出てきたときは、彼と似たような格好をしたふたりの男が一緒で、三人は〈クラッグの宮廷〉という居酒屋《エール・ハウス》に入っていった。

「だけど、明らかに様子がおかしかったな」

「どんなふうに？」ジョカスタが訊いた。

「海軍本部を出たときから、あのおじさん、すごくつらそうにゆっくり歩いていたんだ。両側から支えていなければ、倒れてしまいそうだったね。めそめそ泣いていたし、ほかのふたりは、まわりの人たちの目をすごく気にしていた。連れていかれるのを嫌がってるみたいにも見えたよ。実際、助けを求めるように俺の顔を見たんだけど、仲間たちが彼の腕を放さなかった。しばらくして居酒屋から出てくると、今度はひとりで家に向かい歩きはじめた。うしろから見る限りでは……」

「見る限りでは？」

「歩きながら泣いていたと思う。そして、ソールズベリー通りに入ったところで俺はフィンと会ったんで、いったんここへ来ることにした」

フィンは赤毛で、クレイトンよりも痩せて背が高かった。彼は、フレディの母親をずっと見張っていた。

「婆さんのほうは、特に変わったことはしなかったです。墓地を出てそのまま自分のコーヒー屋台へ行き、夕食の時間まで働いたあと、ソールズベリー通りの家にまっすぐ帰りました。それから、男がひとり訪ねてきました。しばらく家にいたあと、フレディと入れ替わるかたちで出ていきましたけどね」

ジョカスタが鼻を鳴らした。「それって、あの婆さんの男かしら？」

「さあ、どうなんだろう」と答えながら、フィンは両手をポケットに突っこんだ。「とにかく、背の高い男でした。服装は普通だったけれど、フレディのやつ、まるで相手が国王陛下であるかのように、やたらぺこぺこしていました。なんだか叱られてるみたいな感じだったな。のっぽの男がなにかいうと、フレディはびくっとして一歩さがり、ふらふらしながら両眼をぬぐいました。そのときクレイトンが近づいてきて、俺の肩をつついたから、ちょっとだけ眼を離したんです。そのすきに、のっぽの男は消えてしまい、婆さんの家のドアも閉まってました」

「よくわかったわ」ジョカスタは腕組みをした。「ほかには？」

「婆さんの屋台で働いている小僧と、話をしました」

「あいつ、なんかいってた？」暖炉のなかの焚き付けに燧鉄《ひうちがね》の火を飛ばしながら、サムが訊いた。

「この何週間か、婆さんはすごく憂鬱そうな顔をしていたのに、先週の火曜日、屋台の持ち主が溜まっている貸し賃をとりに来たときは、女王さまみたいに気取りながら耳をそろえて払ったんだとさ。あとは、そう、水曜日と土曜日がいちばん好きだといってたな。馬車に乗った金持ち連中が本を買ってくれるから、あの小僧もチップをよけいに稼げるらしい」

「なんだよ、その本ってのは？」サムはこう訊いたあと、焚き付けをふうふう吹きはじめた。

「あの店、コーヒーとオレンジだけでなく、小さな本の販売許可もとっているのさ。劇場からオペラの台詞《せりふ》が書かれた紙をもらい、それをヘッジ通りの印刷屋に印刷させるんだ。リブレットってやつだな」台本《リブレット》という単語を、フィンは愉しげに巻き舌で発音した。「そのためにあの婆さん、年に五十ポンドも払っているらしい。ほら、水曜と土曜は、ヘイ・マーケットのヒズ・マジェスティーズ劇場でオペラが上演される日だろ」

†

やけに落ち着いた口調で、ウィンター・ハーウッドがいった。

「ミスター・クラウザー、あなたが来いとおっしゃるので、こうしてうかがいました。今夜は都合が悪かったのですが、しかたありません。というのも、フィッツレイヴンを殺した犯人が見つかり、すべて解決したという報告が聞けることを、期待したからです。違いますか？」

この男の立ち居ふるまいは特筆に値する、とハリエットは思った。椅子にゆったりと座ったまま、最小限の言葉と動作で一切のもてなしを拒絶し、しかも無礼な印象をまったく与えなかったからだ。その効率のよさに比べたら、今の発言は大演説に等しいだろう。もし彼が、自分の劇場でもこれくらい人やものの節倹に努めているのなら、さぞや莫大な財産を築いているに違いない。質問はクラウザーに向けられたのだが、ハリエットが代わりに答えた。

「残念ながら違います。ミスター・クラウザーは、楽器が弾けなくなったフィッツレイヴンをなぜあなたが雇いつづけたのか、理由をお訊きしたいそうです」

ハーウッドは、薄茶色の眉のあいだに皺を寄せた。「それについては、すでに説明したと思いますが……」

「ええ、たしかにうかがいました」クラウザーがあとを受けた。「使い走りをさせたり、新聞に提灯記事を書かせるためでしたよね。しかしわたしが確認したいのは、偉大な芸術家やその道の専門家をおおぜい雇って興行を打つ場合、かれらの個人的な秘密や裏の顔を密かに知ることができたなら、興行主はかなり優位な立場を得られるのではないか、という点なのです」

ハーウッドの顔に、驚きや怒りはまったく浮かんでこなかった。ハリエットは息を詰めながら、彼の答を待った。もしフィッツレイヴンがハーウッドの命を受け、あの劇場に出演する歌手や作曲家をつけ回したのであれば、パーマーは必ずや深甚な興味を抱くであろう。フランスへ密行するずっとまえから、フィッツレイヴンは入手した情報の価値を――金銭的な価値を含め――正しく査定できたかもしれないし、価値がわかっていれば、買い手を見つけるのはさほど難しくないからだ。

「なにをおっしゃりたいのか、よくわかりませんが」

「わたしは、フィッツレイヴンはあなたの走狗《そうく》だったのではないかと、訊いているのです」クラウザーの声がわずかに大きくなった。「どれほど評判が悪くても、あなたにとって彼は、たいへん便利な人間だったはずです。そして、イザベラ・マランとマンゼロッティを彼が獲得するずっとまえから、知り合いになった有名人の私生活を穿鑿《せんさく》したがる彼の悪癖を、あなたは利用していたに違いない。わたしはそう考えています」

長い沈黙があった。クラウザーに凝視されて平然としていられる人間を、ハリエットは初めて見た。もしカードで勝負する機会があれば、ハーウッドは侮《あなど》りがたい強敵となるだろう。

「あなた、ずいぶん失敬な人ですな」

閉ざされた図書室のドアを通して、屋敷のなかのさまざまな音が聞こえてきた。すぐまえの廊下を、使用人がひとり歩いていった。二階のいずれかの部屋で、ドアが開いて閉まった。まもなく自分の寝室へ引っこむレディ・スーザンが、今日最後のハープシコードのおさらいをはじめた。その柔らかな音色は階段を下り、ドアの下をくぐって図書室のなかに染みこんできた。

「ミスター・ハーウッド」ハリエットが語りかけた。「わたしたちが知りたいのは、あの劇場で働く人びとに関する情報を、フィッツレイヴンがあなたに提供していたか否かです。もちろん、あなたの経営方針に口を出す気はまったくありません。だけど、もし彼が、劇場関係者や後援者たちを尾行して得た情報のせいで殺されたのなら……」

ハーウッドは唇を噛み、眼を暖炉の火に向けた。

「劇場として、正式に契約したわけではありません。しかし、暗黙の合意はありました」ゆっくりとうなずいて、彼は語りはじめた。ハリエットは、自分の呼吸が正常であることを確かめた。「外部の人間の眼に、ヒズ・マジェスティーズ劇場にいるときのわたしは、あたかも王様のように映ることでしょう。だけど実際のところ、いくつかの豪族の集団を束ねているだけなのです。歌手たち、楽団員、衣装係、舞台美術家と道具方、専属の作詞家……全員がそれぞれの分野の専門家であり、独自の優れた技術を持っています。フィッツレイヴンは、かれらに関する興味深い話を聞きつけるたび、わたしの部屋に来て教えてくれました。実際そのような情報のおかげで、何回か面倒な問題を避けることができたし、給料を払う側の人間として、わたしは有利な立場を保てたのです」

「たとえばどんなふうに？」

「いちばん簡単なのは、競争心や嫉妬心につけこむことでしょうね。ほかにも、ある歌手が最近カード賭博で大負けしたことを知っていれば、契約更改の話がずっとしやすくなります」ハーウッドはクラウザーのほうを向き、彼の視線を正面から受けとめた。喧嘩腰ではなかったし、かといって卑屈さもまったく感じられなかった。

「彼が教えてくれるその種の情報に、あなたは対価を払ったんでしょうか？」

「耳よりな話を聞かせてくれるたび、彼はわたしに借金を申しこみました。そしてそのような借金は、結局一ペニーも返済されませんでした」

「ということは、このシーズンが開幕するまえも、彼はそういう小さな借金を重ねていたんですね？」

「いや、それが違うんですよ。わたしもちょっと驚いたんですが、大陸から帰ったあと、フィッツレイヴンはただの一度も金を借りに来なかったのです」

ジョカスタは三人の子どもたちに食事とミルクをふるまい、腹がくちくなって元気を回復したクレイトンとフィンは、いくらか寒さが和らいだようにみえる夜のなかへ戻ることにした。クレイトンは、ホワイトチャペルの廃屋で仲間たちと暮らしていたが、フィンはイズリントンの外れに立つ納屋をねぐらにしていた。まともなベッドで寝たことは、一度もないという。「だからといって、今の生活が好きというわけじゃないですよ」彼はジョカスタにいった。「足を伸ばして寝られて、目のまえに広い野原があるのを、気に入ってるだけでね。狭苦しいところに閉じこもっていたら、気分がくさくさしちゃう」

ふたりは、明日の朝また来るから、なにか仕事があったらやらせてほしいと言い残し、漆黒の闇に吸いこまれていった。サムを見ると、一緒に行きたそうな顔をしていたので、ジョカスタは小さくうなずいた。さっと飛び出していったサムは、しかし十分もしないうちに戻ってきて、猫のように音もなく室内に滑りこむと、暖炉からいちばん遠い隅で体を丸めた。その姿は、暖炉の熱を盗んだと咎《とが》められないよう、予防線を張っているかのようだった。

目が冴えて眠れないジョカスタに、ボイオがつきあってくれた。寝椅子に座って犬の耳を引っぱってやりながら、彼女は暖炉の火が消えてゆくのを眺めた。それから立ちあがってサムの毛布を手にとり、小さな体にかけてやった。すでにこの毛布はサムのものだと認識している自分が、われながらおかしかった。すると、真っ暗な部屋の真ん中に、一房の金髪と血だらけの皮膚をくっつけた煉瓦の破片が、ぼんやりと浮かんできた。あれだけ強く殴られれば、ほとんど苦しまなかっただろう。

少しうとうとしたものの、なにかの気配を感じてはっと目を覚ました。部屋のなかに漂っている空気の匂いは、もうすぐ夜が明けることを示していた。ボイオも起きており、顔をドアに向けていた。犬は寝椅子の上に四つ足で立つと、耳をうしろに倒して歯をむき出し、咽喉の奥で小さく唸りはじめた。ジョカスタは顔をしかめ、椅子から離れ静かに部屋を横切った。ドアの掛けがねをつまむと、指先に異様な重さを感じたのだが、かまわずドアを開いた。新たな影が室内にどっと流れこみ、彼女のベッドの上や、火が落ちた暖炉の周囲にわだかまっていた暗灰色の影と混じりあった。

ドアの外の掛けがねに、大きな鼠が二匹ぶら下がっていた。白い歯をむき出しにして、完全に死んでいた。何者かが鼠の首に糸を巻きつけ、縊《くび》り殺したあと、わざわざこの掛けがねに吊るしたのだ。玄関が面している中庭に人影はまったくなく、聞こえてくるのは、同じ建物のなかで眠る隣人たちがたてるかすかな物音だけだった。

ジョカスタは、中庭の隅で悪臭を放っているゴミの山めがけ、二匹の鼠の死骸を放り投げた。それから改めて周囲を見わたしたが、梨の木が微風に揺れているだけだった。真向かいの部屋で大家の老人が咳をし、セント・マーティンズ小路《レーン》を遠ざかってゆく足音が聞こえた。投げ捨てるために握ったとき、鼠の死骸はまだ温かかった。

訳者紹介 1959年生まれ。翻訳家。ロバートスン『闇のしもべ』，ウィルスン『時間封鎖』，ウォルトン〈ファージング〉三部作，デウィット『シスターズ・ブラザーズ』ほか訳書多数。著書に『バラッドの世界』などがある。

検印
廃止

亡国の薔薇 上
英国式犯罪解剖学

2013年9月30日 初版

著 者 イモジェン・ロバートスン

訳 者 茂《も》 木《ぎ》 健《たけし》

発行所 （株）東京創元社
代表者 長谷川晋一

162-0814／東京都新宿区新小川町1-5
電 話 03・3268・8231-営業部
03・3268・8204-編集部
URL http://www.tsogen.co.jp
振 替 00160—9—1565
旭印刷・本間製本

乱丁・落丁本は，ご面倒ですが小社までご送付ください。送料小社負担にてお取替えいたします。

ISBN978-4-488-14909-3 C0197

11の逸品を収録する、第二短編集

THE RETURN OF SHERLOCK HOLMES◆Sir Arthur Conan Doyle

回想のシャーロック・ホームズ

新訳決定版

アーサー・コナン・ドイル

深町眞理子 訳　創元推理文庫

◆

レースの本命馬が失踪し、調教師の死体が発見された。犯人は厩舎情報をさぐりにきた男なのか？　錯綜した情報から事実のみを取りだし、推理を重ねる名探偵ホームズの手法が光る「〈シルヴァー・ブレーズ〉号の失踪」。探偵業のきっかけとなった怪事件「〈グロリア・スコット〉号の悲劇」，宿敵モリアーティー教授登場の「最後の事件」など、11の逸品を収録するシリーズ第2短編集。

収録作品＝〈シルヴァー・ブレーズ〉号の失踪，黄色い顔，株式仲買店員，〈グロリア・スコット〉号の悲劇，マズグレーヴ家の儀式書，ライゲートの大地主，背の曲がった男，寄留患者，ギリシア語通訳，海軍条約事件，最後の事件